Ethan Hawke

Un brillante rayo de oscuridad

Traducción de Carmen Moreno Paz

LIBROS
EN EL
BOLSILLO

Título original: *A Bright Ray of Darkness*
Published by Alfred A. Knopf

© Ethan Hawke, 2021
© de la traducción: Carmen Moreno Paz, 2023
© Editorial Almuzara, S.L., 2023
Edición en Libros en el Bolsillo, octubre de 2024
    www.editorialberenice.com
    info@almuzaralibros.com
    Síguenos en redes sociales: @BereniceLibros

Libros en el bolsillo: Óscar Córdoba
Edición: Javier Ortega
Impreso por LIBERDÚPLEX

I.S.B.N: 978-84-10356-43-6
Depósito Legal: CO-1595-2024

Código IBIC: FA
Código THEMA: FXD
Código BISAC: FIC000000

Editorial Almuzara
Parque Logístico de Córdoba. Ctra. Palma del Río, km 4
C/8, Nave L2, nº 3. 14005 - Córdoba

Impreso en España - *Printed in Spain*

Para Jack

Prólogo
Estremecidos

Cuando terminas una película, nunca se acuerdan de pedirte un coche. Cuando vas a empezar una película, todo funciona de maravilla —coches, habitaciones de hotel, dietas—, pero una vez que la película acaba todo les importa ya una mierda. Llegué a casa a última hora de la tarde del primer domingo de septiembre. Los ensayos para *Enrique IV* empezaban al día siguiente. Debería decir más bien que llegué a Nueva York. No volví a casa. Me subí a un taxi al salir de la zona de llegadas internacionales del aeropuerto JFK y le dije al tipo que me llevara al Mercury Hotel.

El conductor se quedó mirándome a través del espejo retrovisor.

—¿William Harding? —preguntó con un leve acento indio.

—Ajá —respondí.

—¿Es cierto lo que dicen de usted y su mujer?

Había estado en Ciudad del Cabo, en Sudáfrica, y todavía no estaba al tanto del revuelo mediático que se había formado en torno al colapso de mi vida.

Para el conductor, mi silencio fue una admisión de culpabilidad.

—La gente de su calaña me pone enfermo —Hablaba al espejo—. Lo tienen todo, pero no les basta... Es usted codicioso, ¿no, amigo? ¿Estoy en lo cierto? ¿Se dejó llevar por la codicia?

Entramos en la autopista.

—Ni siquiera me conoce —dije en voz baja.

—¿*Perdone?* —gritó.

—Ni siquiera me conoce —repetí alzando la voz.

—Sí que lo conozco. Me gustaban mucho sus películas.

Podía ver cómo sus ojos marrones se apartaban de la carretera para escudriñar mi cara y mi ropa.

—Yo soy un gran cinéfilo. Y pensaba que usted era diferente a todas esas estrellas tan falsas. Me gustó la película futurista... con esa música. Oh... qué buena música. Y la otra en la que salía con la jovencita rusa, una película muy sugerente, sí, pero buena, inteligente. Esa me gustó. La gente como usted está tan malacostumbrada que les cuesta llevar una vida con sentido. Pueden dedicarse a lo que más les gusta, les pagan bien por hacerlo, reciben premios. ¿Cree usted que yo tengo algún premio en casa? ¿Cree que acaso no lo merezco?

—No aparte la vista de la carretera, amigo —dije.

—Acuérdese de esto la próxima vez que se queje —prosiguió el taxista—. *¡Nadie quiere oírlo!* Tengo un hijo de diecisiete años que no deja de darme la lata en todo el día. Me paso la vida pagando facturas. Tengo dos trabajos y si encima quiere que escuche sus lamentos... se está dirigiendo al taxista equivocado. ¿Me oye? No voy a derramar ni una lágrima por usted, amigo mío.

Rodé mi primera película a los dieciocho y ahora, a los treinta y dos, puedo decir que he sido más o menos famoso durante toda mi vida adulta. Así que llevo lidiando con el hecho de que gente desconocida me reconozca desde hace mucho tiempo. Por lo general, soy experto en ignorarlo. Tengo un formidable poder de negación. Debo tenerlo. Si alguien dijera que dondequiera que va oye a la gente susurrar a su espalda su nombre y detalles sobre su vida y sus exparejas, se pensarían que tiene una esquizofrenia paranoide delirante. Pero esta era mi realidad.

—¿Por qué no se ensalzan la bondad, la honestidad o la esencia? ¿Por qué no? —declaró el taxista—. ¿Por qué no se busca a alguien que no se comporte como un autómata de plástico vanidoso para figurar en la portada de la revista *People* y vender veinte millones de copias? ¿Y si una persona humilde pudiera tener veinte millones de visitas en Google? ¿Por qué no hay galas de premios con gente adulta que hable sobre ideas de gente adulta, como por qué nacemos? No toda la culpa es suya —me aseguró—. ¿Si a mí me sacaran en *Entertainment Tonight* sería igual de capullo que usted? Esa es la verdadera cuestión.

—No lo sé —dije.

No quería volver a casa. Si no fuera por mis hijos no habría vuelto a esta ciudad en veinte o treinta años. Regresar a Nueva York era como rodear mi garganta con una soga bien atada.

El conductor me llevó a la calle 32 con la Primera Avenida. Citó el Bhagavad Gita, habló sobre Eli Manning y los New York Giants y me dijo que el sexo no era importante. Había sido fiel durante dieciocho años y su mujer era lesbiana.

Yo no decía nada. Solo lo miraba a los ojos a través del espejo y asentía.

—Si su mujer lo deja, pues muy bien —me sermoneó—. Violó un voto sagrado, el pacto matrimonial, y debe respetar su decisión, amigo mío. Debemos respetar la libertad de cada uno, y todo el mundo está de acuerdo con eso hasta que esa misma libertad nos causa dolor. Entonces, cuando nos hacen daño, nos molesta su libertad y hablamos de lo loca o chiflada que está esa (ex)persona, o decimos que «tiene problemas». No están locas ni tienen problemas, tan solo tienen voluntad propia.

Rio y se detuvo enfrente del Mercury Hotel, un antiguo edificio que ocupaba media manzana, misterioso, gótico, como un lugar en el que uno se vuelve loco y acaba pegándose un tiro, como muchos habían hecho. Había idealizado el hotel desde que era niño; allí habían vivido y trabajado famosos escritores, poetas, músicos y pintores. Construido justo después de la guerra civil, ahora se veía deteriorado y cutre, lleno de turistas de Tokio y Alemania, y se mantenía a flote solo por su reputación.

—Si respeta a su mujer, dejará que siga su propio camino. Ella no es lo más importante en este momento. Usted tiene hijos. Su hijo lo necesita. Su hija lo necesita. Haga el favor de darse una ducha y hacer algo con ese olor. ¡Va vestido como un pordiosero y apesta a meado y a tabaco! ¡Vaya a rehabilitación!

—Deme un respiro, ¿quiere? —sacudí la cabeza—. El vuelo fue muy largo.

Metí el dinero por la ranura blindada.

—Una cosa más —añadió—. ¿Me puedo hacer una foto con usted?

* * *

Atravesé las puertas del hotel y me acerqué a la recepción. El vestíbulo estaba revestido de madera oscura de color chocolate. El sitio olía como el musgo suave que cubre un viejo árbol. El techo tenía un mural de querubines que cabalgaban nubes como si fueran caballos. Eran ángeles amistosos, pero no estaba claro si daban la bienvenida a los vivos o a los muertos.

—Guau, pero a quién tenemos aquí… Si es la mismísima Hester Prynne —dijo el propietario, Bart Asher. Todavía, a sus setenta y cuatro años, seguía atendiendo la recepción—. Cuando leí sobre usted en el *Post* y vi lo mucho que la había cagado, me emocioné y me imaginé que lo veríamos por aquí.

—¿Tienen alguna habitación? —pregunté.

—La mejor de Nueva York —dijo con orgullo.

* * *

Bart me enseñó la habitación 714, que estaba ligeramente decorada con un conjunto de muebles de salón de la época de Eisenhower. El espacio era oscuro, pero cálido y confortable, con techos altos y grandes molduras de madera gruesa. Una turbia luz amarilla se colaba por las ventanas empañadas.

Tenía cocina, sala de estar y dos habitaciones; una para mí y otra para mis hijos.

—¿Cuánto? —pregunté.

—¿Cuánto va a quedarse?

—¿Qué posibilidades le dio el *Post* a mi matrimonio?

Echó un vistazo a mis maletas y estudió los peluches y los libros africanos para colorear. Alzó la vista con una sonrisa cálida.

—Soy un romántico. Se lo dejo gratis un mes. Hasta que vuelvan juntos.

—¿Qué pasa si no volvemos a estar juntos?

—Tienen que volver —dijo simplemente.

Acto I
Licores rebeldes
en la sangre

ESCENA I

El ensayo de *Enrique IV* de Shakespeare empezaba a las diez en punto de la mañana. No había pegado ojo y todavía me ardía la garganta de vomitar. Mi primera noche en el Mercury Hotel no había acabado bien. Me preocupaba que la gente pudiera oler el alcohol que seguía filtrando por los poros al salir del ascensor y entrar en la sala de ensayo.

Me gustan los teatros antiguos o las criptas húmedas de las iglesias, lugares cuyas paredes desprenden un cierto olor a historia. Este lugar era antiséptico. Nuestra zona de ensayo, que ocupaba la mitad de la planta veintisiete de un edificio de oficinas, tenía más o menos el tamaño de un campo de béisbol. A lo largo de las dos alejadas paredes se extendían ventanas del suelo al techo. Las luces, la policía y el caos de Times Square gritaban en silencio a través del cristal. Era tremendamente molesto.

Aquella mañana, temprano, había llevado a mi hija al colegio. Nos detuvimos frente a su escuela en la zona de Upper East Side y me preguntó:

—¿Estás viviendo en un hotel porque está más cerca de donde ensayas?

Me quedé ahí quieto, resacoso y en silencio.

—Es la única razón que se me ocurre —añadió.

—Bueno, es una de las razones.

—¿Vas a quedarte allí a vivir?

La escruté sin decir nada.

—Porque estaba pensando —prosiguió— que si mamá y tú ya no vais a vivir juntos nunca más, ¡sería genial! Podré tener un cachorrito y mamá no tendrá alergia.

—Esta tarde, cuando yo haya terminado el ensayo y tú el colegio, iremos a la perrera y rescataremos a un cachorrito, ¿de acuerdo?

—Pero yo elijo el nombre.

Asentí y nos estrechamos la mano.

Prometerle un cachorrito a una niña. Patético.

* * *

Dentro de la sala de ensayo, las mesas se agrupaban formando un gran cuadrado con sillas plegables dispuestas en los bordes exteriores. El primer día de ensayo de una obra siempre es igual: *bagels*, café, zumo de naranja, lápices, formularios del sindicato Actors' Equity, charlas nerviosas, gente que no se ha vuelto a ver desde aquella aburrida producción de *The Iceman Cometh* allá por el 2004, la elección de un delegado sindical y los discursos del director de escena sobre la puntualidad y los accidentes laborales.

Esa mañana era algo distinto solo porque había muchísima gente: treinta y nueve miembros del reparto y unos veinticinco diseñadores, ayudantes y productores. Cuando llegué, la «estrella» ya estaba allí. Así es como sabes cuándo llegas tarde: cuando una estrella de cine como Virgil Smith está allí antes que tú. A su favor, hay que decir que tenía como cuatro guiones, todos diferentes versiones de la obra; y la obra era tremendamente larga, así que estaba rodeado de montones de papeles. Una formidable barba blanca, que debía de llevar un año dejándose crecer, le cubría la cara. Se parecía a Orson Welles; o, más bien, en realidad, a Falstaff, que era la idea. Virgil se levantó cuando me vio y se acercó a la mesa en la que yo estaba. Me dio un fuerte abrazo de oso. Sé que quería ser amable, pero resultó embarazoso, compasivo. Tenía tal resaca y estaba tan mareado que podría haber llorado en sus brazos o haberle dado un puñetazo en la cara. Él era probablemente la única estrella de cine estadounidense de verdad que también estaba considerada como un actor de teatro universalmente conocido y respetado. Era todo lo que yo siempre había querido ser, desde que era lo suficientemente mayor para desear algo. Supongo que en Inglaterra es común, pero en Estados Unidos Virgil Smith era único en su especie. Obtuvo una beca Rhodes para estudiar en Oxford, se graduó en arte dramático en Yale y ganó su primer Óscar por interpretar a un gánster en la que puede afirmarse que es la mejor película estadounidense desde *Ciudadano Kane*. Ganó tres premios Tony, uno por su interpretación de Macbeth y los otros dos por actuaciones en obras originales. No nos conocíamos de antes pero, como yo era más o menos famoso y él era realmente famoso, imagino que pensó que deberíamos darnos un abrazo.

—¿Es verdad? —preguntó con sus grandes ojos acuosos de ganador de Óscar.

—¿Qué es verdad? —pregunté.

—Lo que leo en los periódicos.

—Depende de lo que leas.

—Pues… —se detuvo y sonrió; había visto esa misma mirada en cientos de películas—, lo que he leído es que le pusiste los cuernos a tu mujer y que ella te ha pedido el divorcio.

—Sí, eso es básicamente lo que ha pasado, eso es —le

dije, y lo dejé allí plantado. No estaba siendo la conversación de mis sueños.

A continuación fui a sentarme al sitio que tenía asignado, saqué el guion y traté de ponerme nervioso por la lectura previa que estaba a punto de empezar. Había muchas cosas en mi vida por las que tenía sentido estar nervioso, y esta era la más leve.

La noche anterior había sido peor de lo que había esperado. Abandoné el hotel y fui a casa para ver a los niños y hablar con mi mujer. No bajó a saludar, aunque podía oír sus pisadas en la planta de arriba. Le dijo a la niñera que me comunicara que podía llevar a los niños a cenar y acostarlos. Ella se reuniría conmigo en el bar de la calle de enfrente a las diez de la noche. Fui con los niños al parque. Nos lo pasamos muy bien. Me senté con los dos en el arenero del Union Square Park para jugar con la arena y ver la puesta de sol.

—¡Se está haciendo de noche otra vez! —exclamó mi hijo de tres años, mientras señalaba el sol a la deriva que se hundía bajo los edificios y la última luz dorada del día bañaba nuestros rostros.

—Pasa todos los días, tonto —dijo mi hija.

—¡Pero se está haciendo de noche *otra vez*! —dijo, tirándome de la camiseta y mirándome directamente a los ojos solo a un centímetro de mi cara.

—Claro, hijo. Pasa todos los días.

—No. Esta mañana no —dijo.

—El sol se pone por la *noche* —respondió mi hija.

—Es un milagro —dijo él.

—No —lo corrigió ella—. Es un milagro cuando sale.

—A mí me gusta cuando se va —dijo él.

Mi amor por estos dos jovencitos era sencillo, sin

complicaciones y sin fin, como el amor por el agua, las estrellas, la luz, el aire o la comida. Para mí, el matrimonio se había malogrado, pero la paternidad había sido un reflejo placentero y espontáneo. Preparar un sándwich de mantequilla de cacahuete y mermelada, pintar con acuarelas, escuchar música de Woody Guthrie y Elizabeth Cotten, jugar a las cartas, tirar la pelota, jugar al balón prisionero, poner zapatos, buscar tesoros, pisar charcos, entonar canciones, hacer aviones de papel... Podía hacer todo eso. Cumplir con mi responsabilidad hacia estos dos era más revitalizador que dormir.

Una vez que acosté a los niños, les leí cuentos y les rasqué la espalda, fui al bar de enfrente a esperar a mi mujer. Mary no se presentó y me quedé allí sentado unas tres horas, aguardando mientras me empapaba de *whisky*, hasta que estuve borracho como una cuba y cabreado porque me hubiera dejado plantado. No creo que fuera el alcohol, sino el gazpacho rancio que comí; en cualquier caso, en mi primera noche de vuelta en Nueva York acabé vomitándolo todo y llorando a lágrima viva sin parar, tirado en el suelo junto al váter del Mercury Hotel. Al parecer había ido al bar equivocado. Mary había estado esperando en esa misma manzana. Lo curioso es que ninguno de los dos ni siquiera se molestó en llamar al otro.

Ciertamente estaba oscureciendo.

* * *

Un hombre musculoso entrado en los cuarenta se sentó junto a mí en la mesa de ensayo. Su nombre era Ezekiel. Llevaba un gorro rastafari de ganchillo, cinco o seis pulseras de oro y una chaqueta verde oliva del ejército de

EE. UU. Todo ello le hacía irradiar una vitalidad masculina. Estuvimos allí sentados un par de horas con el resto del reparto revisando toda la información necesaria para el sindicato de Actors' Equity que había que comprobar antes de poder empezar cualquier producción. Por encima de nuestras cabezas, las luces fluorescentes zumbaban con una frecuencia que daba ganas de matar a alguien. Había un aburrimiento indescriptible mientras nos orientaban sobre los contratos. Cuántas semanas había que trabajar para tener derecho a la cobertura sindical. El representante de Actors' Equity y su largo discurso sobre la indemnización de los trabajadores y el futuro del sindicato. Estos tipos son siempre actores desempleados y dan cada discurso sindical con un verdadero enfoque artístico, como si fuera una audición. Después de eso, se concedió a toda la compañía de teatro un descanso de quince minutos antes de que comenzara oficialmente el ensayo. Lo último que yo quería era tener tiempo solo conmigo mismo.

Bajé los veintisiete pisos en ascensor hasta la calle 42 y me paré en medio de Times Square para fumar. Las oleadas de gente pasaban a mi lado, chocándose y zarandeando sus bolsas de compras, de camino a alguna atracción turística. El museo de cera Madame Tussauds, la tienda oficial de Disney... Todo estaba allí. Mi hijo me preguntó una vez: «Mamá tiene dos figuras en el museo de cera y tú no tienes ninguna. ¿Por qué?».

Encendí el cigarrillo. Otros miembros del reparto también estaban merodeando por la zona, fumando o comprando un trozo de pizza, pero no me apetecía hablar con ellos.

Dos días antes había estado en Ciudad del Cabo grabando una película. El rodaje debería haber sido una experiencia significativa y reveladora. Visité los *townships* sudafricanos, de una pobreza que desgarraba el alma. Un crío de nueve años trepaba por un cable de electricidad en el arcén de una carretera para conseguir electricidad para su familia. Una niña pequeña dividía su sándwich de helado en tres para sus hermanos, a pesar de que parecía que ninguno de ellos había comido en un mes. Fui a un safari y miré a un león a los ojos a solo tres metros de mi cara. Vi a un leopardo comerse un impala y arrastrar el cadáver hasta un árbol, para sus crías, mientras las hienas intentaban arrebatárselo. Pasé cuatro días en el mar viendo pingüinos salvajes, ballenas y delfines. Vi la celda en la que Nelson Mandela pasó dieciocho de los veintisiete años de prisión y silenciosamente transformó una nación. Pero, durante todo ese tiempo, yo solo podía pensar en la desintegración de mi matrimonio.

Mary y yo nos habíamos conocido seis años antes, entre bastidores, después de uno de sus conciertos, durante la mayor tormenta de nieve que se recuerde. Al verla cantar y bailar, quedé fascinado con la idea de que alguien de mi propia generación pudiera tener tanta confianza en sí misma. Todo el mundo en la Irving Plaza sintió el calor de la luz que irradiaba. Sobre el escenario, desprendía una intensidad feroz y abrasadora. En el camerino, igual. Le estreché la mano. Estaba sudorosa, la actuación acababa de terminar. La atracción entre nosotros fue inmediata e incómoda. Esto fue en los días que siguieron al estreno de mi primera gran película de estudio. Ella me felicitó por la película. Yo elogié su último álbum. Entendió todo lo que me había pasado. Los dos estábamos dentro del bullicio de la fama, y nos sentimos comprendidos por el otro. Compartíamos una conexión simple e inevitable, como la ley de la gravedad. Me sentí agradecido por tener una amiga. Después de horas de conversación, miré alrededor y me di cuenta de que éramos los únicos que seguíamos en el camerino. Sus compañeros de banda y su representante la estaban esperando en el autobús. Nos despedimos con un apretón de manos, aunque costó trabajo no desnudarnos y follar allí mismo, sobre las mesas llenas de aperitivos y cerveza. Era como si ya pudiera oler a nuestros hijos. Me fui a casa, a mi apartamento en East Village, y miré por la ventana. A la luz de las farolas podía ver la nieve que aún caía. Recé:

Te alabo a ti, quienquiera que seas que hayas creado a esta mujer.
Te entrego mi vida en cuerpo y alma, oh, Dios creador.
Déjame ser el marido de esta mujer. Cuidaré de tu creación.
Honraré cada paso que dé.

El cielo pareció descargar toda la nieve del mundo.

* * *

—Eh, tío, ¿no sales tú en una peli?

Un chaval acribillado por el acné se me acercó. Luego le gritó a un par de amigos a través del ruido ensordecedor de Times Square.

—Olvídalo, hombre. No soy nadie.

—Sí que lo eres. Venga, tío, déjame hacerte una foto.

Vestía un chándal Adidas rojo brillante y desprendía una agresividad que resultaba inquietante.

—Tú no quieres una foto mía —dije, mientras trataba

de que continuara moviéndose con la corriente de gente que nos rodeaba.

—Sí que la quiero —dijo simplemente, sacó su teléfono e hizo más señas a sus amigotes para que se acercaran.

—Ni siquiera sabes mi nombre —le dije.

—Sales en una peli —dijo con entusiasmo—. Te conozco.

—Bueno, vale, pues no me gustan las fotos, ¿sabes? Me hacen sentir como un bicho raro, ¿sabes lo que quiero decir? —pregunté, tratando de alejarme rápidamente de allí.

—No seas capullo, hermano —Me agarró del hombro y me dio la vuelta—. Es lo menos que puedes hacer por tus fans.

—Sí, bueno… —e intenté escabullirme.

—Déjanos hacerte una foto y ya está —dijo un amigo suyo, más grande y vigoroso, que se había acercado arrastrando los pies.

—Lo petaste en esa puta película, tío. «Hey, Jackie, dame un besito»…

Otro colega se había acercado y me imitó en una de mis películas menos apreciadas. Hay una relación inversa directa entre la calidad de una película y lo que te pagan. Cuanto más estúpida es la película, más te pagan. Esa película fue la más lucrativa para mí.

—Bueno, muchas gracias, chicos —dije, y les ofrecí mi mano para estrechar la suya—. Os lo agradezco. Un placer conoceros a todos. Simplemente no quiero que haya una foto mía de mierda por ahí colgada en Internet para siempre, ¿entendéis?

Sonreí.

Se me quedaron mirando sin comprender.

—Pero gracias de todos modos —añadí.

El tipo del chándal rojo de Adidas, los dos amigotes y ahora también dos de las novias hicieron oídos sordos. Todos me rodearon con los brazos. Otro, un tipo mayor, cogió un teléfono para hacer la foto.

Tengo que confesar que, cuando era niño, fantaseaba con firmar autógrafos o hacerme fotos con la gente. Por lo general, imaginaba que todo el mundo sentiría admiración. Nunca imaginé los mensajes de odio.

El tipo del chándal rojo de Adidas me susurró al oído:

—Tío, eres un puto idiota.

Me rodeó los hombros con el brazo mientras nos hacían la foto y añadió:

—Deberías sentirte agradecido. Sonríe y punto, joder.

* * *

Al subir en el ascensor de vuelta para el ensayo, me apoyé contra la pared y lloré. Por lo general, cuando lloro me siento mejor después, pero estos últimos días no podía parar de llorar y nada cambiaba. En cuanto recobré la compostura y me sequé las lágrimas, se abrieron las puertas del ascensor y me vino la ansiedad por llegar tarde. Iba a defraudar al director. Lo imaginé humillándome, aprovechando mi tardanza para dar un ejemplo al resto del reparto. En algún momento de los últimos días había olvidado por completo que era un hombre adulto de treinta y dos años.

Cuando me bajé en el piso número veintisiete, todo el mundo seguía tomando café. Nadie se dio cuenta de que llegué tarde. Una mano suave me tocó el hombro. Me giré.

—Yo seré quien interprete a tu esposa.

Una joven atractiva me miró desde debajo de una

melena pelirroja meticulosamente peinada. Su piel translúcida, ropa cara y brillantes ojos verdes resultaban tan embriagadores que parecía como si se hubiera escapado de un cuadro renacentista. Hasta su olor tenía clase. «Así que esta es Lady Percy», pensé para mis adentros. «Debo alejarme de ella a toda costa».

—¿Quién te abandonó? —preguntó con una cálida voz teatral.

—¿A qué te refieres?

—¿Tu padre o tu madre? Nunca he conocido a un buen actor que se precie que no haya sido abandonado por uno o por otro.

Guiñó un ojo y se fue. Traté de no quedarme mirando.

Me di la vuelta torpemente y me dirigí a la mesa de bienvenida, me serví otra taza de café y me quedé junto a Ezekiel.

—¿Qué pasa? —pregunté.

—La diva está allí, quejándose un poco más —dijo refiriéndose a nuestro Falstaff. Durante toda la mañana, la «estrella» había estado revisando escrupulosamente varias copias del guion, mientras discutía sobre discrepancias textuales insignificantes con el dramaturgo.

—Más le vale ser tan bueno como se proclama —suspiró Ezekiel.

Asentí.

—¿Has probado uno de esos dulces daneses? —preguntó.

—Qué va, no tengo hambre —dije, tratando de mantener la distancia.

—¿Cómo lo llevas? —me preguntó, adoptando un tono más serio.

—A duras penas —murmuré mientras sorbía el café.

—Estás delgado —sonrió—. No te olvides de comer.

Se produjo un largo silencio mientras permanecimos de pie observando al resto del reparto pasearse lánguidamente de un lado a otro. Ezekiel parecía estar analizando mi situación. Finalmente, se inclinó hacia mí y me susurró con complicidad:

—¿Tenía el coño depilado?

Lo miré y absorbí su mirada cálida y sonriente de ojos marrones.

—Sí —asentí.

—Ay, Dios mío —se lamentó—. Hoy en día todas se afeitan —Asintió con la cabeza, con cara de asombro—. Es triste, en realidad… Yo me crie con la pelambrera. Estas chicas de hoy en día se crían con el porno. Tienen la boquita sucia y envían unos mensajes tan guarros que sacarían los colores a un marinero. ¿Tatuajes?

—Ajá —asentí, recordando.

—Pues claro —dijo, refunfuñando para sí mismo—. Bueno, pues deja que sea de los primeros en decírtelo: bien por ti.

* * *

Mi joven amante había sido encantadora, como un globo aerostático, el sonido del agua al caer, el aroma de los cerezos en flor… Todos esos viejos y simplones clichés de mierda. En cuanto me presentaron a esta joven sudafricana en una discoteca de Ciudad del Cabo, supe exactamente lo que iba a hacer. Y que conste que soy consciente de que cada segundo de estas sórdidas travesuras adúlteras está terriblemente trillado. Sé que no hay forma ahora de presentar mi infidelidad y darle enjundia, pero no fue así como lo percibí. Fue como algo de Tolstoi: grandioso, arrollador, épico.

Ella era una máquina del tiempo. Yo volvía a ser joven; era misterioso, olía bien. La vida era trepidante, peligrosa, desconocida, y yo encendía los cigarrillos con estilo. Esta joven me devolvió la vida y le encantó hacerlo. Y que quede muy claro: yo estaba rebosante de gratitud. Su padre era miembro del Congreso Nacional Africano y poseía una librería local independiente, de la que ella se encargaba. Juntos publicaban una revista literaria y organizaban diversos actos políticos. Era una tía cojonuda. Su hermana mayor estaba embarazada de nueve meses, y de parto. No paraba de mirar el teléfono. Le hacía mucha ilusión ser tía. La invité a bailar, escuché su respiración, esperé a que llegara el momento y conté los segundos que me faltaban para besarla. Como un adolescente que se empalma en un baile de instituto, me acerqué más a ella para evitar la vergüenza pública. Al sentir que me apretaba contra ella, me miró con ojos cómplices, marrones y húmedos.

—¿No estás casado? —preguntó.

Salí a escondidas con mi pareja de baile por una puerta trasera del bar. No me di cuenta de las fotos que la gente nos hizo bailando en la discoteca hasta que ya circulaban por todo Internet. Nos escabullimos por una escalera de incendios hasta un aparcamiento y nos besamos en cuanto nos quedamos fuera de la vista. Había olvidado cómo era un beso. Había olvidado cómo era abrazar a alguien que *quería* que la abrazaran, que se deshacía al tocarla, que quería que la mano se abalanzara por debajo de la falda, que deseaba que llegaras un poco más lejos, más fuerte, alguien que emitía suaves gemidos. Soy lo suficientemente inteligente como para saber que la búsqueda ciega de este tipo de correrías no conduce a ninguna forma de existencia auténtica, sustancial o reveladora. En fin, supongo que lo sé. Quiero decir, tal vez lo sepa. O quizás debería decir que durante mucho tiempo creía que era cierto pero, en aquel momento, hubiera preferido morir (y que una bala me atravesara de golpe la corteza cerebral y mi sangre salpicara el asfalto) antes que soltar la mano de esa chica. Era como un instrumento divino. Me acompañaba a través de una puerta. Una puerta que se cerraría abruptamente tras de mí y acabaría con mi vida tal y como la conocía, destruiría mi familia y arruinaría la vida que llevaba años construyendo. Quedaría abatido, con ideas suicidas y sabiendo que había causado un daño irreparable a la vida de mis hijos. Sabía más o menos que todo esto ocurriría y, aun así, deseaba tanto a esta mujer que no sentía nada parecido a un conflicto.

—¿Estás casado con esa estrella del rock, no? —preguntó simplemente.

—Estamos «dándonos un descanso» —respondí inexpresivo.

—¿Y sigues llevando el anillo?

—Es verdad —dije en voz baja—. Porque nuestro terapeuta de pareja nos recomendó que no fuéramos demasiado rápido, así que se supone que no deberíamos acostarnos con nadie más, solo vivir separados. Yo todavía espero que nuestro matrimonio pueda salvarse. Pero también sigo esperando una muerte accidental para no tener que vivir la tormenta que se avecina. Mi mujer no me puede ni ver. Me dijo que la palabra «mujer» es como un tenedor que se le clava en los omóplatos. Tengo dos hijos que quiero más que a nada en el mundo, y crear esta familia ha sido lo más importante que nunca he hecho… Lo único que me importa. Me prometí a mí mismo que nunca sería tan estúpido y egoísta como mis propios padres… Sé que quiero seguir casado pero ya no quiero a mi mujer, y eso me tiene acojonado. Y no sé qué voy a hacer sin ese amor.

Accedió a llevarme a casa.

* * *

Nos detuvimos frente a mi apartamento. Todavía esperaba que rechazara mi invitación y me salvara de lo que estaba intentando hacer.

—Si subo, ¿bailarás conmigo de nuevo?

Mi apartamento en Ciudad del Cabo estaba en un edificio de tres plantas sin ascensor y tardamos veinte minutos en subir las escaleras. Nos lo montamos en cada escalón. Una vez dentro, puse música que ella calificó como «triste y sexy». Mi mujer odiaba esa música; joder, se echaba a temblar cada vez que cogía la radio.

—Melancolía —me susurró esta joven al oído.

—¿Qué quieres decir?

—Ya lo sabes —dijo con una leve sonrisa.

Se subió a mis pies mientras bailaba con ella por la habitación. Quería estar dentro de sus pulmones, nadar en ella. La cogí en brazos y la llevé a mi habitación. Sé que si hubiera tenido más confianza, más seguridad en mí mismo, no me habría sentido tan conmovido. Esto no era lujuria; no era tan simple como eso. Por primera vez en años, me sentía un ser humano, nacido en este mundo y de paso por él, pero en el lugar y momento presente, vivo. La tendí en la cama y le levanté la falda de algodón, le quité la ropa interior y desvelé un coño completamente depilado con un pequeño tatuaje de una llave antigua justo debajo del hueso de la cadera. Besé la llave, me quité la camiseta y empecé a deshacerme de los vaqueros.

—¿Tienes condones? —susurró dulcemente, quitándose la falda.

—No —dije, con la esperanza de que esto fuera la campana que me salvara del adulterio o como demonios se llamara lo que estaba haciendo.

—Espera un momento, yo tengo uno en el coche.

Se levantó de un salto y se apresuró a bajar las escaleras y luego a la calle, vestida solo con una camiseta de la que tiraba hacia abajo para cubrirse la parte de abajo desnuda. Me quedé tendido en la cama, mientras la ansiedad iba ganando terreno. «¿Qué estoy haciendo? ¿Qué estoy haciendo? ¿Qué estoy haciendo?». Aunque yo sabía exactamente lo que estaba haciendo.

Cuando mi joven amante subió las escaleras de vuelta a mi ático en Ciudad del Cabo con un condón en la mano, estaba contentísima porque su hermana había dado a luz sin complicaciones a una niña sana. Lo mío fue un desastre. Ya no estaba empalmado y sabía que la erección no volvería. Eso hizo que odiara a mi mujer más incluso de lo que la había odiado horas antes. Esta chica estaba tan adorable desnuda, con su camiseta azul brillante sobre su piel oscura… Me sentía abatido por decepcionarla. Unos momentos antes me había sentido grande y masculino. Ahora me sentía menoscabado y frágil. Para intentar hacer que mi cuerpo funcionara, me puse encima de ella y fingí ser dominante y asertivo, pero el pene me traicionó. Se iba encogiendo cada vez más con cada beso impostado. Era ridículo, pensé. Yo *quería* engañar a mi mujer, tirar mi familia por la borda, pero no era lo bastante hombre para ello. Un fracaso en toda regla.

—¿Estás bien? —preguntó ella.

—Creo que estoy a punto de morir —dije.

—El corazón te late muy rápido —susurró.

Miré hacia abajo y vi que mi pecho traqueteaba como una lavadora en unos viejos dibujos animados.

—Creo que estoy a punto de morir —repetí.

—Deja que te abrace —me dijo al oído. Enterré la cabeza en su pecho y lloré y lloré y lloré. Fueron las primeras gotas de lo que se transformaría en un verdadero torrente. No sé durante cuánto tiempo estuve derramando lágrimas, pero cuando recuperé la consciencia horas después, ella estaba retorciéndose debajo de mí y estábamos follando.

—Espera, voy a por el condón —dije.

—No te preocupes —jadeó en mi oído—. Córrete en mi vientre.

Me quedé allí, en la oscuridad, mientras absorbía la débil imagen de sus profundos ojos marrones, tan cariñosos y apasionados. Sus pechos jóvenes, su piel reluciente, sus brazos agarrando los míos, su olor, el olor del sexo. ¿Por qué hacía tanto tiempo que no lo había olido? Rocé mi cara con su pelo, retrocedí y me corrí en su vientre como ella había solicitado tan cortésmente. Luego hundí la cabeza entre sus piernas, agarrándole el culo mientras ella se retorcía y se corría. La abracé con fuerza y me ronroneó al oído. Estuvimos abrazados durante una hora más o menos. Luego lo hicimos de nuevo.

—¿Dónde quieres que me corra ahora? —susurré.

—En mis tetas —dijo—. Córrete en mis tetas, cariño.

Y eso hice.

Inmediatamente, antes de ablandarme, volví a deslizarme dentro de ella. No podía parar. No es que yo sea una especie de Casanova pichabrava, más bien era como si me hubiera dado un episodio maníaco o una convulsión. Sabía que en cuanto parase de hacer el amor con esta chica, una nueva y desagradable realidad me caería encima. Así que seguía follando.

—Ahora córrete en mi cara —dijo—. En mis labios y en mi cuello.

Y eso hice. Y aún no había terminado.

—Ahora voy a correrme en tu culo —le dije.

Y en el espacio silencioso entre nosotros, como un reino profundamente subterráneo en el que habíamos entrado juntos, me preguntó con sinceridad:

—¿Quieres hacerme daño?

—Sí —respondí, tan rápido como lo pensé.

—Tengo mucho miedo… —dijo ella.

—Yo también —dije.

Y me corrí por última vez. Estaba bañada de mí.

—Melancolía —susurró de nuevo en mi oído—. Eres ya como un recuerdo.

* * *

El director de escena anunció que empezaríamos a trabajar en breve. Todos regresamos a la sala de ensayo y nos sentamos con los guiones preparados, lápices con punta recién afilada, café y agua embotellada frente a nosotros. Los treinta y nueve miembros del reparto esperamos tranquilamente mientras el director de escena daba vueltas a nuestro alrededor e indicaba a los productores dónde sentarse. Nos miramos unos a otros desde el gran cuadrado en el que estábamos sentados nosotros, los miembros del reparto, cada uno evaluando al resto a su manera. «¿Quién va a ser mi amigo? ¿Quién intentará impedir que consiga lo que quiero?». Muchos hojeaban nerviosamente sus textos con rotuladores fluorescentes. Los diseñadores y los ayudantes del director de escena fueron los últimos en tomar asiento a lo largo del perímetro de la sala. En el centro de todo, como en un primer plano, estaba sentado Virgil Smith, con su barba y su pila de papeles.

Mi primer contacto con el Bardo fue cuando tenía casi trece años. Me quedé despierto hasta tarde una noche y vi *El rey Lear* de Laurence Olivier en la televisión pública. Era una producción barata y me pasé la primera hora anonadado por el aburrimiento. No entendía ni una palabra, ni comprendía de qué iba todo ese rollo. Y entonces, de alguna manera, la obra me acabó cautivando. Al cabo de las tres horas me vi sollozando mientras se sucedían los créditos. No entendí a Shakespeare, pero me encantó. Me encantó el misterio de no conocer algo que había sido creado con una maestría tan evidente. Parecía prometer que había respuestas para aquellos lo suficientemente ávidos como para prestar atención. Ese año, por Navidad, mi madre me regaló un ejemplar de *On Acting*, de Laurence Olivier. Cerca del final, Olivier retaba a los jóvenes actores y afirmaba que él era el rey imperante... y que si algún joven actor iba en serio, se pusiera a trabajar y le quitara la corona de la cabeza. Él no iba a regalarla alegremente. Pues bien, Laurence Olivier llevaba mucho tiempo muerto y detrás de todos esos papeles su corona de oro descansaba justamente sobre la cabeza de Virgil Smith.

* * *

Nuestro director, J. C. Callahan, estaba de pie frente a nosotros. Tenía unos sesenta años, la cabeza rapada y calva, pajarita y un traje de *tweed* hecho a medida. Era un hombre elegante y poderoso, de grandes ojos azules, amables y lacrimosos. Su formidable seguridad en sí mismo era un misterio. Se erguía de pie ante nosotros, con un metro setenta de altura, como un Buda irlandés. Bajo sus pies y por debajo de todas nuestras mesas, sillas y zapatos había montones de cinta adhesiva, probablemente de diez colores diferentes, que formaba extraños diseños geométricos de los distintos planos del decorado. Rojo para la primera escena, amarillo para la segunda, verde para marcar la batalla, etc. Parecía un mapa de nuestro futuro. Times Square asomaba en silencio, parpadeando con sus luces enloquecidas a través de las ventanas inmaculadamente limpias que nos rodeaban.

—Muy bien, pues aquí estamos —empezó J. C. Luego hizo una pausa extraordinariamente larga e incómoda antes de continuar—. Sé lo que todos estáis esperando: el típico discursito de «manos a la obra» —Apenas se movía mientras hablaba—. Pero no tengo tiempo para deciros que os lo toméis con calma. No tengo tiempo para deciros: «vamos a conocernos un poco mejor», «vamos a ponernos más cómodos». Sencillamente no tengo tiempo —Me recordaba a un león con la mirada fija y el cuerpo completamente inmóvil, que meneaba la cola de un lado a otro—. Tengo seis semanas para preparar esta obra. No quiero que os lo toméis con calma. No quiero que os relajéis. Hoy vamos a hacer un ensayo preliminar… y ya sé lo que dicen los buenos directores: «vamos a familiarizarnos con el texto», «si os trabáis, dais marcha atrás». Pero yo no soy un «buen» director. Yo os digo: «No os trabéis». Yo os digo que ya deberíais «estar familiarizados con el texto». Seis semanas. Eso no es nada. Quiero que empecemos hoy agarrando esta obra por sus considerables pelotas y que las apretemos tan fuerte que el mundo entero oiga su grito. ¿Entendido?

—Su cadencia era sencilla y clara—. Solo hay dos tipos de producciones de Shakespeare: las que te cambian la vida y las que son una mierda. Ya está. Porque si no cambia la vida del público... la producción ha sido un fracaso.

Hizo una pausa efectista, mientras sondeaba la sala. No estaba asustado, ni demasiado confiado, solo sumamente alerta. Yo lo había visto solo en una ocasión anterior, con un café para hablar sobre mi papel de Hotspur. Le dije que yo era actor de cine. No tenía la «capacidad» para hacer la obra. Me faltaba formación. Le di un montón de excusas. Luego él se puso a hablar durante media hora sobre el valor de escalar para los grandes papeles, de enfrentarnos al pasado, de medir nuestro temple con el de las generaciones que nos precedieron, de encontrar la inspiración para dar lo mejor de nosotros mismos, de buscar el techo de nuestro talento. Hasta que, de repente, solté: «Cuenta conmigo». Le estreché la mano allí mismo, en ese mismo instante.

—Shakespeare no es bello —continuó—. No es poético. Shakespeare es el mayor genio del teatro, de todos los tiempos. Shakespeare es naturaleza, como las cataratas del Niágara o la aurora boreal. Como el Gran Cañón. Shakespeare es vida, y la vida, si se aspira a una vida a lo grande, no es mansa. La vida está llena de sangre, meado, sudor, semen, fluido vaginal, lágrimas... y yo quiero ver todo eso sobre el escenario —Algunos soltaron una especie de risita—. No os riais. Lo haremos. Quiero que el público os huela. Cuando vuestro amigo muera, quiero oír vuestras lágrimas chocar contra el suelo. Cuando peleéis, quiero sentir la adrenalina corriendo por mi sangre. La violencia electriza a una sala. Quiero que nuestras luchas sean tan reales que la gente piense en abandonar el teatro y —enfatizó— no quiero que nadie resulte herido. Ese es el filo de la navaja en el que nos moveremos. Y podemos hacerlo porque somos artistas y artesanos y dedicamos nuestra vida a algo más grande que nosotros.

Sonrió por primera vez. La sala estaba en un silencio absoluto.

—Durante unos pocos meses seremos monjes y monjas consagrados íntegramente a nuestra vocación. Solo nos preocuparemos por la belleza. La belleza entendida como la honestidad más absoluta. Celebraremos lo mejor de cada uno, lo sacaremos a relucir y lo sembraremos en el escenario; lo cultivaremos y luego moriremos.

Miró de reojo a un actor mayor sentado justo a su derecha. Por la mirada que intercambiaron quedó claro que se conocían desde hacía muchos años. Este actor interpretaba al rey Enrique IV. Había ganado miles de premios de teatro. Si me quedaba mirándolo durante demasiado tiempo me ponía nervioso. No era la estrella principal de la compañía (como he mencionado, ese hueco estaba reservado para la estrella de cine de primer nivel que interpretaba a Falstaff), pero era nuestro mejor actor.

—Algunos de vosotros pensaréis: «Ah, está hablando para los tipos de los papeles importantes…». Permitidme que os lo garantice: no es así. Somos una compañía. Nada me da más ganas de golpearme la cabeza contra un bloque de hormigón que una producción de la obra escocesa de Shakespeare en la que todo el mundo se sienta alrededor y contempla el acto del Thane. Y se ponen a reírse de chistes que nadie más entiende. Me pone realmente *enfermo*. Nuestro objetivo es un objetivo común, de toda la compañía. Llevar la vida al escenario. Shakespeare y su poesía nos guiarán como un conjuro, pero *nosotros*, cada uno de nosotros, tenemos que estar presentes. Si no creemos en la importancia del arte y la belleza, ¿quién lo hará?

Estábamos sentados en silencio.

—La obra está concebida para el oído, no para la vista. Los ojos pueden mirar al frente, pueden mirar atrás. Pueden distraerse, pueden cerrarse. Pero el oído siempre está en el presente. Oye lo que es. El actor tiene que hacer que las intenciones del autor se vuelvan «visibles» para el oyente. La manera de hacerlo es con la claridad de la locución, y respirando al final, nunca en mitad de una línea. ¿Estáis escuchando?

Estábamos escuchando.

—Nos convertiremos en la voz de Shakespeare. Llevo haciendo esto toda mi vida. Dirigí mi primera producción de esta obra con mi grupo juvenil en el sótano de mi iglesia metodista en Minneapolis cuando tenía catorce años. He nacido para hacer esto, y os lo puedo asegurar: hace falta una *compañía*. Necesitamos inspirarnos unos a otros. Esta mierda no es para estudiantes. Es para adultos. Por eso siempre se hace tan mal. Y nosotros, con este grupo de gente que está sentada en esta sala, tenemos la oportunidad de brillar. Como una bola de nieve que se derrite mientras sobrevuela los fuegos del infierno, tenemos la oportunidad de ser parte de la solución. Vamos a caer sobre esta ciudad como si fuéramos el puto puño de Dios y vamos a hacer el *mejor Shakespeare jamás representado en suelo americano*. Ese es nuestro objetivo. Y vamos a empezar hoy. Con el primer acto, primera escena.

La sala permaneció inmóvil.

* * *

A pesar de que todo mi mundo se estuviera derrumbando a mi alrededor, todavía había algo que seguía teniendo. No creo que sea algo importante, ni que me abra las puertas de San Pedro ni el Reino de los Cielos. La mayoría de las veces me burlo de ello, pero siempre he sido un buen actor. Siempre hubo un lugar en el mundo en el que mi cuerpo sabía qué hacer. Se me daba bien algo y me bastaba con tener ese sitio al que acudir. Y ahora, más que nunca, necesitaba mi profesión. Necesitaba apoyarme en ella, que me mantuviera en pie. No es gran cosa y con frecuencia me da vergüenza —ya que fingir ser otra persona parece algo dudoso en lo que sobresalir—, pero de alguna manera mi vida como intérprete es el centro absoluto de mi sentido de la autoestima. Y nunca he dejado de sentir gratitud por este amor en mi vida. No he hecho nada para merecerlo y muy poco para cultivarlo. Es un don que me fue dado y, con él bajo el brazo, siempre me consideré afortunado. Así que este excéntrico y provocador directorcillo irlandés no tenía necesidad de soltar todo eso para exaltarme; el lápiz se me había roto entre las manos a las dos frases de empezar su discurso. Estaba impaciente por actuar. Si podía hacerlo bien, tal vez podría volver atrás y rescatar mi orgullo del pozo oscuro y cavernoso en el que parecía haber caído. Esto iba a ser lo único en mi vida que no iba a joder.

J. C. se sentó, paseó la mirada por la amplia sala de ensayo, pareció mirarnos a cada uno a los ojos, cerró el guion y, como si se preparase para sumergirse en un sueño, cerró los ojos. Virgil Smith jugueteaba con su gran barba blanca y las páginas arrugadas del guion obsesivamente subrayado. El rey abrió su cuaderno y buscó su sitio con el mínimo movimiento posible. Ezekiel le dio un sorbo al café y miró a la joven pelirroja que interpretaba a mi esposa mientras se aplicaba brillo de labios. Todo el mundo seguía en silencio.

Justo enfrente de mí estaba el actor que interpretaba al príncipe Hal. Nos habíamos visto miles de veces en audiciones y estrenos a lo largo de los años. Teníamos la misma edad y constitución física. Su trayectoria había sido humilde y marcada por el trabajo duro: Juilliard, Londres, Broadway. En las audiciones, nos presentábamos constantemente a los mismos papeles. Él ya había ganado un Obie y había sido nominado para dos Tony, pero seguía siendo más pobre que las ratas. Yo estaba forrado y había quedado como un completo gilipollas en la prensa sensacionalista internacional.

Le sonreí. Me sonrió también. El director de escena empezó.

—*Enrique IV, partes I y II*, por William Shakespeare…

* * *

Al empezar el ensayo descubrí que, mientras recitaba las líneas de este guerrero, Hotspur, podía sentir como una brisa que soplaba a través de mí y disipaba la ira abrasadora que estaba escaldando mis órganos y, literalmente, haciéndome daño. Mi estómago se retorcía todo el rato de dolor, pero había un ritmo en las palabras que me aliviaba. Largos discursos salían de mi boca sin pensar. El latido de la obra se hundía en mis entrañas y resurgía como agua fresca que rociaba mi furia y aliviaba el ardor de mi estómago. Cuando una actuación va bien uno no piensa, no se entretiene pensando en lo bien que está «actuando»… porque no hay un *yo*, no se puede recordar qué tal fue. La mente no distingue. Cuando terminaban mis escenas, me sentaba alerta en la silla y escuchaba el texto mientras observaba a los otros actores… pero aún sin ningún pensamiento, sin opinión.

Luego, como si entrara lúcidamente en una alucinación, volvía de nuevo a la obra. A veces, los nervios de otro actor, un destello en sus ojos o un gesto cohibido de la mano casi rompían el hechizo. O yo mismo me distraía y recordaba que el director me estaba observando con su gesto duro e impávido y me venía abajo por un segundo al entrar en contacto con «el mundo real», pero enseguida la cadencia de las palabras me arrastraba de nuevo. Las primeras dos horas y media de la obra transcurrieron como un tren de metro que se olvida de parar.

Llegamos a la escena de mi muerte y yo echaba espuma por la boca mientras desafiaba al «príncipe Hal» a que se enfrentara a su terrible destino. El calor y la energía de la lengua de Shakespeare me infundían fortaleza. Podía sentir *el odio* y, por primera vez en mi vida, comprendí cómo una rabia omnímoda podía resultar placentera. Era clara y sincera. En aquellos momentos estaba viviendo en lo más profundo de la metáfora de la obra e intuía el texto de manera instintiva... Por un momento, no había Mercury Hotel, ni divorcio, ni niños, ni vergüenza; solo había ideas, ritmo, lenguaje y respiración, que se producían con espontaneidad al mismo tiempo.

El mundo exterior tiende a celebrar los aspectos superficiales más triviales de la vida de un actor, elevando su personalidad a la categoría de un dios de plástico, pero el verdadero placer de actuar reside en la ausencia de personalidad. Al tomar y habitar los atavíos de otro —su procedencia, su acento, su indumentaria, su historia—, uno se da cuenta de que cada elemento de la propia personalidad es maleable. Es posible hacerlo, ponerse en la piel de otro ser humano... y aun así seguir siendo *uno mismo*. Esto, a su humilde manera, resulta profundo porque refleja que ninguna de esas cosas que se consideran como parte de la *identidad* son intrínsecas. El *yo* es algo mucho más misterioso que una persona divertida, enfadada, herida, que fuma cigarrillos Marlboro, que es presbiteriana, vividora, nigeriana, forofa del Real Madrid... Todo eso es revestimiento. Desde luego, actuar me sentaba bien; dentro de la obra parecía posible no ser una persona definida por el adulterio, la falta de amor de sus padres, las mentiras, o el fracaso como padre. Parecía posible que pudiera definirme algo más.

Cuando era joven y empecé a actuar de manera profesional, todo lo que quería era ser «auténtico» y «genuino», pero ahora, pasados los treinta, no estaba seguro de lo que significaban esas palabras. En una ocasión rechacé un papel increíble porque pensé que quedaría falso si hablaba con acento británico, como si la cadencia de mi voz «natural» no fuera un artificio. Como si no hubiera nada en mí —el pelo despeinado, los vaqueros viejos, la camiseta desgastada; todo contribuía hábilmente a la impresión de una persona a la que no le preocupaba su «apariencia»— que no fuera un artificio. Y era muy real. El artificio es muy *real*. Mi gran salto a la gran pantalla llegó con el papel de un delincuente tartamudo de diecisiete años en un reformatorio de los años veinte. Todo el mundo pensó que ese *era* yo. Pero mi verdadero yo (por decirlo de alguna manera) era, evidentemente, un actor que practicaba para «tartamudear», entraba en la caravana de maquillaje y luego volvía a salir. A mi verdadero yo lo echaron de la escuela de arte dramático porque faltó a demasiadas clases de técnica vocal. Después haría una adaptación cinematográfica de *La gaviota* de Chéjov. Los fans de la película se me acercaban y me daban besos en la cara, complacidos de que no me hubiera pegado un tiro en realidad. Pronto comprendí el poder, el tremendo poder nuclear, del engaño que conlleva cualquier tipo de narración de historias.

ESCENA II

Después del ensayo, recogí a mis hijos de casa de su madre (seguía sin haber rastro de ella) y salimos a comprar un cachorrito. Había un veterinario a la vuelta de la esquina que daba animales en adopción y en una pequeña jaula había una cachorrita blanca y negra que acababa de llegar de una granja del norte del estado. De inmediato, fue unánime: era para nosotros. La primera vez que mis hijos vieron mi nuevo apartamento en el Mercury no podría haberles importado menos por qué estábamos allí; solo se dedicaban a perseguir a la recién nombrada Nevada por la habitación del hotel mientras la cachorrita se meaba, cagaba, daba pequeños ladridos y se iba haciendo un hueco en sus corazones a mordisquitos. Les encantó su habitación, e incluso se pusieron de acuerdo en quién se quedaba con la litera de arriba. A mi hijo le daba miedo la escalera. Cuando llevé a mis hijos de vuelta a casa de su madre, dejamos a Nevada en el cuarto de baño. Les compré un helado y por un momento tuve la seguridad de que había alguien que me quería. Por muy barato que me hubiera salido ese amor, me alegraba de tenerlo. De vuelta en casa de su madre, los acosté, les rasqué la espalda y les leí unos cuentos. Mi antiguo apartamento olía al perfume de hamamelis de su madre… Eso empezó a darme escalofríos. Ya me estaba yendo por las ramas. Estaba distraído y no dejaba de preguntarme cuándo volvería *ella* a casa. Cuando mi hija mayor por fin cayó rendida, fui a la cocina y *ella* estaba allí, mi mujer. Nos miramos a los ojos por primera vez en cinco semanas, por primera vez desde que le dije que los escabrosos cotilleos sobre mis correrías en Ciudad del Cabo en la portada del *Post* eran ciertos, y esta fue la primera vez que nuestras miradas no encerraban velo alguno de misterio amoroso. Ahora estábamos desnudos. Nos conocíamos el uno al otro mejor que nadie en el mundo entero, mejor que nuestras madres, y nos odiábamos mutuamente.

—¿Quieres ir a cenar algo? —pregunté.

* * *

Mary y yo nos sentamos y hablamos durante mucho rato, en un restaurante que ya no sigue allí, ambos con las manos temblorosas, y nos dijimos todas las habituales mierdas detestables que se dicen las parejas cuando olvidan cómo llevarse bien. La acompañé a casa hasta los escalones de la entrada de nuestro apartamento. No estábamos seguros de cómo despedirnos. Yo sabía que no subiría al apartamento. Era como el final de una terrible primera cita.

—Quiero decirte algo —dije mientras ella se marchaba y subía hacia la puerta de entrada—. No sé lo que significa el «amor» pero sí sé que no se puede llegar a ningún sitio importante en esta vida sin sufrimiento. Y puede que el amor y el sufrimiento tengan mucho que ver el uno con el otro. Y si hay un cielo u otra vida después de la muerte, sé que tú y yo estaremos allí juntos. Somos familia.

Me miró, con los ojos ocultos por el sombrero, se giró y entró en el edificio de nuestro antiguo apartamento.

* * *

Necesitaba una copa. Diez copas. Mis manos todavía temblaban. Hay un bar justo al lado del Mercury Hotel. Una cantina mexicana vieja y cutre llamada Lucy's El Adobe. Al menos antes estaba allí, seguro que ya no, pero no quería estar solo. Entré en el Lucy's, pedí un margarita y unos nachos con salsa y me senté con un ejemplar en rústica de *Enrique IV* para tratar de memorizar el soliloquio inicial de Hotspur.

Por increíble que parezca, sentado en el bar, a unas cinco o seis sillas de distancia, estaba Eugene R. Whitman. En aquel momento era, a mi parecer, el mejor dramaturgo vivo que existía. Estadounidense, por lo menos. Fue raro verlo. Allí estaba yo, más descarriado de lo que nunca me había sentido en la vida, y seis sillas más allá —como colocado por una mano *divina*— estaba mi principal figura paterna, la figura paterna de Estados Unidos. Vi una de sus obras cuando tenía dieciséis años, y la leí como veinte veces en los dos años siguientes. Su foto en la parte posterior de la sobrecubierta era, para mí, como una instantánea de John Wayne, James Baldwin, Johnny Cash, Samuel Beckett, Buda, Baudelaire y Billy el Niño… todo en uno. Un artista puro, sin estudios, sin tonterías, un inconformista irascible, un rebelde de los rodeos. Yo había actuado en tres de sus obras. Él vino a una actuación, al parecer, pero se emborrachó en el intermedio y desapareció, para gran disgusto de todo el reparto. Estábamos convencidos de que nos detestaba.

Estaba bebiéndose una cerveza y ligando con una chica de unos veintialgo. Entonces, con un gesto airado y espontáneo, lo oí decir: «¡Jooooooder, me cago en todo!». Y lo vi salir hecho una furia. La joven (atractiva, del tipo que lleva camisetas de los Dallas Cowboys) se giró hacia mí y me dijo:

—¿Tú sabes quién era el tío ese?

—Sí —dije, tratando de parecer indiferente.

—¿Crees que de verdad ha ganado un premio Pulitzer? —preguntó, pronunciando las palabras con esfuerzo.

—Ha ganado dos —dije.

—Ostras, vaya, pensaba que era todo mentira —me dijo en tono de disculpa. Luego miró el móvil y corrió a unirse a un grupo de jóvenes que acababa de llegar.

Unos instantes después, apestando a tabaco tanto como yo probablemente, él regresó al bar y se sentó a un par de sillas de distancia de mí. Pidió un chupito de tequila con hielo y otra cerveza Tecate. Al cabo de un momento, me habló como si nada.

—Parece ser que tienes líos de faldas, ¿eh? —dijo.

—¿Líos de faldas? —me reí; este tío era mi héroe indiscutible—. Se podría decir que sí.

—¿Sientes el corazón como el pescado cuando se está friendo? ¿Como si no pudieras respirar siquiera sin saber que ella está ahí? ¿Sientes como si hubieras perdido las manos? —preguntó, mientras me clavaba una dura mirada que me hizo reír. Mi héroe estaba borracho como una cuba.

—No —dije—, no es eso.

—Bien —dijo secamente, y se bebió de un trago la mitad de la Tecate—. Eso está bien. Temía que fuéramos a tener una conversación diferente, más ñoña.

Se produjo un largo silencio. Era carismático y atractivo de cojones. Incluso a los setenta había algo hipnótico en sus movimientos. Lo imité y me bebí el margarita a cámara lenta de una forma que imaginé que a él le parecería varonil.

—En fin, cuéntame la historia —solicitó, y se acercó para sentarse junto a mí—. Los trapos sucios. La miga, ¿eh? Ve al meollo del asunto.

Sonreía como si mis problemas y tribulaciones fueran a ser de lo más divertido.

—Me pillaron engañando a mi mujer y ella está cabreada por eso —declaré simplemente.

—Ya, todo eso lo leí.

—No deberías leer esos periódicos —dije, intentando adoptar su forma de hablar de vaquero duro.

—Vamos, todo el mundo necesita algo que echarse al buche, ¿no? Todos la cagamos alguna vez.

—Supongo —dije mientras contemplaba mi bebida.

—Eres idiota por dejar que te pillaran esos periodistas de tres al cuarto.

—Están por todas partes.

—No me gustaría estar en tu lugar   dijo, y cambió de postura como si de repente estuviera sobrio—. Así que le pusiste los cuernos. Eso son palabras mayores. Menudo par de huevos tienes, ¿no? Y ella lo sabe. ¿Cuántos años tienes? ¿Treinta?

—Treinta y dos —masculle.

—Bueno, ¿y a ella qué le pareció? ¿Se pensó que te ibas a quedar calladito y llevártelo contigo a la tumba?

—No sé lo que pensó.

—Bueno, lo superará —declaró con autoridad.

—Es orgullosa —dije.

—Tiene que serlo. No sois solo vosotros dos, ¿no?

—¿Qué quieres decir?

—Me refiero a que no tomáis las decisiones solo pensando en vosotros dos. Tenéis otras personas bajo vuestra responsabilidad, ¿verdad? Críos.

—¿Los niños? —pregunté, como si fuera idiota.

—Sí, los niños. Necesitan que arregléis todo esto. Ahora

mismo tenéis que darles ejemplo con vuestras acciones. Tenéis que amaros, perdonaros, ser humildes.

—Pero soy tan infeliz viviendo con ella… Siento que preferiría cortarme la cabeza —afirmé. Le contaba mis problemas a cualquiera que estuviera dispuesto a escucharme.

—Pues claro que eres infeliz. Te casaste con una estrella del rock —se rio—. Yo me follé a un par de ellas. Al final solo eres material.

Seguía jugueteando con su vaso de chupito vacío, moviéndolo alrededor de la barra.

—¿Qué vas a hacer, entonces, tirar por el *di-vor-cio*?

Pronunció la palabra con tono burlón.

—No… Yo no quiero el divorcio, pero no creo que pueda seguir viviendo con ella. Ese es mi problema. Verás —me lancé a contar los detalles—, cuando me tiré a esta otra chica sentí como si alguien me sacara un enorme calcetín sucio de la tráquea, y no quiero volver a tragármelo. Es como si pudiera respirar, como si me llegara oxígeno al cerebro.

—Estás madurando, hijo —me dio una palmadita en el hombro—. Estás madurando. La gente cree que el amor no correspondido es desamor, pero no es así. El amor no correspondido es un feliz estado de melancolía. Ver morir el amor, eso sí que es una bala perforante y desbocada. Cuando llevar a los críos al colegio, hacer la colada y lavar los platos es la lluvia que cae sobre las últimas brasas que quedan de tu romance, como al mear en una hoguera de campamento. Cuando todo lo que te queda es humo como para asfixiarte. Entonces tu corazón se muere. Y si eso te pasa a los treinta y dos lo siento mucho por ti.

Pidió una cerveza y un chupito de tequila con hielo para cada uno.

—Yo creía simplemente que el *amor* era básicamente una decisión que se tomaba, ¿sabes? —dije—. Los sentimientos van y vienen, ¿no? Lo que siempre quise fue un hogar para mis hijos.

—Deduzco que te estás refiriendo a tu propio viejo, ¿no?

—Yo quería que este matrimonio funcionara más que nada en el mundo.

—¿Por qué? —preguntó.

Lo miré con cara de tonto. No lo sabía.

—Pues entonces ve y recupérala, ¿no? —sugirió como un niño—. Empieza por ahí.

—Si lo hago solo por los niños se lo olerá, y no llegará a ninguna parte.

—Tomaos un descanso de un año —dijo, considerando seriamente mi situación—. Tomaos un descanso y ya está.

—Ella dice que no puede vivir así. Quiere que me busque un abogado.

—Entonces te toca tirar por lo drástico —dijo.

—¿Qué quieres decir?

—Desaparecer —hizo señas para pedir otra bebida. No llevábamos sentados ni diez minutos y ya iba por la tercera—. Tú sigue rellenándonos —le dijo enseguida a la camarera—. No me hagas pedir otra vez, hace que me sienta como un alcohólico. Bueno, escúchame —me dijo, clavándome la mirada—: si desapareces durante una semana, quedas como un crío irresponsable; si desapareces durante un mes, eres un haragán. Si desapareces un año, se alegrará de que estés *vivo*. Si desapareces un año nadie te pedirá que busques un abogado, nadie te dirá cuándo puedes ver o no a tus hijos. Acabará suplicándote que te los lleves. Desaparece un año y te la chupará en cuanto aparezcas. Te lo puto garantizo. Lo digo en serio, joder. ¿Tienes idea de cómo desaparecer?

—No —respondí.

—Montana, Idaho, Nueva Escocia, Dakota del Norte o del Sur, diez mil dólares en efectivo, una caña de pescar, un buen equipo de pesca, una camioneta, y que le den por culo al resto del año. Pásalo mejor que en toda tu vida, y luego cuando vuelvas toda esta mierda se habrá arreglado sola.

—¿Qué hay de mis hijos? —pregunté. Me lanzó una mirada que me hizo sentir como si mi polla no midiera ni un centímetro.

—¿Qué edad tienen?

—Cinco y tres —respondí.

—No hay problema. Ni se darán cuenta de que te has ido. Los críos no se fijan en el padre hasta los ocho años. Ella es una buena madre, ¿no? Los quiere y eso. Estarán bien. Hazle saber que eres un hombre. Entérate tú mismo. Empieza a juzgarte por tus virtudes, no por tus defectos. Hazle saber a todo el mundo lo que se están perdiendo. Y, joder, por el amor de Dios, no empecéis a hacer el tonto con abogados y horarios y detalles insignificantes.

El señor Whitman me observó largamente y luego hizo un gesto de desaprobación con la mano.

—No lo vas a hacer. Pero deberías. A veces la vida te pide ser drástico.

Jugueteó con el hielo de su vaso.

—Es como esto —me dijo, con una mirada bizca de serpiente borracha—. Vas conduciendo un coche, con la intención de atravesar el país, o de ir a cualquier otro sitio; ni siquiera sabes adónde vas, solo que tienes que seguir *avanzando*, pero algo te está jodiendo. Algo no va bien. Tal vez es el coche, hace un ruido que no te gusta. Echas un vistazo al motor pero no eres mecánico. Y piensas: «¡Joder! Si toco algo de este armatoste me lo voy a cargar. No sé lo que estoy haciendo». Así que te pones en marcha de nuevo. Sigues adelante. Sin rumbo. A la espera de que todo salga bien. Y le das caña al aparato de música para intentar tapar el ruido con música pop. No funciona. Cada vez que se produce la más mínima pausa en la melodía... oyes ese mismo sonido que te pone enfermo. Te pone nervioso y, en cualquier caso, odias la música pop. Paras y recoges a una mujer. Piensas que tal vez charlar y besuquearte con ella camuflará el traqueteo. Sus labios te hipnotizan. Pero, joder, es insoportable, *mujer equivocada*. Así que te deshaces de ella. Te buscas otra más distinguida, pero es *aburrida*... Y, mierda, todavía sigues oyendo ese maldito sonido como de calderilla que se te cae de los bolsillos. Empiezas a acojonarte. Tal vez no es ella la aburrida, ¿a lo mejor eres tú? Quieres pimplarte una botella de Wild Turkey, pero alguien se la ha llevado y se ha pirado. Buenas noticias: ¡tienes un alijo secreto! Pero sabes que pronto se te pasará la curda y ya no te quedará con qué empinar el codo. Entonces piensas: «Eh... Tal vez debería ir a por lo drástico y buscarme un coche nuevo». No te das cuenta de que lo realmente drástico sería... deshacerte por completo del coche. Andar. O, mejor aún, ¿adónde cojones crees que vas, de todos modos? Siéntate —Me miró como si hubiera dicho algo profundo que debiera recordar para siempre—. Cada vez que pierdes algo, deberías gritar: «¡Gracias a Dios!». Te hace un poco más ligero, te hace un poco más *tú*. Porque si puedes perderlo... ya sea un coche, una idea, una creencia, una mujer... es que no era tuyo.

Después de una hora de estar sentado con él me había

pillado otra vez una buena cogorza. El viejo Eugene siguió soltando gruñidos de decepción por el frío de la maldita noche. Acabé mi segunda noche de vuelta en Nueva York solo en el Mercury Hotel, tal y como había terminado la primera, vomitando lo que parecían unos cuantos metros de intestinos. Mis brazos abrazaban literalmente la tapa del váter mientras intentaba dormir. Solo que esta vez había una cachorrita blanca y negra muerta de hambre, de apenas el tamaño de la palma de mi mano, mordiendo mis botas. Las baldosas frías del suelo del baño provocaban una sensación agradable contra mis mejillas. Recuerdo haber pensado que conocer a tus héroes es un error.

Acto II
Catástrofe en acción

ESCENA I

Iba a darle una buena al puto santurrón modosito este. La adrenalina corría a través de mis puños. Con una espada dando sablazos en mi mano derecha y una daga preparada en la otra, la sangre de mis dedos palpitaba contra las empuñaduras de cuero de ambas hojas. Iba a rebanar la cabeza de este príncipe rufián con dos tajos firmes y limpios. La ira procedente de alguna antigua caverna de mi corazón emanaba a borbotones. Clavé la mirada en el príncipe mientras el sudor le goteaba en los nerviosos ojos. Las otras personas a nuestro alrededor, unas treinta más o menos, que permanecían hipnotizadas por la violencia, aprobaban cada uno de mis gestos. Podía sentirlo. Me querían, y su aprobación me sentaba bien, como agua en hierro candente: no lo bastante fría para apagar el calor, pero lo suficiente para liberar un chorro de vapor y transformar mi odio en una hoja afilada al rojo vivo.

«Ay, por Dios. Oh, Dios mío».

¿Cómo puedo estar tan cabreado?

¿Y por qué sienta tan bien, joder?

—¡Cuidado, cuidado! —oigo gritar a mi amigo entre la multitud.

«A la mierda el cuidado». Iba a demostrarle a todo el mundo la línea ancestral de la que descendía. ¿Acaso hay alguien que no crea que tengo un corazón de guerrero?

¿Por qué no me arranco las costillas para que puedan ver la fuerza con la que laten mis ventrículos? Mi corazón es viejo, mis huesos fuertes y mi sangre fresca. «Creedme, hay suficiente para todos. Ponedme a prueba».

—*Mi nombre es Harry Percy* —anuncié para que lo oyera cualquiera en varios kilómetros a la redonda. Existe una formalidad universal que honra a quien cumple con el código: hay que presentarse siempre. Es lo que hay que hacer, aunque sea lo último que hagas antes de rajarle la columna vertebral a un imbécil y seccionarle la cabeza de los hombros. El príncipe enclenque me espetó algunas tonterías, con su voz débil y sus palabras ensayadas.

No me importaba lo que decía. No estaba escuchando. Miraba con atención la arteria que bombeaba frenéticamente el miedo desde el interior de la suave y delicada piel de su garganta. Ese era el objetivo. El primer tajo sería justo ahí. Imaginé lo bien que me sentiría.

—*Ha llegado la hora para uno de nosotros* —grité a esta escoria—. *¡Ojalá tu renombre como guerrero igualara al mío en estos momentos!*

Me gusta hablar así, a la vieja usanza. Que todo el mundo sepa que tienes cerebro en la cabeza y un par de huevos en los pantalones. Mi voz sonó potente y firme cuando me dispuse a efectuar mi movimiento, gritando hacia él. Retrocedió al vuelo, como sabía que haría. Al sentir que los otros se apartaban de mi camino con miedo silencioso, ataqué. Todo el mundo temblaba y se encogía de miedo, pero se lanzaban miradas furtivas. No *querían* verlo. *Necesitaban* verlo. El tiempo se volvió más lento… Moverme me resultaba fácil; podía ver dónde retrocedería antes incluso de que se le hubiera ocurrido la idea. Lo golpeé por la izquierda y permanecí sobre él mientras trataba de escabullirse. Los hombres que nos flanqueaban me rogaban que lo matara. No sé por qué me querían, pero lo hacían. Los hombres son débiles y estúpidos y admiran la fuerza y, joder, yo la tenía.

El golpe de gracia... Empuño la espada hacia él... en dirección a esa abertura mágica... seguro de cortarle la cabeza de cuajo. Pero no lo hago. El gilipollas se agacha, esquiva por completo mi ataque y recoge del suelo una lanza abandonada por un soldado caído, y el príncipe me atraviesa con la punta directamente el pecho a través de la armadura.

—*¡AAAAAAAAH!* —chillo.

Se suponía que la hoja de la punta de esta lanza era retráctil (así se había coreografiado la pelea) pero, naturalmente, al ser este el ensayo general y la primera vez que representábamos la obra en el escenario, ya caracterizados, la puta lanza va y se atasca y me golpea directamente en el plexo solar.

Peor que el indescriptible dolor que brotaba de mi pecho fue el desgarro que oí en mi garganta. Me acababan de reventar las cuerdas vocales.

Reuní todas mis fuerzas para el monólogo de mi muerte. Tenía que hacerlo.

Podía oír el desgarro. Escarbé en lo más profundo y bajo de mi registro para conseguir pronunciar las últimas líneas. El teatro vacío resultaba cavernoso.

Mas el pensamiento es el esclavo de la vida.
Y la vida, la burla del tiempo.
Y el tiempo, que contempla el mundo entero,
Debe tener un fin.

Caí muerto. El primer preestreno sería la noche siguiente, seguido de ochenta y una actuaciones programadas después. Me quedé allí tumbado, hecho un manojo de nervios, con los ojos cerrados y la cara pegada a la dura madera. La obra continuó a mi alrededor: voces por encima de mí, pies pisoteando a izquierda y derecha de mi cabeza. Seis meses por delante de *Enrique IV: Partes I y II*, ocho veces a la semana, y voy y me reviento la voz durante el puto ensayo general. En silencio, con los ojos cerrados, aún tendido muerto en el centro del escenario, tarareé algo para mí mismo, con la esperanza de que pudiera estar exagerando.

No, tenía la voz destrozada. ¿Cómo podía perder la voz? Me sentí como si acabara de avanzar hacia una hélice en movimiento. Esta obra lo era todo para mí; era lo único que me mantenía con vida. Seguía viviendo en el Mercury Hotel, mi mujer me odiaba y no me hablaba. Mis hijos parecían desorientados a mi alrededor y lloraban cada vez que nos despedíamos. Estaba perdiendo peso como un pavo que se va trinchando el día de Acción de Gracias. Había perdido casi siete kilos en las últimas cuatro semanas y me daba miedo volver a subirme a la báscula. No era capaz de comer. Nunca tenía hambre. Los pómulos sobresalían en mi cara. La ansiedad se me disparó a través de la sangre. No, ansiedad no: un terror palpitante. Había fracasado como marido, como padre, y ahora, en el ensayo general, también como artista. El arte era lo mejor de mí.

No podía perder la voz.

Otros actores continuaron con la obra; sus diálogos reverberaban por encima de mí. Permanecí con los ojos furiosamente cerrados. Algunos personajes lloraban mi muerte, otros parecían complacidos.

Esa mañana había visto a mi mujer en un programa de televisión mientras me cepillaba los dientes y me vestía. Estaba promocionando, como correspondía, su nuevo álbum «éxito de ventas», mientras el presentador del programa de televisión contaba a la nación, con dulzura y aflicción, todas mis indignas acciones. Los hechos no siempre son favorables. El tribunal de la opinión pública me declaraba inequívocamente culpable. Hay tantas cosas que no se enseñan en las clases de interpretación...

Hacerme el muerto era lo mejor que iba a sentir en todo el día.

* * *

Esta era la última noche de una larga semana de ensayos técnicos, que es la parte más tediosa de todo el proceso de ensayo, en la que básicamente se vive en el teatro por un tiempo (normalmente unos tres o cuatro días) mientras preparan las luces, el vestuario y el sonido, y ponen a punto todos los elementos técnicos. Habíamos trabajado hasta medianoche, así que cuando me quité el traje y me fui para casa era casi la una de la madrugada. Me había afeitado la cabeza ese mismo día (Hotspur no se cepillaba el puto pelo) y ahora tenía el cuero cabelludo congelado. Cuando sonó el teléfono, estaba muerto de cansancio, con pañuelos alrededor de la garganta y sin sombrero. Era Dean.

A mí me importa una mierda lo que digan los demás, yo creo que Dean Deadwilder es un gran actor. Ciertamente, tenía una reputación espantosa por arrojar cualquier mierda que tuviera a mano a *paparazzi* y a empleados de hotel, golpear a productores, y todas esas excentricidades de los famosos. La última vez que hablé con él acababa de sufrir una crisis nerviosa en mitad de un rodaje, probablemente a causa de las drogas, y acabó hospitalizado. Lo leí en el periódico y lo llamé al móvil, con la idea de dejar un mensaje en el buzón. Lo cogió.

—Me fui del estudio inconsciente en una ambulancia después de cinco meses de rodaje y nadie del reparto, del equipo técnico o de producción ha llamado todavía para ver si sigo vivo… Eso debería darte una pista de la clase de capullo integral en que me he convertido.

Esta vez, sin embargo, fue él quien me llamó, para decirme que estaba preocupado por mí (habíamos hecho una película juntos unos cinco años antes). Me recogería en tres minutos a la salida del teatro. Así que después de un día épico de pruebas técnicas y de destrozarme la voz en el ensayo general, me subí a su limusina. El conductor estaba oculto tras una pantalla negra. Dean metió una llave en una bolsa enorme de cocaína mientras hablaba y me la ofreció despreocupadamente. Yo había probado la cocaína varias veces antes pero la droga nunca me había atraído. Salvo esta noche. Esta noche empecé a esnifar cocaína como si fuera polvo de hadas con propiedades curativas mágicas.

No lo era.

El interior de la limusina estaba oscuro, pero las luces en movimiento de fuera iluminaban la cara de Dean. No es guapo como un modelo. Tiene aspecto de hombre, el hombre que todo chaval de quince años quiere llegar a ser: grande, fornido, con ojos profundos, expresivos y arrebatadores.

—William, ¿piensas que estás jodido? Yo enterré a mi viejo hace tres noches y llevo en esta limusina tres putos días. Enterramos a mi padre en Alberta y desde entonces he estado dando vueltas por ahí. Tenía que alejarme de mi madre, y mis hermanas, y mi hija, y mi exmujer... Sin el viejo se han vuelto todas chaladas.

Contempló con tristeza la ciudad de Nueva York. Por la ventanilla se sucedían luces: rojas, verdes, azules. Su rostro parecía moverse erráticamente, iluminado por el resplandor de los escaparates y moviéndose a la velocidad de la limusina.

—Esta es la cosa —continuó con su famoso y casi agudo ceceo—. Lo bueno de ser hombre es que a medida que te haces mayor te vuelves más masculino. Por desgracia, eso les pasa a las mujeres también —Se rio de su propio chiste—. Hay una guerra de géneros ahí afuera, no hagas como si no existiera. Fíjate en esa reacción que tiene todo el mundo a que te comportes como un macho de verdad. Es la sociedad matriarcal intentando asegurarse de que te humillen lo suficiente como para que los piojosos de sus maridos mantengan la polla guardada en sus pantalones.

Metí la llave en la bolsa y la deslicé hasta mi nariz.

—Date cuenta de lo que te digo: me follé a Ida Hayes, y esto cuando ella tenía solo veinticuatro años, en un ascensor en los Óscar. Le di con el dedo al botón de cerrar la puerta hasta que me corrí. Luego solté el botón, me metí la polla en los pantalones y subí la cremallera, entré en la sala y senté mi culo ahí para la televisión nacional. Una buena historia, ¿eh? —Dean sonrió de oreja a oreja mientras nos abríamos paso a toda velocidad hacia el centro-norte de la ciudad—. Gané el premio a mejor actor en Cannes, que era mi objetivo en la vida. He ido de pesca mientras conversaba sobre la iluminación del alma individual con Víctor Chávez en un lago de Venezuela al amanecer. He rezado con supervivientes en las cámaras de gas de Auschwitz. He repartido tortas de arroz en Ruanda. He estado sentado en una cueva mientras meditaba en silencio yo solo durante un mes en Mongolia. He fumado peyote. Todo eso he hecho, ¿y sabes qué? Todo carece de sentido. Todo. Lo verdaderamente real pasa dentro de uno mismo. Sé que eso te asusta porque, digas lo que digas, puedo ver en tus ojos que sigues creyendo en Dios.

La coca iluminaba con una luz brillante mi nariz, que subía hasta la parte superior de mi cráneo vacío. Yo no estaba pensando en nada… y mucho menos en el concepto de Dios. Me preguntaba qué tenía mi cara que le hacía pensar que era creyente.

—No puedes soportar el hecho de que no haya nada —dijo, sacudiendo la cabeza como un caballo—. No hay nada. No hay un individuo como tal. Como William Harding o Dean Deadwilder. Dentro de treinta y cinco años no estarás lamentándote por la ruptura de tu matrimonio… te estarás preguntando por qué cojones le diste importancia. Pensarás en ello del mismo modo que recuerdas cómo te sentiste el día que tu madre te llevó de viaje a ver a tu abuela pero olvidó tu mantita favorita, y no parabas de llorar… Pataleabas y berreabas. Qué injusto te parecía. Estrujabas el asiento, la gente intentaba consolarte, pero tú estabas hecho polvo. Ahora, años después, te ríes de la mantita azul porque puedes darte cuenta de lo trivial que resultaba. Es una manta. Puedes vivir sin ella. No te definía más que tu encantadora mujercita. ¿Lo pillas? Todo lo que ocurre, ocurre en el interior de uno mismo. Y sea lo que sea ese yo interior, no es William Harding el actor de cine o el adúltero. Sea lo que sea el yo interior, no desaparecerá cuando tu cuerpo tenga gusanos arrastrándose por las cuencas de tus ojos.

Estábamos atravesando la ciudad a toda velocidad; por un segundo su cara se iluminó de un amarillo brillante y cálido, al siguiente de un verde enfermizo, y luego de un rojo terrorífico.

—Por la forma en que tus pómulos intentan abrirse paso a través de tu piel, puedo ver que sigues enamorado de la idea del matrimonio. Quieres recuperar a «tu mujer». Quieres ser normal. Un hombre de familia. Quieres que la gente te respete, que piense que eres una buena persona. Pero déjame que te diga algo: estás intentando andar con las orejas y luego lloras porque no lo consigues.

En este punto mi cerebro estaba completamente secuestrado por la cocaína.

—Deja que te cuente sobre la Guerra de Géneros —continuó Dean—. Él vs. Ella... Hombre vs. Mujer... Venus vs. Marte... La mujer nace, el hombre se hace. Es una lucha. Pasa en nuestras relaciones y dentro de nosotros mismos. Esa es la verdadera batalla. El hombre dice: «¡Quiero hacer!». Y la mujer: «¡Quiero ser!». Ambos deseos coexisten dentro de todos nosotros. Están en conflicto. «Quiero disfrutar del río» frente a «Quiero atrapar todos los peces y construir un puto dique para que no me inunde nunca los cultivos». Y luego todo el mundo quiere hacer las paces. Cásate conmigo. Seamos *uno*. Unámonos. Lo masculino y lo femenino; podemos sanar la gran escisión, el abismo original. Desde que la primera célula se dividió, se creó la ilusión y empezó la guerra. Pero, verás, la ilusión en realidad es que somos, seremos, o alguna vez fuimos algo más que *una* célula. No lo pillamos. Las cosas que nos separan, ya sean nuestros cuerpos, países, géneros... no son *reales*. Da igual que tú y tu mujer hayáis roto. Porque es una falsa percepción creer incluso que sois seres distintos.

Supongo que se me había quedado cara de tonto porque se levantó de golpe de su asiento y casi me gritó de la emoción.

—Verás, es como una ola que cree que es diferente de la ola de al lado... Ni siquiera se da cuenta de que ambas son, siempre han sido y siempre serán agua. ¿Entiendes? Mírate... No te estás enterando de nada de lo que estoy diciendo.

Llevaba razón. Tenía la llave de nuevo a la altura de la nariz y la mirada perdida.

—Permíteme que te haga una pregunta —propuso—: ¿cuál es el sentido de tu vida? ¿Por qué te levantas, vas al baño, viajas en metro, fumas, te pones el traje, recitas unas líneas, haces una reverencia, llamas a un amigo, vas a casa, cenas, ves una peli mientras te haces una paja y te vas a la cama? ¿Por qué haces todo eso? ¿Ya has hecho todo eso antes? ¿Ves? Lo que quiero decir es que algunas personas nunca han logrado lo que se proponen, así que siguen creyendo que sus objetivos tienen un sentido y crearán un *cambio*. Algunas personas nunca lo intentan, así que siguen pensando para sus adentros que, en el momento en que lo intenten, si es que lo hacen, sus objetivos tendrán sentido. Pero los pocos que hemos logrado nuestros objetivos, o aquellos que se atormentan con la decepción de haber fracasado al tratar de conseguirlos después de toda una vida de *verdadero* esfuerzo, sabemos que el objetivo de los cojones no tiene sentido... como ganar un partido de béisbol de una liga menor en 1919. Para empezar, eso de que toda esta mierda tenga alguna importancia es una fantasía compartida. A la gente le encanta poner todo su empeño en los juegos, el trabajo, las relaciones, la política... para crear la ilusión del sentido. ¡Si pudiera recuperarme del hombro, podría ser *quarterback*! Ojalá pudiera terminar este documental y contar al mundo la historia de mi tío abuelo... entonces sería *importante*. Si fuera una estrella de cine, entonces *existiría*. La gente es capaz de encenderse una pipa de crack o robar una televisión solo para intentar *sentir* que existe, para reforzar su idea de que algo *está pasando* de verdad... y otros simplemente se ponen un videojuego y se van a dormir, porque no quieren enfrentarse a la realidad de que no hay nada que *hacer*. Tal vez la gente piensa que si se enfrenta a la falta de sentido, a la absoluta futilidad de la vida, se hundirá bajo el peso del vacío, y eso les da miedo. Puede ser...

Respiró hondo, tratando de sosegar su cerebro avivado por la cocaína, y prosiguió:

—¿Qué pasa entonces si digo: eh, espera un momento, joder, yo no pienso tragarme nada de esto...? Sé que mi vida es transitoria y que toda mi existencia tiene ni más ni menos que el mismo papel en esta galaxia que la de un castor en un bosque perdido de Ontario. *¡Ya lo sé!* Puedo ver la Vía Láctea. Así que no quiero que mi vida dependa de mis logros, o de lo que un crítico de cine gilipollas piense de mí, o de lo que Ingmar Bergman piense de mí... Pero, entonces, ¿de dónde vendrá mi sentido del yo? Necesito un sentido de identidad, ¿no? Soy un gran *actor*. ¡He ganado un montón de premios! Esa es mi identidad. Pero, evidentemente, eso es solo apariencia, ¿verdad? —me preguntó con ese famoso y extraño ceceo, casi femenino—. Todos sabemos eso: que un premio o un logro no tienen un significado intrínseco. Vincent van Gogh nunca ganó un premio. Así que entonces me digo: vale, ya lo pillo, quiero vivir por el simple *placer* de vivir. ¿Qué hay de eso? Como una niñita que disfruta jugando y ya está, sin buscar identificarse como una *gran jugadora*. ¡Juega y punto! ¿Ves? Si nos permitimos intimar del todo con el puto vacío, abrazar la nada más absoluta (sin defenderla ni mucho menos), sin quedar atrapados en la guerra de géneros de ser o hacer... Cuando reconoces que eres un gilipollas pretencioso y un macho inseguro sin intentar cambiarlo, entonces puedes quedarte quieto el tiempo suficiente para darte cuenta de que hay un agujero (como el que te deja un disparo de escopeta) ahí mismo, en el centro del pecho, que te imaginabas que era tu identidad, pero ahora puedes ver que no hay nada ahí dentro. Y si abrazas ese vacío y miras con atención dentro de él, tal vez puedas ver que al fondo de ese pozo oscuro e interminable hay paz. Y no da miedo que no exista el yo, es un alivio. Como decir la verdad en lugar de sostener una mentira… Deja de defender una realidad que no existe: *tú*.

Se detuvo un momento y se metió dos tiros de coca por la nariz con ayuda de la llave.

Se produjo un silencio. Se quedó mirándome, a la espera de una respuesta.

—Se supone que tengo que dejar descansar la voz —sonreí—, y creo que perdí el hilo poco después de que me pasaras la coca.

Soltó tal carcajada que hizo temblar el coche.

Dean conocía a un tipo que era magnate de los medios de comunicación y que daba una fiesta en una suite de la última planta del hotel Pierre. Había lámparas de araña de cristal gigantescas en el vestíbulo y los porteros vestían trajes sofisticados. Nos dirigimos a la planta del ático, hablando a mil por hora, los dos con los ojos entrecerrados, mordiéndonos los labios y enredándonos con la lengua como dos yonquis. Al menos yo; tal vez Dean iba más decente.

* * *

Cuando entré en la fiesta, fue como entrar en una versión cinematográfica con pantalla panorámica de la idea que tiene un adolescente de la vida nocturna de las estrellas de cine.

Me movía a cámara lenta. Me imaginé a mí mismo fotografiado con elegancia, con las manos balanceándose a medida que me movía, como si estuviera paseando por la mansión Playboy. Mis miradas estaban imbuidas de ironía cómplice. Una modelo de lencería tras otra se cruzaba conmigo, entre risas, o llamaba a una amiga, o cantaba una melodía pop. Atravesamos el humo de los cigarrillos y la música ensordecedora hasta llegar a la falsa cocina del hotel en la parte de atrás. Dean volcó la cocaína en la mesa de desayuno, abrió una cerveza para cada uno y empezó a hablar con una joven sudamericana que estaba junto a la nevera.

Esta basura sórdida de los ochenta —fiestas, drogas, modelos— siempre me ha dado vergüenza. Toda esa faceta de la profesión me resulta repugnante. O al menos así quería que fuera, o creía que debería ser así. Cuando era más joven y empecé a hacerme famoso, solía preguntarme en este tipo de situaciones: «¿Qué pensaría Jack London? ¿Estaría aquí?». Y normalmente me marchaba. Pero no creo que conociera tan bien a Jack London.

De inmediato establecí contacto visual con la viva imagen de Brigitte Bardot a los veintiún años. Esta tía estaba más buena que el pan. Era una tarta de lima con piernas... si te *encanta* la tarta de lima. Era el tipo de mujer que hasta a las mujeres heterosexuales les gustaría ver desnuda. Tenía unas tetas enormes, que desafiaban la gravedad. Podría conducir por todo el país durante un mes sin cambiarse de pantalones y el coño le seguiría oliendo a pétalos de rosa. El pelo le caía suavemente con cada ligera sacudida de la cabeza, como si fuera la crin de un unicornio. Se acercó a mí y, con un acento un poco bobalicón del medio oeste, me dijo que había tenido colgada una foto mía en su casillero cuando estaba en el último año de instituto. ¡Hace *ya* tres años!

—No hay nada de lo que avergonzarse —dije, creído y vanidoso.

—¡Oye! —nos interrumpió Dean—. Tengo que decirte algo, antes de que os vayáis.

Evidentemente, yo no estaba al tanto de que «me iba».

—Muy bien —dije, y lo miré a los ojos.

Se inclinó hacia delante y me susurró al oído:

—Este es uno de esos momentos en los que no sé muy bien cómo actuar, pero voy a arriesgarme. Mejor pecar por comisión que por omisión, ¿no?

Asentí sin estar seguro.

Me empujó ligeramente hacia atrás para poder mirarme a los ojos una vez más, como para prepararnos a los dos, y luego se inclinó hacia delante de nuevo y me dijo:

—Es sobre tu mujer. La vi ayer a las seis y media de la mañana enrollándose con ese tal Valentino Calvino en el vestíbulo del Four Seasons. Ya no la conoces en absoluto. De todos modos nunca la entendiste. Francamente, me cae bien y creo que comprendo a una leona como Mary mejor que tú. Pero lo vuestro se ha acabado. Déjala ir. Búscate un abogado. Tengo uno que va a llamarte mañana. Contrátalo.

Se echó hacia atrás y me miró a los ojos para ver cómo lo encajaba; luego me pasó la enorme bolsa de coca con diez pastillas azules (para pasar mejor el trance), señaló a la rubia clavada a Brigitte Bardot, sonrió y dijo:

—Pásalo bien esta noche.

En fin, yo no sabía quién cojones era Valentino Calvino, pero no creía a Dean en absoluto. Mary iba a volver conmigo. Estaba seguro. Me necesitaba. Yo no pensaba echarme atrás. Dean se ponía siempre demasiado dramático. Además, no estaba seguro de dónde sacaba esa idea de que yo *no dejaba* ir a mi mujer. Ese era mi plan. La dejaría ir, y ella volvería conmigo. Por no hablar de que todavía seguía haciendo ojitos con una Brigitte Bardot de veintiún años.

Sí que conseguí preguntarle a Dean antes de que se fuera:

—¿Quién es Valentino Calvino?

—Ese semental italiano de la moda. Vamos, tienes que saber quién es.

—¿No es gay? —pregunté.

—Pues si lo es, es el maricón que se folla a tu mujer.

Dean esbozó su famosísima sonrisa desenfadada, me dio un beso en la boca que me arañó la cara con su barba y se marchó.

Así que me quedé solo con Brigitte. La coca azotaba mis pensamientos como el conductor de un antiguo carruaje azotaría a los pobres y sudorosos caballos. Por un momento, una tímida voz en mi cabeza me recordó que el primer preestreno tendría lugar más tarde ese mismo día y que probablemente debería ir a dormir y cuidarme la voz. Pero tan pronto como se dice «clases de interpretación gratuitas», empecé a tirarle los tejos a Brigitte. Me daban igual Valentino Calvino, mi voz y la puta obra. Por fin me sentía bien.

—¿Eres actriz? —empecé.

—No… Me gustaría… pero es difícil hacerse un hueco cuando eres modelo. Quiero decir, estoy yendo a clases en HB Studios, pero…

—No pienses eso —dije, interrumpiéndola—. Solo porque seas increíblemente atractiva no significa que debas creerte ese mito de la sociedad de que no puedes tener talento también. ¿Has visto *Frances*?

Ella negó con la cabeza.

—¿La película de Jessica Lange?

Seguía sin sonarle la película.

—Bueno, pues cuando Jessica Lange era joven, la gente pensaba que era una gatita sensual enviada directamente por Zeus para cargarse a la humanidad. Y te digo esto para que entiendas que era una sirena tan seductora como tú, ¿vale? Pero ella no dejó que eso la definiera. Su actuación en unas cuatro o cinco películas es tan convincente como cualquier cosa que hayan hecho Robert De Niro o Gene Hackman. Y los primeros trabajos de Brigitte Bardot son espectaculares. ¿Has visto *El desprecio*?

Negó otra vez con la cabeza.

—Era capaz de verdad de reflejar en pantalla, para que el público lo entendiera, lo alienante que debe resultar que te coloquen detrás de un muro de cristal como hacen los hombres con las mujeres deslumbrantes... como deben hacer los hombres contigo. Ese es el sentido de la actuación: despertar la conciencia de la humanidad, evocar la compasión y mitigar el remordimiento. Tu belleza no te excluye de tu papel principal como ser humano. Vanessa Redgrave, Elizabeth Taylor, Catherine Deneuve... Tienes que ver el trabajo de esas mujeres. Verlo compulsivamente. Y tú puedes tener eso. Porque lo más asombroso de ti, tu apariencia... Sí, estás buenísima y desprendes una sensualidad que, seré sincero, hace difícil construir frases en tu presencia... pero, más que eso, hay en ti una puta bondad profunda, una bondad que no se puede fingir —Estaba sembrado—. Algo que la gente, hombres y mujeres, van a intentar devorar y destruir, y no puedes dejarlos. Tu inteligencia irradia una especie de nostalgia loca y triste que, te lo garantizo, si no lo ha hecho ya... Esta nostalgia, mezclada con la forma en que brilla tu piel, hará que te sientas sola a veces... ¿Sabes de lo que te estoy hablando?

Asintió. Le ofrecí una raya de coca cuidadosamente cortada.

—¿Ves? —hice una pausa como si me sintiera incómodo—. Ahora mismo quiero besarte. Pero, sobre todo, no quiero besarte, porque no quiero que pienses que toda esta conversación es para ligar contigo. Porque, hablemos sin rodeos, tú leerás la revista *InStyle*, y *Us Weekly*, y *People*, ¿no?

De nuevo, asintió con la cabeza.

—Bien, pues mi vida ahora mismo es como un puto transbordador espacial que explota y que la gente reproduce una y otra vez en sus televisiones, así que no voy a ser el novio de nadie... Ya lo sabes, y tengo que intentar aceptarlo. Pero quiero que escuches esto que te digo simplemente. No es difícil para cualquier actor famosillo de pacotilla conseguir bajarle las bragas a cualquier chica... No me refiero a las tuyas en particular, yo nunca me atrevería, pero créeme en esto que te digo. No cuesta mucho echar un polvo si eres un actor de cine contemporáneo, aunque seas un cabrón mujeriego y adúltero, ¿vale? Así que puedes relajarte y estar segura de que no quiero nada de ti, excepto verte al otro lado de una sala dentro de diecisiete años... Yo llevaré esmoquin y estaré hablando con algún aburrido productor ejecutivo y tú brillarás glamurosa, más allá de la imaginación de cualquier mortal, junto a tu marido, y nuestras miradas se cruzarán y tú y yo sabremos que, en lo que a ti respecta, yo fui una parte de la solución, no del problema. Yo seré uno de los que te ayudaron en el camino. ¿Me oyes?

—Sí —dijo.

—¿Quieres largarte de aquí? —pregunté.

—Sí, pero creo que deberías parar con la cocaína. Nunca he visto a nadie meterse tanto de una vez —dijo con sincera preocupación.

La miré completamente inexpresivo. No tenía ni idea de que lo había estado haciendo siquiera, pero al parecer había estado cortando rayas para los dos y luego me acababa metiendo ambas yo solo. La bolsa de Dean empezaba a vaciarse.

—Sí, tienes razón —eché un vistazo alrededor y me tomé una de las pastillas azules con la cerveza.

* * *

El hotel en el que estábamos tenía una piscina climatizada en la azotea. No era muy buena idea para mi voz, pero nada de lo que había hecho esta noche estaba en ninguna lista de recomendaciones. Convencí a la joven Brigitte Bardot para darnos un chapuzón. Insistió en invitar a una amiga. Conforme a los estándares habituales, la amiga era una joven muy atractiva, pero desnuda y al lado de Brigitte parecía un pequeño camello mojado.

Me senté en los escalones, con mis partes bajo el agua, mientras las chicas chapoteaban y jugueteaban entre el vapor de octubre, que flotaba sobre la piscina climatizada. Al recitar algunos de los soliloquios de Hotspur para las chicas me sentí como Errol Flynn. No puedo expresar lo maravilloso que era todo... Las luces de Manhattan a las cuatro de la mañana centelleando a nuestro alrededor eran como música en el aire fresco del otoño. Las estrellas relucían. Podía ver Brooklyn, podía ver Central Park, y podía ver a estas dos jóvenes sirenas con sus pechos jadeantes rebotando alegremente. Podía oír cómo se reían y retozaban. Pensé en mis hijos y en sus risas. Por un momento, con ayuda de la pastilla azul, supe que todo iría bien con mis hijos. Al momento las jóvenes empezaron a cantarme en los escalones de la piscina... Sus pezones estaban húmedos, fríos y duros; las piernas desnudas se apretaban alrededor de sus vaginas; perlas de agua caliente les goteaban del pelo, y con sus melódicas voces cantaban como hadas:

If you want to be happy
For the rest of your life,
Never make a pretty woman your wife,
So from my personal point of view,
Get an ugly girl to marry you![1]

Luego me provocaron con el pelo delante de mi cara y sacudieron sus jóvenes y mágicas tetas junto a mi boca. Volviendo la cara hacia las estrellas, pensé: «Esto no puede ser cierto».

Por fin, alrededor de las cinco de la mañana, me quedé a solas con Brigitte y cogimos un taxi a toda prisa hacia el Mercury. Nos lo montamos durante todo el camino de vuelta. Besarla era como restregar mi cara en una tarta de cumpleaños.

—Por favor... —susurró—, esta noche ha sido tan perfecta... No quiero precipitarme. No quiero que pienses

---

1   N. de T.: La estrofa corresponde a una canción de 1963 de Jimmy Soul, cuyo significado puede traducirse como:
    Si quieres ser feliz tu vida entera,
    no te cases con una mujer bella.
    Así que haz caso de mi idea
    ¡y cásate con una mujer fea!

que soy una estrecha, pero de verdad que solo me he acostado con dos chicos y no sé si estoy preparada para ir tan rápido.

—No te preocupes —dije—. No quiero nada de ti. Solo necesito ayuda para dormir. Y… estoy enamorado de ti.

Se me había ido la pinza, y me alegraba de haber olvidado por un momento que el primer preestreno sería más tarde ese mismo día.

De vuelta en mi habitación de hotel, estuvimos tonteando hasta que salió el sol. Por fin, a las nueve o diez de las mañana, se quitó la ropa interior y dijo:

—Hagámoslo.

Inmediatamente traté de introducir mi polla dentro de ella. Follarme a esta chica, supuse, me sentaría de maravilla para la autoestima. Lo necesitaba. Esto era importante para mí, como la representación. Pero sabía que si pensaba mucho en ello se me bajaría la erección, así que tenía que embestir.

—Espera, espera, espera —dijo, apartándome—. No puedo evitarlo, tengo que hacerte una pregunta —dijo con dulzura.

—Claro —dije, conteniendo la respiración y pensando que eso evitaría que se me bajara la erección. Se sentó desnuda en la cama, con la sábana elegantemente revuelta a su alrededor. Entonces, en la suave luz de la mañana, con el pelo sobre los ojos, me preguntó con sinceridad:

—¿Soy tan guapa como tu mujer?

ESCENA II

Por cada subidón, hay un bajón. Después de fracasar en mi intento de hacerle el amor a Brigitte Bardot, la acompañé para coger un taxi a la luz de la mañana. Parecía contenta de escapar. Las maneras de odiarme a mí mismo parecían multiplicarse y tomar la forma de un escorpión que se alojaba en mis fosas nasales. En el ascensor, de regreso a mi habitación, deseé el suicidio con la misma vehemencia que imagino que una mujer de parto debe ansiar el nacimiento.

Mi madre llegaba esa tarde en avión desde Haití para ver el preestreno y para intentar gestionar el control de daños público. Recibí una llamada de la ayudante de Mary, que me dijo que ella tenía que salir de la ciudad por una obligación con la prensa de última hora relacionada con el lanzamiento de su álbum, de modo que después del colegio los niños vendrían al Mercury. No iba a poder dormir nada.

Misteriosamente, mi voz estaba mejor. Fui a una tienda de *delicatessen* a comprar caramelos para la garganta, zumo, patatas fritas, barritas energéticas, suplemento de vitamina C, aspirina y cigarrillos; y allí, en el estante de las revistas, estaba el nuevo número de la *Rolling Stone* con la fotografía más beatífica e inspiradora que jamás había visto de la mujer de la que me estaba separando. Estaba también en las portadas de otras tres revistas de moda: *Vogue, Elle, Cosmopolitan*, toda esa basura. Pero en la portada de la *Rolling Stone* su rostro lucía amable y descansado, con una mirada tranquila y arrolladora dirigida directamente al objetivo de la cámara. De pronto, me sentí muy orgulloso de ella. Naturalmente, hacía semanas que no habíamos hablado. Su ayudante respondía a todas mis llamadas y negociaba las idas y venidas de los niños, pero me gustó ver la portada de la revista. Mi mujer iba vestida con un picardías blanco corto y parecía verdaderamente cariñosa y satisfecha. En esa foto se parecía a la mejor amiga que recordaba. Esa era la mujer que amaba, por la que rezaba, a la que había prometido respetar. Cogí la revista y la abrí por la página del artículo. El titular formulaba con tinta negra resaltada:

«¿Engañarías a esta mujer?»

La tercera vez que leí el titular vomité en el suelo de la tienda.

* * *

Llegué a mi camerino temprano para el primer preestreno, rezando por poder echar una cabezadita. Encontré un trozo de papel pegado con cinta a la puerta con la dedicatoria: «Para W» y una cita de Elvis Presley en la que explicaba cómo sentía que sobre el escenario «el corazón le iba a explotar». Conocía esa sensación. La nota no estaba firmada. Miré a mi alrededor para ver quién podría haberla dejado, pero los pasillos estaban vacíos. Me senté en mi sitio en el camerino y pegué la cita al espejo. Ezekiel aún no había llegado. En unas horas debutaría en Broadway, pero en aquel momento ni siquiera podía estar seguro de estar dentro de mi cuerpo. Parecía como si estuviera flotando por encima, unos centímetros hacia la izquierda y luego hacia la derecha. Tarareé en voz baja para mis adentros. Todavía tenía voz. Al fin, en la pequeña cama del camerino, me quedé dormido.

* * *

Me desperté cuando alguien llamó a la puerta. Era «Lady Percy» con una camiseta rosa de The Clash. También estaba nerviosa. Hacía un movimiento raro con la cabeza.

—¿Estás solo? —preguntó en voz baja.

—Ajá —dije, todavía adormilado—. Adelante.

—No creo que deba —se removió torpemente en la puerta. Se quedó mirándome durante un largo rato, incómodo y silencioso. De repente, tuve una sensación extraña, y me pregunté si iba a besarme.

—Me siento como si estuviera en la escuela de arte dramático, ¿sabes? —sonrió con una especie de gesto torcido y gruñón sexy—. Quiero decir, ¿a ti también te pasa?

Se produjo otro pesado y largo silencio.

—¿A qué te refieres? —pregunté.

—Oh, que te jodan —dijo—. ¿Y si pones los pies en la tierra?

Se dio la vuelta y se alejó pisando fuerte hacia su camerino.

«Ay, madre. Ya empezamos», pensé.

* * *

Entre bastidores, a las 20:02, aproximadamente tres minutos antes del primer preestreno, estaba vestido de grueso cuero negro, arrodillado en la oscuridad absoluta del Lyceum. Tenía la cabeza afeitada y fría. Mi garganta estaba en carne viva y dolorida. Las manos me temblaban tanto que tuve que juntarlas y morderme los nudillos para rezar:

Bendito San Cristóbal:

Te suplico que me perdones. Te suplico que perdones mi irresponsabilidad.

Esta noche, mientras el público se sienta y el reloj marca las ocho… doy gracias por mi vida y por esta oportunidad para contribuir aquí.

Bendice este escenario en las horas que están por venir.

A cambio, te ofrezco mi amor y mi deseo sincero de ponerme al servicio de un propósito más noble por encima de mí mismo. Prometo hacerlo mejor.

Tuve que recordarme a mí mismo que debía respirar. Al exhalar, tarareé un poco para comprobar y asegurarme por enésima vez aquel día de que mis cuerdas vocales todavía podían producir sonido. ¿Por qué me había metido toda esa cocaína? Estaba tan cabreado conmigo mismo que me costó no darme un puñetazo en la cara.

Quiero hacer un buen trabajo, pero sé que para hacerlo debo olvidarme de ese deseo. Debo confiar en mi preparación, mi imaginación y mi respiración.

Mi respiración es el tejido que me conecta con mis compañeros de reparto, el público y conmigo mismo. Mi respiración está viva. No está por delante ni por detrás de mí. Está en el presente y en el ahora.

Al igual que yo.

Volví a tararear en voz baja para mis adentros. En las últimas veinticuatro horas este extraño murmullo animal había aumentado hasta convertirse en un tic nervioso en toda regla. No podía parar. La mayor parte del tiempo no era consciente en absoluto de ello. O bien calentaba la voz o me aseguraba de que aún tenía. Mis cuerdas vocales estaban desgarradas, y los ojos se me llenaban de lágrimas amargas cuando pensaba en la voz lamentable que tenía. Durante todo el día había sentido un extraño dolor muscular en la garganta. Me resultaba difícil dejar de pensar en el terror que experimentaría si me destrozara por completo las cuerdas vocales encima del escenario. Me imaginé a mí mismo croando como una rana con la lengua cortada ante un millar de personas que se burlaban de mí. Era tan odiado en los últimos tiempos que estaba seguro de que un fracaso estrepitoso y humillante en Broadway complacería enormemente a todo el mundo. Internet ardería en jocosos escarnios si me pusiera en ridículo a mí mismo de una manera particularmente dramática.

Creo en el teatro.
Creo que en el diálogo, el pensamiento, la expresión y la comunicación hay una sanación…
y pido ser parte de esa sanación.
Si puedo ser de ayuda, ofrezco todo lo que está en mi mano.
Ofrezco mi vida.
Suplico tu perdón. Déjame ser tu voz y tu siervo.

Estaba temblando y al borde de lo que algunos llamarían un ataque de ansiedad en su máxima expresión, como un hombre al que están a punto de propulsar a la Luna. «Por eso todos esos histriones británicos son unos borrachos: por el miedo escénico», pensé. Ansiaba beberme medio litro de *whisky*. Cuando se me ponen los nervios de punta, mi visión se vuelve literalmente borrosa. No consigo enfocar de manera clara y las imágenes parecen centellear en rojo al ritmo de mis pulsaciones. Más allá de la negra oscuridad del auditorio, a mi alrededor podía oír al público que tomaba asiento, apagaba sus móviles, charlaba sobre cosas triviales y doblaba sus abrigos.

Rezo por todos los que están entre el público, por que esta noche se quede grabada en el contexto más amplio de sus vidas como una hermosa pieza de tela perfectamente encajada en el tejido... Rezo por que todos perdonen mis imperfecciones, o al menos encuentren algún valor en ellas.

Ay, Dios, no tengo palabras. Hice mi primera obra con trece putos años y entonces estaba deseando salir al escenario. Me sentía ligero como una pluma, feliz, radiante de expectación. Ahora, a los treinta y dos, se supone que debería saber lo que hacía. Iba a actuar en un *gran* escenario con los *mejores* actores. *En el puto Broadway*. Hasta los tíos con dos o tres frases estaban preparados y tenían talento. Todos habían interpretado al rey Juan en el repertorio de Arizona o algo así. Yo era un estúpido actor de cine. Un desleal al lecho. *¡Un embaucador!* ¡Yo llevaba la letra escarlata! Era el tipo que le puso los cuernos a la «Madre del Año» de la revista *Redbook*. «¡Noooooo!», grité en mi cabeza. «Cálmate. Respira. Reza».

Rezo por todos los escritores, vivos y muertos. Por Shakespeare y por el tipo al que Shakespeare plagió. Por el joven dramaturgo y su segunda obra, y todos los escritores que se sienten más nerviosos y responsables que yo. Rezo por que sepan que, si su obra es buena de verdad, no les pertenece.

Rezo por los directores, que permanecen al fondo del teatro y cuentan los sitios vacíos... en busca de una última cosa que controlar.

Al inhalar y exhalar mientras rezaba, mi pulso volvía a un ritmo casi normal y razonable.

Rezo por todos los teatros de todos los lugares del mundo: los que están en zonas de guerra, bajo las mezquitas, o en los parques de Argentina; los del West End de Londres y los de Tokio... porque en ellos reside la posibilidad de conjurar algo mágico, místico y sagrado.

Así como el pensamiento guía la acción, la imaginación guía la conciencia... y el teatro es la conciencia viva del mundo. Hay una danza imaginativa y sanadora entre el público, la luz, la música, el ritmo de unas palabras cuidadosamente escogidas, el gesto espontáneo con la mano izquierda de una actriz... Una danza que anuncia: HOY ESTAMOS VIVOS, MAÑANA TAL VEZ NO. ESTO ES REAL. ESTE ES EL AHORA. Esta es mi plegaria: poder estar presente esta noche.

Al levantarme, respiré con el diafragma y volví a tararear para mis adentros, para comprobar que tenía voz por millonésima vez aquel día. Me sentía un poco mejor, tal vez; un alivio momentáneo. Volvía a ser capaz de ver de nuevo. Había un lugar cerca del borde del telón que ofrecía un ángulo desde el que se podía escudriñar a la audiencia. Así lo hice. Sabía que no debía mirar al jurado, pero quería saber si estaba allí. Mary, mi mujer. Sé que estaba furiosa conmigo, besándose con un tipo llamado Valentino, pero pensé que tal vez se presentaría. Tal vez presentía lo asustado que estaba y había dejado a alguien al cuidando a los niños para venir a ver mi estúpida obra. Luego, vendría entre bastidores, a mi camerino, y los dos lloraríamos y nos abrazaríamos. Nos libraríamos del peso del dolor y el aislamiento que habíamos estado sintiendo y recobraríamos nuestra amistad, para dar paso a la cicatrización de las heridas.

Me asomé y escudriñé todos los rostros. De alguna manera pensaba que, si mi mujer venía a ver la obra, podríamos volver juntos. Eso es lo que me decía el instinto. Toda mi esperanza estaba puesta en eso. Si venía a ver la obra, significaría que me quería y que sabría que ya había recibido suficiente castigo. Sería un gesto de reconocimiento de que yo no había sido el único en provocar la ruptura de nuestro compromiso sagrado. Mis hombros se relajaron al pensar en lo feliz que se pondría mi hija con la reconciliación. La idea de la pequeña sonriendo, despertándome (y confundiendo la «primavera» con la «mañana» como solía hacer) y diciendo: «Papá, es primavera, levántate», me recorrió el cuerpo de chispas de alegría.

Escruté los asientos. Mary no estaba allí. El Lyceum Theatre cuenta con unas mil doscientas butacas, pero sabía que mi mujer no estaba sentada en ninguna de ellas. Sentí la angustia de nuevo. De pequeño, siempre quise que mis propios padres volvieran juntos, no porque tuviera sentido, sino porque quería que el amor siguiera alguna lógica que yo pudiera entender. Todavía a los veintiuno o veintidós seguía soñando que mis padres se besaban en la parte trasera de un coche. ¿El amor podía esfumarse sin más? Por mi mente pasaron cosas terriblemente crueles que mi mujer me había dicho. Recordé frases que habían salido de mi boca y que nunca podría retirar.

«Mierda, se me ha olvidado rezar por ella o por los niños», advertí.

De modo que allí mismo, todavía oculto entre las sombras del telón y el atrezo entre bambalinas, volví a enfundar mi espada y me puse de nuevo de rodillas. Proseguí casi en voz alta:

Bendito San Cristóbal:
No dejes que me olvide de mis hijos.
Ayúdame a recordarlos… Bendice sus movimientos, responde a sus plegarias…

Luego intenté con todas mis fuerzas pedir a San Cristóbal que se mostrara favorable con la madre de mis hijos, que bendijera sus movimientos, pero no pude. No pude rezar por ella. Sabía que lo mejor para mis hijos era que su madre prosperara, que se sintiera feliz y satisfecha… así que lo intenté de nuevo. De rodillas, miré hacia el cielo, a un techo surcado de luces «atadas como sabuesos» a punto de deslumbrar. Quería rezar por la paz y, al hacerlo, enfriar la sangre que me hervía y chirriaba en las entrañas, pero aun así no pude. Ella me había engañado. Me había dicho que me amaría para siempre, y ya ni siquiera me tenía aprecio. ¿O había sido yo quien la había engañado? ¿Por qué se había quedado ella con nuestros hijos? ¿Con nuestra casa? ¿Con nuestra vida? ¿Por qué se dedicaba a hablar de mí por todo el mundo? No quería ni que San Cristóbal, ni Dios, ni nadie ayudara a mi mujer. Lo que quería pedirle a San Cristóbal era a mis putos hijos. Pero no podía decir eso… no podía decir nada. Un odio descomunal del tamaño de un demonio Moloc iba creciendo y se enganchó en mi garganta. No podía respirar. Las venas se me hinchaban contra el cuello de cuero, me apretaban, me ahogaban.

¿Cómo iba a actuar? Estaba mareado.

Alguien me puso una mano en el hombro. Era Samuel, vestido con una cota de malla. Sam interpretaba a un personaje sin nombre: el principal secuaz de Hotspur, mi mano derecha. Teníamos algunas escenas de batalla increíbles en el segundo acto. Era un tío de casi dos metros y al menos ciento treinta kilos, y había jugado al fútbol americano a nivel estatal como *linebacker* en el equipo defensivo tanto en el instituto como en la universidad. Concebía la actuación como el deporte: «Me mantengo alerta y evito problemas», solía decir. Era amigo mío.

—Vamos, tío —dijo con calma—. Se ha encendido nuestra luz de entrada.

* * *

¿Qué es lo que hace que al ponernos frente a nuestros semejantes nos tiemble la voz, se nos pongan los huevos de corbata y nos fallen las rodillas? ¿Por qué damos por sentado que nos odian? ¿Tan malo fue el instituto?

Sam y yo permanecimos en la oscuridad con un cubo de sangre a nuestros pies. Sumergimos las espadas y los brazos hasta el fondo del sirope rojo y espeso hasta que nos convertimos en la imagen de violencia empapada en sangre que deseaba nuestro director. Luego esperamos. Pendientes de la luz, a la espera de que se apagara. Por el monitor, podía oírse al director de escena decir: «PREPARADOS PARA EL PRIMER ACTO».

La iluminación de la sala se atenuó y el público guardó silencio de inmediato.

Justo cuando empezó el anuncio que solicitaba a la gente que abriera sus golosinas y apagara sus teléfonos móviles, pude oír a nuestro Falstaff entrar por la puerta de atrás. Se arrastraba hacia su posición como un loco sin hogar, murmurando para sí mismo, con su ayudante de camerino detrás de él, intentando darle al gordo el cinturón y la espada.

—Que os jodan a todos. Dejad los teléfonos encendidos, asquerosos y falsos capullos en limusina —gritó a la audiencia—. Os creéis que podéis quedaros despiertos durante las cuatro horas que dura una obra de Shakespeare, ¿eh? Así que vais a volver a la universidad por una noche, ¿no? Y tomaros un descanso de pimplaros un martini tras otro para fingir que tenéis cerebro. ¿Queréis un poco de cultura, malditos cabrones negreros?

No podían oírlo, pero estaba peligrosamente cerca.

Detrás del escenario, cada uno gestiona los nervios a su manera.

—Os habéis dejado ciento cincuenta pavos para poder contarles a vuestros amiguitos del club náutico que no sois *retrasados* del todo. ¿O habéis venido aquí solo para que la vieja bruja cierre el pico de una vez? No os merecéis esta obra. Me tiro un pedo en vuestra cara. No, mis gases son demasiado valiosos para una escoria elitista como vosotros. Apuesto a que no hay ni una sola persona decente ahí fuera. ¡AHHH! —Virgil pateó el suelo del escenario, lo que lo obligó a levantarse—. ¿Por qué no me busco una vida? —Se volvió para mirar a uno de los tramoyistas, de los que se dedicaban a manejar la utilería más pesada, y preguntó:— ¿Por qué me humillo de esta manera? ¿Por qué actúo como un mono de feria para estos fiambres?

La música se intensificó.

Respiré hondo.

Sabía lo que venía a continuación.

Mi luz de señal se había apagado. Samuel y yo dimos un paso al frente. Los quinientos mil vatios iluminaban nuestros rostros.

Nuestra producción comenzaba con una serie de retratos de los personajes principales. Se encienden las luces: en el centro del escenario aparecen el príncipe Hal y Falstaff, inconscientes con tres mujeres a medio vestir. Se apagan las luces. Se encienden las luces: a la derecha del escenario se ve al rey en su aislamiento. Se apagan las luces. Se encienden las luces: en el centro aparecen Hotspur y sus hombres rezumando furia y guerra. Se apagan las luces. Y, así sucesivamente, se iban presentando todos los personajes principales. Cuando las luces alumbraron mi cara, hurgué en lo más profundo de mis entrañas y con mi respiración traté de alcanzar mi espíritu interior, tratando de liberarlo mientras contemplaba al público de Broadway. Absorbí la mirada atenta de mil doscientas personas en un instante. Casi de inmediato, con el foco de luz exponiéndome por completo y la sangre goteando de mis orejas, botas y guantes, oí susurrar, en voz baja pero clara, la voz de una señora mayor en el lado izquierdo de la sala:

—Ese es él. Ese es el que engañó a su mujer.

Después se apagaron las luces.

Al salir del escenario, con los brazos todavía empapados y pegajosos de sangre, me agarré al hombro de Samuel para no perder el equilibrio.

—Creo que me estoy volviendo loco, tío. Creo que estoy perdiendo la cabeza.

—No, qué va —dijo—. Estás a punto de hacer la mejor actuación de tu vida.

—¿Eso hará que me sienta mejor? —le pregunté.

Se encogió de hombros.

—¿Oíste lo que dijo esa mujer ahí fuera?

Asintió tímidamente con la cabeza, me dio una palmadita en el hombro y corrió a toda velocidad con sus ciento treinta kilos hacia la puerta derecha del escenario para su siguiente entrada.

Yo volví a mi camerino, cerré la puerta y me enjuagué los brazos. Disponía de trece minutos hasta mi primera escena de verdad. Mi compañero de camerino, Ezekiel, estaba en escena (podía oír su voz a través del monitor), así que esta era mi oportunidad para estar a solas, tranquilizarme y calentar la voz. El Lyceum Theatre no era un teatro pequeño. Articular las *t* para que se proyecten hasta el final de la sala, como J. C. me pedía, no era tarea fácil.

Primero, tenía que cambiarme de ropa y ponerme otro abrigo de cuero negro de tipo duro. Este era sin duda el mejor vestuario que había tenido que llevar nunca. Me tumbé en el suelo de mi camerino, debajo de los espejos y la mesa de maquillaje, y empecé mis ejercicios de calentamiento vocal:

moo noo loo zoo voo soo
muu nuu luu zuu vuu suu
maa naa laa zaa vaa saa

Por alguna razón, la imbécil esa del público había galvanizado mi energía y ya no estaba nervioso; estaba enfadado. Virgil tenía razón, no nos merecían. Mi voz sonaba bien. Fuerte. Todo iba a ir bien. Me aburrí de calentar. De todos modos siempre me había parecido una gilipollez. Todavía me quedaban nueve minutos para salir al escenario. Asomé la cabeza fuera del camerino. Al final del pasillo, saliendo por la derecha del escenario, estaba «Mistress Quickly», interpretada por una encantadora actriz mayor. Me caía bien. Siempre me traía galletas y bizcochos y me suplicaba que comiera mejor. Decía que estaba hecho un fideo y que rezaba por mí todas las noches. El simple hecho de verla hizo que me escocieran los ojos un poco. Sentí que mi rabia se retorcía y se tornaba en patéticas lágrimas de autocompasión. No podía llorar ahora. Me quedaban ocho minutos para salir a escena.

En el pasillo que había detrás del escenario, se podía oír la representación a través de los monitores, avanzando por el texto como un tren que circula deliberadamente por las vías. Si Mistress Quickly no me tocaba sería capaz de mantener la compostura. Miré al suelo para evitar su mirada. Me dio un golpecito en el hombro. La miré y dejé que sus brazos suaves me rodearan. ¿Por qué cojones tenía que abrazarme?

Me contuve lo suficiente como para cerrar la puerta de mi camerino, donde enseguida estallé en un *aullido*. El sonido fue el de un animal. Me quedaban siete minutos para salir al escenario y las lágrimas saltaban de mis ojos como paracaidistas. Empecé a dar puñetazos a las paredes, con la esperanza de que el dolor en los puños hiciera que dejara de llorar, pero no podía sentir nada. Durante cinco semanas, lo único que había hecho había sido preocuparme. Preocuparme por mis hijos, mi voz, mi matrimonio, mi polla inservible (todavía arrastraba la humillación de no haber podido tirarme a Brigitte Bardot) y mi actuación. No podía salir al escenario sin miedo a perder la voz. No me gustaba salir a la calle por miedo a que me doliera la garganta; cada noche había menos luz y cada tarde hacía más frío. No quería ver a mis amigos porque cuando lo hacía acababa bebiendo cantidades disparatadas de whiskey y hablando todo el rato de mi exmujer.

De verdad pensé que Mary vendría a la representación de esta noche. No pensé que dejaría que nuestra familia se desmoronara. Seguía pensando que acabaría apareciendo ante mi puerta. Deseaba que diera algún paso para la reconciliación, porque yo no podía hacerlo. No podía contactar con ella.

Momentos antes de nuestra boda, mientras esperaba a que Mary caminara hacia el altar, me sentía muy feliz y orgulloso. Nervioso, de pie con mi esmoquin, miré hacia arriba, entre las vigas de la iglesia, y vi a una niña de cinco años cerca de los tubos del órgano. Fue una alucinación, pero de alguna manera *sentí* la existencia de esta niña. La pequeña me saludó con la mano y esbozó una amplia sonrisa, pícara y contagiosa. Se echó a reír cuando el órgano empezó a vibrar con su gemido lastimero. Era una aparición. Un ángel. Lo sabía. Nunca se lo había dicho a nadie hasta ahora. Ni siquiera a mi mujer; parecía demasiado íntimo e indefinible como para ir contándolo por ahí como si fuera una bonita anécdota. El sentido de esta aparición angelical se perdería de algún modo al relatarlo, así que lo guardé para mí mismo. La niña pequeña se burlaba de mí, se reía de mi actitud formal y de mi pajarita. Yo también me reí. Mientras Mary empezaba a caminar hacia el altar, supe por primera vez en mi vida que estaba exactamente en el lugar correcto en el momento oportuno. Ahora, en la oscuridad de mi camerino, me preguntaba qué había ido tan mal. ¿Así se acababa el poema? La gente no escribe sus propios votos, se inventa poemas y ve ángeles mientras resuena la música para luego acabar con un divorcio tóxico y desagradable, ¿no? No tenía *ninguna* duda sobre mi matrimonio cuando pronuncié mis votos, pero ¿dónde estaba mi ángel ahora? «Oh, no. Engañé a mi mujer, así que el querubín me quitará la voz», pensé.

Faltaban siete minutos para mi entrada y cada vez tenía la cara más roja e inflamada. Estaba hiperventilando. Por mis globos oculares flotaban manchas blancas. Ni siquiera

era capaz de respirar. ¿Cómo se suponía que se hacía? Jadeaba de tal forma que mi pecho se hinchaba en gigantescas olas silenciosas, como un crío de diez años que se ha caído del columpio.

Mi ayudante de camerino, un muchacho afable llamado Michael, llamó a mi puerta.

—¿Todo bien por ahí? ¿Necesitas ayuda?

No podía hablar. Fui al baño del camerino y me encerré allí dentro para no oír su voz.

Finalmente, mi pecho se desató en sollozos fuertes y convulsos.

Soy consciente de que no tengo un conocimiento profundo del verdadero puto sufrimiento. Veo lo que pasa en el mundo. Leo el periódico. Los casquetes polares se derriten. Sé que hay pobreza y enfermedad. Comprendo que la humanidad está inmersa en una lucha mayor, más importante… pero yo pensaba que estaba completo, realizado, que era un hombre adulto y maduro hecho y derecho; quiero decir, antes de que todo esto pasara. A los veintiocho, veintinueve o treinta años, cuando mis hijos ya habían nacido, supuse que había llegado a una especie de llanura que era la edad adulta —en la que creía que las cosas permanecerían igual durante unos cuarenta años, haría trabajos fantásticos y tendría experiencias interesantes— y, luego, sin más sobresaltos, empezaría a decaer y morir. Pero ese no había sido el caso. No estaba en una llanura. Iba cuesta abajo, trastabillando, tropezando, y quemándome. Todo mi ser, o mi personalidad, o mi yo, o lo que quiera que sea mi esencia, o el alma detrás de mis ojos, estaba hirviendo en un caldero de hierro gigante como el sabor que deja la zanahoria al cocerse.

—¿Quieres acabar conmigo o qué? —gritó Michael con

las llaves en la mano al abrir la primera puerta—. Prepárate y sal al escenario.

Seguí sollozando tras la puerta del baño, que seguía cerrada.

—Sé por qué estás triste —dijo en voz baja, a través de la ranura—. Leo los periódicos. Pero, ahora mismo, este preciso momento es uno de esos momentos en los que o te alzas o te hundes.

Apagué la luz del baño para no caer en la tentación de mirarme al espejo.

—Deja de llorar y escucha —hizo una pausa—. Soy tu ayudante y lo sé todo. Quiero que vayas a casa esta noche y pongas un cartel en la puerta que diga: «Prohibido entrar a las zorras narcisistas». ¿Me oyes?

En la oscuridad me golpeé con fuerza en la sien para intentar dejar de llorar.

—Estás triste porque vas a divorciarte, pero lo que no sabes es que nunca estuviste casado. ¿Me estás escuchando? Yo no me acuesto por las noches y me pregunto si mi marido me quiere. ¡Yo *sé* que me quiere! Tú pareces tener esa visión intelectual de que tal vez todas las personas casadas son como tú, o viven vidas «inexploradas» o son infelices en secreto. Pero eso no es verdad. Yo quiero a mi marido y él me quiere a mí.

Tenía la cabeza magullada y sentía punzadas de dolor.

—Mi marido es mi mejor amigo. Cuando estuvimos de gira el año pasado con *Bye Bye Birdie*, él se ocupó de todo: la colada, los formularios escolares, el baño de nuestro hijo, el entrenamiento de fútbol, los impuestos, todo… y yo haría lo mismo por él porque los dos nos *queremos*. Compartimos las mismas *creencias*. El amor no es un *sentimiento*. Es una *acción*.

Yo lloraba tan fuerte que no había forma de que parara. Lo que tenía que hacer este tío era ir a decirle al director de escena o a quien fuera que yo no podía continuar.

—Ni siquiera te acuerdas de esto, porque tú y tu mujer sois así de egocéntricos, pero yo pasé Acción de Gracias contigo y tu famosísima esposa. Yo estuve en tu casa.

Eso consiguió que parase. Yo no recordaba haber coincidido antes con este hombre.

—Como mi marido, Henry, bailaba en uno de sus vídeos, nos invitaron. ¡Toma ya! Estuve en la casa de juguete de tu hija y pasé el rato con la ayudante de tu mujer, la señora de la limpieza guatemalteca y esa niñera tetona. Y tu mujer y tú os comportabais como si fuera un puto privilegio estar en vuestra presencia, pero ninguno de los dos os disteis cuenta de que tanto mi marido como yo nos fuimos de vuestra casa sintiendo lástima por vosotros. Quería llevarme a tus encantadores niños. ¡Hala! La cena que sirvieron fue magnífica. ¡Hala! La niñera tetona era estupenda con los juegos; los niños no nos molestaron en ningún momento durante la bochornosa conversación de la comida. ¡Qué más da! ¡Hubiera preferido pedir una pizza y ver la tele!

Empecé a escuchar, preguntándome de qué estaba hablando.

—No tienes que deprimirte por divorciarte, colega. Puede que te sientas como si te estuvieras muriendo, pero déjame que te diga una cosa: ¡ya estabas muerto! Lo que pasa es que los muertos no saben que están muertos. Tú lloras porque te están empujando a través de una especie de conducto para renacer. *Despierta* y mira por esos niños. Consigue el mejor acuerdo de custodia que puedas. Da igual si es un día de mierda al año; será un día de mierda al año en el que tendrán de padre a un hombre adulto.

Eres un buen hombre... búscate una buena mujer... y ten una buena vida. «Buena» no está mal como palabra. Una buena pareja equivale a una buena vida. Una pareja tóxica equivale a una vida tóxica. ¿Lo pillas?

—¿Por qué me casé con ella? —balbuceé a través de la puerta.

—¿Eres tonto? ¿Estás loco? ¡Es un puto bellezón! *¡La amo!* En plan, es que me encanta. Bueno, le encanta a *todo el mundo*, ¿vale? No te enojes contigo mismo por eso. ¡Joder, es una *leyenda*! La verdadera pregunta es: ¿por qué se casó ella contigo?

Permanecí en silencio.

—¡Ten un poco de sentido del humor, figura! —exclamó. Miré el reloj. Tenía cuatro minutos y veinte segundos antes de tener que estar de nuevo frente al público. Michael seguía intentando abrir la puerta del baño.

—No puedo salir al escenario —balbuceé, con los mocos goteándome por la nariz—. No puedo parar de llorar, joder. Dile a alguien que no puedo hacerlo.

—Sé que te sientes como un fracasado, y tienes razón porque es verdad que has fracasado. Pero todo el mundo sale perdiendo alguna vez. ¿Vas a patalear y lloriquear o vas a repasar la estrategia de juego y analizar qué jugadas no funcionaron y por qué, para poder ganar el día de mañana? No hace falta que deseches todo el plan, solo la parte de casarse con una princesa flamante, irresistible, frígida y estirada. Tú siempre has sido un chico listo, soy tu fan desde hace años, pero ya tienes treinta y dos, campeón; ya va siendo hora de ser la mejor versión de ti mismo y dejar de ser el tío que tiene la necesidad de gustar a todo el mundo. Eso es lo que nunca me ha gustado de tu profesión. Os consiente mucho a los actores. Lo veo en cada producción en la que trabajo. Lo que necesitas ahora mismo es saber dónde quieres estar en cinco años, e imprimirte una puta lista de cosas que hacer. Paso a paso. ¿Qué quiero conseguir en el breve lapso de esta vida y cómo voy a hacerlo?

—Quiero seguir casado —balbuceé cuando faltaban tres minutos y diez segundos.

—No, no, te estás olvidando del cartel en la puerta que dice: «Prohibido entrar a las zorras narcisistas». ¡Mierda! Eso significa… que *no puedes* seguir casado con ella. No si quieres tener una buena vida. Construisteis un hogar en terreno pantanoso. Así que ahora quédate con lo que has aprendido, busca un terreno firme y construye de nuevo. Mary también debería hacer lo mismo, por cierto… Se merece a alguien que la quiera por cómo es, en lugar de a alguien que siempre quiera cambiarla… que es lo que imagino que hacías tú.

—¡Sí que lo hacía! —dije, y lloré aún más. Menos de tres minutos. Michael empezaba a sonar desesperado.

—Vamos, William —continuó mi ayudante de camerino—. Demuestra a tus hijos que puedes enfrentarte a un poco de adversidad. Demuéstrales que puedes tomar buenas decisiones. Tus raíces son más profundas que las que echaste con su madre. A veces hay que contraatacar en esta vida. Harvey Milk. Rosa Parks. ¿Quieres saber por qué Nelson Mandela fue a prisión? Porque se defendió con fuerza. El apuesto joven estaba almacenando armas. La gente se comporta como si fuera una especie de predicador. Lo que intentaba era comprarle tanques a Haile Selassie en Etiopía. Luego quisieron dejarlo salir de prisión; todo lo que tenía que hacer era rechazar la violencia. Dijo que si lo soltaban y el *apartheid* seguía estando en vigor lo primero que haría sería ver si podía conseguir algunos tanques chinos. Dijo: «¡Que os jodan, cerdos nazis!». Se defendió con fuerza. Debes tener agallas y contratar un abogado cojonudo para que esta diva chillona que va de Judy Garland sepa que esos niños tienen un padre que los quiere y que los va a reclamar. *Tu vida hablará por sí sola.* Sal ahí fuera y reclámate a ti mismo. La primera vez que te vi actuar tenía unos trece años y tú hacías de ese delincuente juvenil tartamudo. Estaba tan celoso de ti. Eras tan guapo... Ponme celoso de nuevo.

Hizo una pausa. Un minuto y cinco segundos.

—¡WILLIAM! —gritó.

Un minuto y un segundo.

—Vamos, William —prosiguió—. Estás exactamente donde debes estar. Créeme, todos lo estamos. La mayoría de nosotros no nos conocemos muy bien a nosotros mismos, y por eso es tan tremendamente importante representar las obras.

Sollocé. Cuarenta y cinco segundos.

—¡WILLIAM! ¡Si no sales al escenario me despedirán!

Abrí la puerta del baño.

—Venga, cabrón, para de llorar ya, todavía podemos conseguirlo —dijo, arreglándome el traje y limpiándome la cara con un paño húmedo. Era evidente que este tío tenía experiencia con este tipo de numeritos—. Lúcete —susurró—. Es Broadway, joder. Luego te vas a casa y te comes un plato de pasta. Pareces un puto yonqui. ¿Entendido?

—Sí —dije, poniéndome en pie por fin.

Doce segundos.

—¿Qué pone en el cartel de tu puerta? —preguntó, empujándome por el pasillo.

—¿Estoy exactamente donde debo estar?

Ocho segundos.

—No —me empujó por la puerta izquierda del escenario.

—¿Prohibido entrar a las zorras narcisistas?

Cuatro segundos.

—Te toca —susurró, y todo desapareció.

* * *

Mi primera escena empezaba con una especie de confrontación entre el rey y Hotspur. Cuando salí al escenario, coloqué las manos tras la espalda y traté de parecer indiferente a mi cara enrojecida e hinchada. El rey grita y me increpa hasta que ya no aguanto más y entonces me lanzo en mi defensa: un largo y precioso monólogo que se suele hacer en las audiciones para las escuelas de arte dramático. Es una bestia pesada y puede perderse al público por completo en la décima línea, pero no fue el caso esta noche. Me limité a clavar los ojos en el rey y desaparecí en la obra.

El rey no «actuaba» nunca. Las palabras brotaban de él. En lo más profundo de su mirada se podía ver un castillo y tapices, incluso se podía oler la brisa de una tarde de verano londinense de hace seiscientos años. Hablaba con todo su cuerpo, y provocaba mi réplica con una mirada escéptica. Siguió tratando de interrumpirme, me guiaba sin esfuerzo alguno, y avivaba mi ira e impaciencia en cada frase. En la vida real, nunca había sido capaz de ceder a la ira. Me revolvía en mi interior y daba puñetazos a las paredes, pero siempre me he sentido incómodo con los conflictos y nunca he podido enfrentarme a la ira directamente.

Pero ahora algo estaba cambiando. La rabia que sentía hacia mi mujer era como una corriente que bajaba de una montaña e iba ganando fuerza y velocidad. Sobre el escenario, esta furia podía alcanzar su máxima expresión. Grité al rey y, cuando se marchó, grité acerca de él. No me preocupaba perder la voz. No había más funciones. No la noche siguiente. Bramé.

Después de ese primer preestreno, y durante las cuatro semanas de preestrenos que lo siguieron, cuidé mi voz con mimo todos los días con manzanas verdes, té, miel, limones, suplementos de zinc, caramelos para la tos y jalapeños a montones… Truco que oía, truco que probaba. Pero luego, cuando me subía al escenario, me ponía a gritar como un descosido. No podía evitarlo. La gente me decía que respirara con el diafragma, o me aconsejaba todo tipo de trucos destinados a impedir que me hiciera daño. No se daban cuenta de que me gustaba hacerme daño a mí mismo. Mi personaje saltaba como la pólvora y eso es justo lo que quería que hiciera: estallar como un puto cañonazo abrasador. Yo pensaba en mi mujer y en la forma en que ella me rechazaba y me reñía, me criticaba, se reía de mí y me menospreciaba. Reflexionaba sobre por qué cojones se creía que los niños deberían vivir con ella, y antes de que me diera cuenta ya estaba frente a otro actor, arrancándole la cabeza. Había odiado el matrimonio. No quería que me enterraran junto a esa mujer, ni junto a ninguna otra. Quería una puta lápida para mí solo.

En ese primer preestreno proferí mi brutal *alarido* mientras me enfocaban desde el centro del escenario, rodeado por mil doscientas personas. El cuero negro rechinaba con cada uno de mis gestos. Estaba vivo. El público estaba justo donde tenía que estar. Es difícil de explicar, pero es posible percibir cuándo mil personas están pendientes de cada una de tus palabras, y es una sensación agradable.

Mi primera escena terminaba con un golpe de efecto, en forma de pareado:

¡Adiós, tío! Quieran estas horas transcurrir con presteza hasta que el campo, la espada y el clamor aplaudan nuestra destreza.

Cuando terminaba, me iba entre bastidores y alternaba el tabaco con el humidificador de garganta.

Solo me sentía feliz durante la representación. Ojalá la obra durase noventa y dos horas.

Tan solo rezaba por aguantar hasta la noche del estreno. Me daba igual morirme después de eso.

Cuando llegaba el segundo intermedio, al cabo de tres horas, Hotspur moría y yo volvía a mi propia vida. Me sentía bien entonces, purgado, y me escabullía hacia el callejón detrás del teatro para fumar un cigarrillo. Varios de los otros «muertos» también estaban allí. Menudo espectáculo ofrecíamos: seis caballeros ensangrentados, vestidos con armadura completa, pasándose un mechero y un paquete blando de American Spirit, en un callejón de la calle 45, apoyados en un contenedor de basura y charlando sobre la «sala».

Al cabo de un rato los demás volvían a entrar (tenían más escenas), pero yo disponía de cuarenta y ocho minutos antes de tener que salir para la ovación final. Me sentía casi en paz. Esta se convertiría en la hora más relajante para mí de cualquier día. Mi voz había aguantado toda la función y aún era demasiado pronto para empezar a preocuparse por la noche siguiente. Eso empezaría poco después de las reverencias. Me sentaba solo bajo la escalera de incendios y escuchaba cómo se iba apagando la ciudad. Podía oír a algunas personas que se marchaban de nuestra obra echando pestes de nosotros. Eso pasaba prácticamente cada noche pero nunca me molestaba. A mucha gente no le gusta Shakespeare, qué se le va a hacer.

Encima de la mesa de mi camerino tenía unas cuantas monedas desperdigadas y dinero suelto. Todavía con el traje puesto, fui a comprar un sándwich de helado a la máquina expendedora del pasillo del final. Ahí es donde me encontró Lady Percy.

—Has estado genial esta noche —dijo con timidez, todavía vestida con el traje negro de luto.

—Y tú también —dije con sinceridad—. Escuché todo tu discurso final. Siempre es bueno. Pero hoy fue magnífico.

—Solo te gusta porque lloro por ti.

Sonreí. El espectáculo podría ser bueno o malo, pero no cabía duda de que ella era brillante.

—Perdóname por lo de antes de la función —continuó—. Esto nunca me había pasado antes. Tengo un hijo y un marido a los que quiero. No tienes que preocuparte por mí.

—No pasa nada —dije, sin estar muy seguro del todo de a qué se refería—. La actuación juega malas pasadas a la cabeza.

—Sí, supongo.

Miró al suelo. Luego, mientras hablaba, me quitó el sándwich de helado de la mano, lo desenvolvió cuidadosamente y me lo devolvió.

—Esta noche, cuando estábamos juntos en el escenario, podía oír los latidos de tu corazón. Me asusté un poco. Era como si tuviera un caballo entre mis brazos o algo así. Estás tan triste que a veces siento que vas a colapsar o perder el conocimiento, y me dan ganas de abrazarte y decirte que estás haciendo un trabajo excelente... pero temo que si lo hago voy a empezar a besarte —Sonrió—. Pero no lo haré.

Y se marchó hacia su camerino, mientras sus zapatos repiqueteaban en el suelo. Dios mío, qué mujer tan increíble.

Justo en ese momento, Virgil apareció como un torbellino por la otra dirección. Iba corriendo para su aparición final en la coronación del nuevo rey. Se volvió hacia mí.

—¿Te importa si te digo unas pequeñas sugerencias de mejora?

Hablaba con su procurado acento pseudobritánico.

Con dignidad, o así lo creo, le respondí:

—¿Sabes qué, Virgil? Esta es la primera obra de Shakespeare que hago nunca y estoy aprendiendo tantísimo y recibiendo tantas observaciones de J. C. que preferiría que le contaras tus ideas a él para que luego pueda recibir todas las instrucciones directamente del director. ¿Sabes a lo que me refiero?

—Sí —respondió con recato, y luego prosiguió—. Tus *t* son horrorosas. Debes trabajar en ellas. Sin el sonido de las *t* y las *d* a veces parece que solo hablas con vocales.

—Gracias —dije—, es de gran ayuda.

—Lo harás bien —dijo, y se marchó—. Trabaja también en las *a* —gritó dándose la vuelta—. Hacen que Hotspur suene como si debiera estar luchando contra los mexicanos en El Álamo.

Se paró de repente y retrocedió sobre sus pasos, mientras toqueteaba su espada con incomodidad alrededor de su oronda barriga.

—Este texto lo escribió un gran poeta, eso es cierto, pero recuerda que también era un actor verdaderamente bueno.

Nuestro trabajo es transformar la literatura en un acontecimiento. Lo hacemos con el *por qué* y el *cómo*. *Por qué* habla nuestro personaje y *cómo* habla nuestro personaje. El *por qué* te sale bien, William, por eso se te da bien el cine.

Esto podría sonar como un cumplido, pero no lo era.

—En tu caso, lo que necesitas trabajar es el *cómo*. Empieza con las *t* y las *d*.

Por fin consiguió colocarse la espada de manera que le gustara y alzó la vista para mirarme.

—Oh, vamos, no pongas esa cara de puchero —Esbozó la sonrisa incontenible de un perro pastor lleno de energía—. Lo harías bien con Chéjov… Te va mejor. Chéjov le da las hojas al actor y nosotros debemos crear el árbol. Pero Shakespeare nos proporciona el árbol completo… y solo las hojas son nuestras. Tienes que quitarte de en medio. Conseguir pronunciar bien las consonantes ayuda a que «tú» permanezcas en silencio y sea el personaje el que habla.

Y, con eso, se precipitó por el pasillo hacia la entrada izquierda del escenario, dejando caer la espada al atacar. El metal retumbó en el suelo y tres personas se afanaron por ser las primeras en devolvérsela.

* * *

Pues bien, hay pocas cosas en la vida tan deprimentes como una ovación final deslucida, y el primer preestreno de nuestra obra no fue para los que se desaniman fácilmente. Un arrastre de cientos de ancianos que se despertaban de sus siestas, mezclado con el sonido mezquino del aplauso cortés de unos cuantos espectadores en busca de morbo (hay gente que compra entradas para un preestreno porque *quiere* ver cómo se joden las cosas). No era la acogida que habíamos esperado.

Al hacer la última reverencia, la gente empezó a levantarse, y por un instante pensé: «¡Espera un momento! ¿Esto es una ovación de pie?». No. Solo se estaban yendo. Intentaban llegar a tiempo para coger el tren de las 23:40 a Trenton, en Nueva Jersey. O sacar el coche del aparcamiento antes de que les cobraran una hora más, a saber. Pero nosotros no podíamos salir del escenario tan rápido. Virgil Smith, nuestro querido Falstaff, desenvainó su espada y simuló hacerse el harakiri en las escaleras que bajaban a los camerinos. Algunos se rieron.

* * *

—¿Os sentís abatidos? —nos preguntó el director—. Pues deberíais.

Los treinta y nueve miembros del reparto al completo estábamos reunidos en los asientos del teatro donde nuestro público había estado sentado hacía solo veinte minutos. Esperábamos pacientemente una de las sesiones de comentarios inspiradores que ya anticipábamos de nuestro director. La mayor parte de la compañía ya se había puesto la chaqueta y descansaba con los pies encima de las sillas de delante. Los rostros de todos parecían pálidos y vulnerables, recién despojados del maquillaje.

—No voy a quitaros mucho tiempo —empezó el director—. Sé que es tarde y que todos estáis cansados. Solo sé que estoy tan disgustado que no puedo irme a dormir esta noche sin deciros lo indignado que estoy —Hablaba con un sentimiento de resignación—. A decir verdad, veros a todos actuar esta noche me ha hecho desear abandonar esta profesión.

J. C. permaneció de pie en el escenario, clavándonos la mirada. Parecía sentir dolor físico. Tenía los ojos llorosos.

Lentamente fuimos bajando los pies de las sillas frente a nosotros y adoptamos un lenguaje corporal más respetuoso.

—No quiero ponerme demasiado dramático —dijo desde el centro exacto del escenario—. Individualmente, todos habéis estado bien, supongo. Pero, como compañía, habéis fracasado. Yo he fracasado —Se detuvo y arrastró los pies un poco más—. Esta noche me voy a centrar en las «escenas de taberna». Empezaré por ahí.

Volvió a hacer una pausa y se quitó una pelusa de la chaqueta. Respiré aliviado; Hotspur no aparece ni una sola vez por la taberna.

—¡¿Qué cojones ha pasado?! ¡¿Pero qué cojones?! —La tarima tembló al chocar una mano contra la otra—. ¿Dónde habéis estado todos? ¿He estado hablando solo durante seis semanas? ¿No queréis invitar a vuestra profesora de teatro del colegio aquí al escenario con vosotros y darle las gracias? Porque parecíais una pandilla de aficionados. «¡Ostras, miradme todos, salgo en Broadway! ¿A que mola?». Pues no. Es caro y aburrido. Si tengo que ver a gente masturbarse, prefiero irme a casa y hacerlo yo mismo.

Falstaff empezó a retorcerse nerviosamente en su asiento.

—Tú no, Virgil —J. C. hizo una señal con la cabeza a nuestra estrella de barba blanca—. Tú has estado muy bien. Inspirado, en realidad, y por supuesto a la altura del gran actor que todo el mundo en este planeta sabe que eres. Por desgracia, esta noche actuaste en una función de instituto de *Enrique IV: Partes I y II* —Hizo una pausa, se secó los ojos, recobró la compostura y continuó—. Quiero decir… *Hostia puta* —Nos miró al resto—. Tenía ganas de subir al escenario y patearle el culo a alguien. A todos vosotros. ¿No comprendéis que yo dependo de vosotros? Todos dependemos de los demás. ¿Pero qué ha pasado? —Hizo una pausa como si alguno de nosotros tuviera una explicación—. ¿Qué ha pasado con todo el trabajo que hemos hecho?

Miró directamente a Samuel, sentado a mi lado. Los ciento treinta kilos de Samuel estaban embutidos en el asiento plegable del teatro. Tenía los ojos irritados por las lágrimas. Se mordía el labio mientras observaba a Virgil. Samuel aparecía en todas las escenas de taberna.

El día de antes, después de nuestro ensayo general abierto, Virgil se había dado una vuelta por los camerinos de todo el que aparecía en las mencionadas escenas de taberna y les había pedido en persona que mantuvieran un perfil bajo. Sentía que todos lo estaban eclipsando. Aseguraba que ni siquiera podía oír cuándo los espectadores se reían con él. Creía firmemente que lo estaban obligando a competir por la atención del público… Era exasperante y, por favor, tenían que parar.

—Samuel, necesito algún tipo de explicación —le preguntó el director directamente. Samuel simplemente permaneció allí sentado y callado.

—¿Eres un actor profesional?

—Sí, lo soy —respondió.

—Antes, cuando contemplaba el escenario, ¿sabes lo que veía en tu cara? Lo mismo que veía en la cara de cada una de las personas de las escenas de taberna… «Oh, Dios mío, estoy en el escenario con Virgil Smith. Me pregunto dónde guardará su Óscar». Sí, queremos que el público se ría. Queremos que nos escuchen y nos quieran, que nos entiendan y nos aprecien… A todos los artistas nos gusta eso. A todos los niños les gusta. Pero lo que nos convierte en adultos, lo que nos hace profesionales, es que ese no es *nuestro objetivo*. ¿Nuestro objetivo es que nos den una ovación de pie? ¿Que se agoten las entradas para las representaciones? ¿Recibir buenas críticas? ¿Ganar el Tony? *No*. Nuestro objetivo es siempre hacer la mejor actuación posible. Cumplir con los estándares que nos imponemos a nosotros mismos. Vivimos en un mundo lleno de supuestos triunfadores, gente que parece tener éxito y que en realidad está fracasando y gente que parece estar fracasando pero que tiene éxito. Nada es lo que parece. Virgil se llevó todas las risas. El público se desternillaba de la risa con él y, mientras tanto, todo el tiempo, pensaban para sus adentros: «¿Qué he hecho con el *ticket* del aparcamiento? ¿Cuánto durará esta función? Tengo muchísimo trabajo que hacer en casa».

Todos seguíamos sentados sin decir nada, como niños que se han metido en problemas en el colegio.

—Creedme: si todos cogéis el trabajo que hemos estado haciendo en la sala de ensayo y lo ponéis sobre el escenario, seréis el mejor grupo de actores con el que nunca he trabajado... incluyéndote a ti, Samuel. Pero necesito lo mejor de todos vosotros, y os voy a presionar, porque estamos muy cerca —Inhaló profundamente hasta las plantas de los pies—. Se acabó esa mierda de «actuación», ¿entendido? No me hagáis eso a mí ni a Virgil; no os hagáis eso a vosotros mismos. Recordad: no se trata de lo lejos que proyectéis vuestra voz. Se trata de lo lejos que proyectéis vuestra alma.

Me quedé mirando a Virgil, ese gordo de mierda. ¿En serio no iba a dar un paso al frente y admitir que el desastre de esta noche era cosa suya? ¿De verdad iba a dejar que Samuel y los otros cargaran con la culpa?

Sí, eso iba a hacer.

—Muy bien —concluyó J. C.—. Descansad un poco y mañana empezaremos de nuevo a trabajar.

Me levanté y cogí mi chaqueta, todavía ansioso por llegar a casa y ver a mis hijos.

—Ah, sí —añadió J. C.—. ¿Dónde está el príncipe Hal?

—Aquí mismo —se levantó el príncipe, estirando las mangas de su abrigo.

—¿Cuántos padres crees que tiene el príncipe Hal? —preguntó J. C.

—Perdón, ¿cómo?

—Hay un montón de gente en el mundo. Carteros, revisores de tren, bibliotecarios, actores, polis, médicos, soldados, peluqueros… Un montón de gente, ¿verdad?

El príncipe asintió.

—Pues bien, cada uno de nosotros tenemos solo *un* padre. El tuyo muere en la segunda escena del quinto acto. Si parece que eres un imbécil sonámbulo que, mientras va caminando por la Novena Avenida para comprar un paquete de Camel Light, repara en un anciano que acaba de desplomarse y estirar la pata… no sé siquiera qué hago aquí sentado después de pagar ciento ochenta dólares para ver esta mierda. ¿Lo pillas? Un padre. Está muerto. No lo volverás a ver *nunca*. Puerta cerrada. Tú eres el siguiente. ¿Lo pillas? Trabaja en eso. Hasta que no lo hagas será mejor que no se abra el telón.

—Lo siento, J. C., es solo que…

—No me interesa saber en absoluto por qué no funcionó. Lo que quiero es que funcione.

El príncipe Hal se quedó inmóvil. Sentí pena por él. Iba a llorar esa noche.

—William, ¿puedo hablar contigo? —me llamó J. C. mientras la gente se iba dispersando hacia la salida.

Mi cuerpo se estremeció de miedo, sentí como si me hubieran golpeado con una sartén. Me hizo un gesto para que me reuniera con él en privado junto a la salida. ¿Qué podía ser tan malo como para no poder decirlo delante del resto?

Bajo la escalera al fondo del escenario, intenté mirar a los ojos a J. C. Me hablaba en susurros, lo que resultaba aterrador.

—Tu actuación de esta noche ha estado muy cerca de ser incendiaria. Es justo como yo creo que debe interpretarse a Hotspur. Me ha encantado, pero al mismo tiempo es completamente insostenible. Si gritas y bramas de ese modo cada noche durante una semana acabarás en el hospital.

Me sentía confundido. Una parte de mí estaba eufórica porque había recibido un cumplido en medio de un laberinto de oscuridad; la otra estaba asustada de lo que estaba tratando de decirme.

—Quiero que te cuides. Presta atención a tu voz. Escúchala. Ya he dirigido antes esta obra y debes tener cuidado con Hotspur. Es un papel demente y te hará enloquecer. Puedes acercarte, pero no vayas hasta el final. ¿Me comprendes?

No lo comprendía. Estaba asustado.

—Todo irá bien —dije.

—¿Va todo bien ahora? —preguntó.

Asentí. Escudriñó mi rostro con la mirada.

—Mi único problema es que a veces me pone nervioso que el príncipe Hal sea mejor que yo —dije con una sonrisa, simulando que bromeaba despreocupadamente.

—¿Acaso no podéis sobresalir los dos? —respondió—. Esto no es una película, William, ¿de acuerdo?

Eso era lo más cruel que podía haberme dicho, al

destacar mi falta de capacitación y poner de relieve mi paranoia de que no merecía estar ahí en primer lugar.

—Esta noche, en el escenario, parecía que rezumabas gasolina por los poros y que te ibas a prender fuego. Admito que lo disfruté en secreto, pero te destrozarás las cuerdas vocales o la espalda o algo así. Si sigues así, a ese ritmo acabarás rompiéndote algo.

Hizo una pausa y me observó una vez más. El silencio era aterrador.

—Ten en cuenta que nuestros corazones son enormes —dijo, mirándome—. ¿Lo sabías? El corazón no es un chisme pequeñito. Es grande de narices y está plantado en medio del pecho. Late y trabaja como un condenado, pero no es tu corazón el que necesita tu ayuda, ¿entiendes? El talento que reside en el interior de cada persona no es frágil. Tus pulmones no están en el pecho, están en tu espalda. Tu voz no está en la garganta, empieza en tu columna vertebral, ¿entiendes?

Yo no lo entendía, pero sabía que estaba intentando levantarme la moral, y eso me hizo sentir patético y desconfiar de la sinceridad de sus cumplidos.

—Solo digo que… no sabemos mucho. Déjate llevar solo un poco. Es posible que si canalizas tu ira sobre el escenario de una forma más relajada y adecuada… liberándola… el escenario te la arrebatará y te sanará. Es posible. Pero siempre marcando el rumbo. Sin perder el norte. ¿Entendido?

Asentí.

Entonces, espontáneamente, le pregunté:

—¿Puedo decirte algo?

—Sí —dijo el director, y dio un paso atrás para estudiarme mejor.

—No ha sido la culpa de Samuel ni de ninguno de los otros chicos, Virgil fue a verlos a todos a…

El director me interrumpió:

—¿Crees que no lo sé? ¿Crees que estoy ciego? No voy a quedarme despierto toda la noche para tratar de convencer a la gente de que el sol va a salir. Ya lo hará el sol por sí solo. A veces da igual quién tenga razón o no. Samuel la cagó porque no creyó en sí mismo. Virgil es un genio del escenario, punto final, asúmelo. Y sus propios demonios son más crueles que nada de lo que tú o yo podamos idear. Se enfrentará a esos monstruos en cualquier momento… en cuanto se quede solo. No te preocupes —dijo J. C., sonriendo—. Eso es lo que estaba intentando decirte, no es tu responsabilidad.

Le di las gracias y me di la vuelta para irme.

—Una cosa más —se detuvo y me agarró del hombro—. ¿Puedes soportar las malas críticas?

—¿Cómo?

—Puede que las críticas —dijo J. C. simplemente— no reaccionen a tu Hotspur de la misma forma que yo, pero se equivocan.

Lo miré sin comprender.

—Pensarán que eres demasiado moderno, divertido, americano y colérico. A la mayoría les encanta citar a W. H. Auden en *Lectures on Shakespeare*. Auden fue un gran poeta, pero no entendió bien esta obra. Ahora bien, si lo que quieres son buenas críticas, puedo conseguírtelas; es fácil. Hacemos un par de cambios de vestuario, omitimos unos cuantos gestos, te metes las manos en los bolsillos y trabajas en la pronunciación de las *a* y de las *t*… son horribles. Pero, si haces todas estas cosas, no serás tan divertido ni de lejos, así que piénsalo. Si no puedes vivir mientras *The New York*

Times te señala como el único problema en una producción, por lo demás, perfecta, te daré las herramientas necesarias para hacer los cambios. Pero espero que elijas jugarte el pellejo por la representación, porque es realmente emocionante verte.

—Las críticas me dan igual —mentí.

—Repítelo —me dijo J. C.

—Las críticas me dan igual.

—Bien —rio—. ¿Mi consejo? No las leas. Tan solo sobrevive. No te drogues. Duerme un poco. Fuma solo en el interior mientras bebes algo caliente. *Y no se te ocurra faltar ni a una puta función.*

Me dio una palmadita en la espalda y se marchó.

ESCENA III

Esperé la línea 6 de metro justo por debajo de Broadway. Poco a poco, Shakespeare se fue desvaneciendo. No debería haberme metido toda esa cocaína, evidentemente. No había servido para nada. Las secuelas de la resaca de la coca me estaban catapultando a un nivel aún más bajo de depresión tras el divorcio. Al bajar de la línea 6 hacia el andén, oí decir claramente a una mujer blanca de mediana edad que había estado sentada frente a mí en el metro, dirigiéndose a mí: «La obra ha sido espantosa, por cierto».

Me giré y la miré. Ella sonrió. Las puertas se cerraron.

* * *

Al entrar en el Mercury, me pregunté qué había hecho con la bolsita de coca y las pastillitas azules que la acompañaban. Mi madre estaba al cuidado de los niños. Estaba cabreada por haberse perdido el primer preestreno, pero era la única niñera que tenía. No quería que ni ella ni los niños se tropezaran con la nieve. Si las limpiadoras del hotel encontraban la bolsa de plástico, sería mi fin. Llamarían a la policía. La idea me heló la sangre. Me imaginé a los servicios sociales llevándose a mis hijos. El titular del *Post*: «MI PADRE ES UN YONQUI».

Para cuando regresé a mi apartamento en el Mercury, estaba convencido de que sabía dónde había escondido las drogas: en el estuche de mi guitarra. Era casi medianoche cuando entré por la puerta, así que estaba seguro de que todo el mundo estaría durmiendo a pierna suelta. Encontraría la bolsita, la tiraría por el váter, me arrodillaría, suplicaría el perdón de los dioses del teatro, y me iría a dormir.

En cuanto entré, supe que algo no iba bien. La luz estaba encendida con una luminosidad tenue y romántica. Sonaba *Stardust Memories* de Willie Nelson y olía a *banana bread* recién hecho. Todo el apartamento estaba inmaculado, parecía acogedor y rebosaba una especie de paz, como la de un cuadro de Norman Rockwell. Mis libros, que antes estaban desperdigados en cajas por el suelo, ahora estaban ordenados en riguroso orden alfabético en las estanterías. Mis discos, mis papeles, mi ropa, las acuarelas de los niños, los soldaditos de juguete, los Lego... todo estaba limpio y ordenado. Aún despierta, con un delantal atado a la cintura, mi madre estaba ajetreada en la cocina, haciendo como siete cosas a la vez. La cachorrita de mi hija dormía en el sofá de cuero.

Observé sus movimientos durante un minuto entero, mientras disfrutaba de lo bonito que estaba el apartamento. Entonces me di cuenta de que mi guitarra estaba fuera del estuche, colocada despreocupadamente encima del piano. Quedaba bien en ese sitio, ¿pero dónde estaba la funda?

Mi madre se dio la vuelta cuando sintió mi presencia.

—Hola, cariño, ¿cómo ha ido la función? Todo muy bien por aquí. He hecho un poco de limpieza, como puedes ver. Espero que no te importe, ¿no? Es que como los chiquitines se quedaron fritos tan pronto y tan rápido… El número de correos electrónicos que una persona puede escribir en una noche antes de tener que hacer algo productivo con las manos es limitado, ¿sabes?

Me sonrió con dulzura y sin exigir respuesta a ninguna de sus preguntas. Se dio la vuelta tranquilamente y volvió a afanarse en el trabajo.

—En cualquier caso, te he preparado un poco de chili vegetariano y lo he dejado en la nevera para que siempre tengas algo sano y listo para comer. Y también he hecho ese *hummus* de alubias que te encanta y *banana bread* para los niños. Creo que puede estar bien tener algo dulce a mano.

Mi madre es una mujer guapísima. Solo es diecisiete años mayor que yo y todavía no había entrado en los cincuenta. La gente solía decirme siempre lo joven que parecía y yo solía responder: «No *parece* joven, *es* joven».

Sin embargo, esta noche parecía más joven de lo habitual. Llevaba un pañuelo alrededor de la cabeza que ocultaba los hematomas de un *lifting* facial que se había hecho unas dos semanas antes. A mí la cirugía facial de mi madre me parecía espantosa. Parecía contradecir todo lo que me había enseñado siempre. Se había pasado los últimos ocho años de su vida trabajando para el Cuerpo de Paz en Puerto Príncipe, Haití. Estaba a cargo del orfanato más grande de aquella ciudad y había conseguido escolarizar con éxito a más de tres mil niños que no estaban inscritos con anterioridad. Estaba ahora en Nueva York en una triple misión: (a) dejar que las cicatrices se curaran sin que los niños de Haití hicieran demasiadas preguntas; (b) recaudar fondos; y (c) ver cómo estaba yo.

Yo no alcanzaba a comprender por qué una mujer que iba camino de ganar premios humanitarios importantes al estilo de Eleanor Roosevelt podía hacerse cirugía facial. Y aún menos siendo joven todavía. Me dejaba perplejo. Su piel estaba tan estirada que literalmente dolía mirarla. Además, hay algo en la lucha desesperada de una madre por aferrarse a la juventud que resulta particularmente aterrador para un hijo. Uno quiere creer que envejecer está bien, que sobrellevará con elegancia eso de crecer y madurar hacia la edad adulta, pero cuando parece que su querida madre se ha cortado la cara por la mitad y se la ha estirado alrededor de las orejas, resulta difícil. Además, había algo «raro» en su manía de cocinar y limpiar. Y entonces caí en la cuenta.

—Mamá —dije, observándola—, ¿te has metido coca?

Se quedó de piedra. Luego, despacio, pillada con las manos en la masa, esbozó una sonrisa.

—No sé por qué te quedas ahí de pie como si fueras un cura. Es *tu* coca —dijo, y me guiñó un ojo.

Luego se volvió a girar y continuó con lo que estaba haciendo: sacar el *banana bread* del horno.

—Opino lo mismo sobre la cocaína que sobre comer carne — dijo—. Es indigno y, en el fondo, moralmente reprobable, pero mientras no sea yo quien lo pague… me gusta bastante.

Me senté en una gran silla de cuero frente a la cocina y hundí la cabeza entre las manos. No era de extrañar que me hubiera convertido en actor.

—No me lo puedo creer, mamá —dije—. ¿Estás

entendiendo la situación? —Apenas podía moverme—. Te dejo al cuidado de los niños. Por primera vez en tu vida eres completamente responsable de tus nietos y vuelvo a casa y resulta que te has metido medio kilo de coca por la nariz.

—¡Ay, Dios, eres imposible! De verdad. Si eres tan irreprochable, ¿qué tal si pruebas a no ir por ahí con cocaína en el estuche de tu guitarra como si fueras Keith Richards o algo así?

Se produjo un largo silencio mientras mi madre lavaba un cuenco. La perrita finalmente se percató de mi presencia, se despertó y se puso a brincar por la habitación dando ladridos.

—Venga, olvidémoslo, ¿vale? —propuso mi madre alegremente—. ¿Qué tal si los dos admitimos que quizás podríamos haber sido más responsables, damos gracias por que en realidad todo está en orden, y hablamos? Porque he estado pensando en ti y no sé por qué estás tan contrariado por toda esta tontería del divorcio. No sé por qué tanto tú como Mary estáis tan disgustados. Este divorcio es algo maravilloso. Le escribí una carta a Mary y le dije eso, ¿sabes? Espero que no te importe, ¿no?

—¿Qué has dicho?

—Le expliqué lo que ella no entiende: que, sencillamente, eres igualito que tu padre.

—¿Qué significa eso? —pregunté.

—Oye, no seas tan hostil —exclamó desde la cocina—. Se te nota crispado. Solo me metí un poquito de *tu* cocaína. Que, por cierto, hay que ser un imbécil redomado para tenerla en tu casa. No me extrañaría que Mary contratara a un detective privado y mancillara tu nombre a los cuatro vientos para asegurarse de conseguir la custodia. Es lista y es dura, así que ándate con cuidado. Tienes que recobrar la calma —sonrió—. Encontré tus sustancias ilegales e iba a tirar la bolsita por el váter, pero entonces pensé: «Eh, ya casi tengo cincuenta… No me meto cocaína desde 1987, así que voy a probarla». Y eso hice, y he pasado la mejor noche que he tenido en mucho tiempo y me niego a permitirte que la arruines. He tenido una experiencia gloriosa mientras limpiaba tu apartamento —sonrió de oreja a oreja mientras devolvía el azúcar a la despensa—. Lo que no me esperaba es que mi hijo de treinta y dos años, toxicómano, deprimido y divorciado se fuera a poner de los nervios. Te alegrará saber que se me ha acabado. De todos modos, no deberías tomar… te tienes que levantar temprano con los críos.

—No quiero cocaína, mamá —seguía sentado, estupefacto—. Me iba a deshacer de ella.

—Bueno, bien —Mi madre se quitó el delantal y se acercó a mí—. Escucha, te quiero más que a nada en este mundo. Eres un hijo maravilloso, pero seamos realistas… Mary es una verdadera triunfadora. No te necesita ni a ti ni a ningún hombre. Pero tú sí necesitas a una mujer. Necesitas una compañera y una esposa… ¡y esa persona no va a ser una estrella del rock internacional que está de gira por todo el mundo! —Se sentó frente a mí, cogió unos cigarrillos del bolsillo de mi chaqueta y se puso a buscar cerillas—. Yo comprendo a Mary. Es muy afortunada. Soy consciente de que ahora mismo ella no se da cuenta de que es afortunada, pero lo es. Puede mantenerse a sí misma y no necesita pasarse la vida recogiendo los calcetines sudados de un hombre. ¿Te haces una idea de la suerte que eso supone? —Mi madre encontró las cerillas y se encendió un cigarrillo, dándole pequeñas caladas como si fuera una niña—. Mary pertenece a un porcentaje verdaderamente minúsculo de mujeres en este planeta que no necesita lamerle el culo a un hombre para hacer lo que quiera en esta vida. Es una artista brillante y la gente la respeta. Tiene un talento impresionante y, con inteligencia, puede hacer uso de ese respeto, talento y dinero para llevar a cabo cambios de verdad en este mundo. La mayoría de nosotros no puede alterar la corriente, ¿sabes? El río solo nos arrastra y nosotros nos limitamos a dar botes sin hacer nada a través de nuestras vidas, pero ella puede ir contracorriente. Si yo tuviera el dinero que ella tiene, no me molestaría en perder el tiempo con un hombre —Me dio una palmadita en la rodilla, echó las cenizas en el cenicero y se recostó en el sofá—. Sé que no te gusta el *lifting* que me he hecho en la cara. Pero lo que no entiendes es que no me importa una mierda mi aspecto.

Esbocé una sonrisa incrédula de suficiencia.

—A mí no me importa, pero a los hombres sí. Y yo necesito su atención. ¿Sabes lo que es estar en una reunión para recaudar fondos y ver a todos esos blancos ricos ensimismarse con algún juego estúpido en sus BlackBerry por lo indiferente y aburrido que les resulta escuchar a una cincuentona hablar de cómo el veinte por ciento de la población consume el ochenta por ciento de los recursos del mundo? O que millones de niños carecen de alimentos suficientes para comer, y entonces… —hizo una pausa para buscar un efecto dramático—, cuando una mujer joven y atractiva entra en la sala: «Eh, hum… ejem, ejem… ¿Cómo puedo ayudar, tesoro? Vaya, debemos encontrar una solución creativa. ¡Aunemos nuestros esfuerzos para conseguir un gran triunfo!». ¿Ves? Yo no quiero ser «guapa», ¡quiero ser relevante! Este es un mundo superficial y estoy lidiando con él —hizo una larga pausa y se recompuso—. Solo para que lo sepas: el *lifting* me salió gratis. Yo nunca me habría gastado ese dineral.

—¿Qué quieres decir? —pregunté.

—El doctor de Haití es un gran fan de tu exmujer. Tiene todos sus CD y pensó que, si ella ve lo bien que me ha quedado la cara con el *lifting*, preguntará quién es el cirujano... ¿Lo ves? ¡Me lo hizo como una inversión! —Esbozó una gran sonrisa pícara—. Además resulta que siente respeto por mi trabajo.

—¿Qué querías decir con eso de que yo era como mi padre? —pregunté.

No respondía. Prosiguió:

—Siempre haces lo mismo... Creas una narrativa continua de cada acontecimiento de tu vida. En cuanto te pasa algo empiezas a contar una «historia» sobre ello. Y, por lo que veo, también lo estás haciendo ahora: intentar escribir la «historia» de tu divorcio para quedar como el bueno. Pero las cosas no son así... Técnicamente, en mi relación con tu padre, yo era «la mala». Pero mira a esta bruja que esnifa cocaína; al menos yo demuestro las cosas con hechos. Estoy recogiendo a niños de la calle, escolarizándolos y salvándolos de una vida de crimen y prostitución. Trabajo cien horas a la semana para acabar con la pobreza. Tú trabajas cuatro horas al día, te hacen fotitos, todo el mundo te dice que eres guapísimo, se ponen de pie para aplaudirte al final de la noche, y todo lo que has hecho ha sido recitar unos pocos cientos de pareados sin caerte de culo.

—No se pusieron de pie para aplaudirnos.

—¿Un público difícil? —preguntó con dulzura.

—Espantoso.

—Ojalá hubiera podido estar allí. Espera a tener cincuenta años y que nadie quiera contratarte porque los párpados te cuelguen y te tapen tus ojitos azules. Si no fueras tan guapo tendrías menos de la mitad de amistades que tienes ahora… Es verdad. ¡No eres tan interesante! Ya te las ingeniarás para entrar a escondidas por la puerta de atrás de la clínica de cirugía estética. Ya verás, te insertarán los implantes capilares perfectamente. Entonces no te apresurarás a tirar la primera piedra. Es duro hacerse mayor. El deterioro no es para los sumisos. Mi madre está muerta. Mi padre está muerto. Todo pasa muy rápido. No te lo puedes creer. Mi madre, el divorcio con tu padre, para ti todo eso ya es historia; para mí, es como si hubiera sido ayer. En lo que dura un suspiro, tu hija será una mujer hecha y derecha con niños que van contigo de la mano a mi funeral. No te estoy jodiendo, hijo mío.

Dio unas palmaditas al sofá, como para invitarme a sentarme a su lado. No podía. La perrita saltó y se acurrucó junto a ella.

—Algún día echarás de menos este momento. Echarás de menos la noche en que volviste a una casa limpia, con *banana bread* y una madre «colocada». Pensarás que fue bonito y divertido. ¡Y te darás cuenta de que no merecía la pena lamentarse por esos tiempos del matrimonio con Mary! Eso sí que fue una época dolorosa. Te sentías profundamente a disgusto. Te retorcías de dolor y ni siquiera sabías qué te dolía. Pues yo te digo: «Enhorabuena, hijo, porque te niegas a vivir una vida de dolor y desesperación en silencio». Ahora tus hijos podrán conocerte mejor y podrán tener lo mejor de su madre y de su padre.

Mi madre sonrió. Me senté junto a la perrita y contemplé las luces de Nueva York a través de la ventana. Cuánta actividad tiene esta ciudad, incluso a la una de la madrugada. Mi madre se levantó, apagó el cigarrillo, se puso detrás de mí y empezó a rascarme la espalda.

—¿A veces no deseas morir y ya está? —preguntó.

—¿Qué clase de pregunta es esa?

—¿Por qué desear la muerte no puede ser alentador? Yo imagino que la muerte es maravillosa.

Siguió rascando con las uñas, como hacía cuando yo era pequeño.

—¿Ves? A ti la muerte te da miedo porque con ella se evaporará todo eso tan «especial» de tu vida. Cuando estés muerto, las películas, las portadas de revista, el dinero, el arte, las ovaciones... nada de eso tendrá ya más relevancia que un espectáculo de fuegos artificiales en 1956. Fue divertido mientras duró, ¿eh, chaval? Disfrutas del engaño de creer que eres especial y el mundo respalda ese engaño, así que entiendo que eso hace que la muerte resulte aterradora. Pero, verás, para mí, tú y yo somos especiales solo en la medida en que cada ser vivo que teme el sufrimiento es especial.

Mi madre dejó de rascarme la espalda, me dio un beso en la frente y volvió a la cocina para seguir limpiando.

—Resulta tan extraño... —dijo— Todos estos años peleándome con tu padre, odiándolo, discutiendo sobre dinero y visitas y Acción de Gracias, para luego ver a lo que más quiero en el mundo, a ti, convertirte en lo que más dolor me ha causado... ¡él! Algún día, mientras hablas con tu hija te darás cuenta de que tiene los ojos de Mary. Todo se repite. Nada termina. Todo se *re-pi-te* —Dio un paso al frente y se apoyó en la puerta que separaba el salón de la cocina—. Supongo que podría haber terminado mejor las cosas con tu padre —dijo mi madre—. Haber sido más madura. Ese es mi único consejo: terminad bien. Sed respetuosos y considerados.

Retrocedió y se puso a lavarse las manos.

* * *

Mis padres se separaron alrededor de mi noveno cumpleaños. Mi madre y yo vivíamos en las afueras de Atlanta. Mi padre había venido en coche desde Houston para visitarnos y para tratar de arreglar las cosas una última vez. Fue el mejor cumpleaños del mundo. En ese momento, mi padre tenía un Plymouth Barracuda descapotable chulísimo del 64. Era un día precioso de octubre en Atlanta, aunque un poco frío, pero aun así mi padre arrancó el techo plegable y nos llevó a mí y a mis cuatro mejores amigos al John's Pizza House y al cine. Un antiguo cine de repertorio de Buckhead proyectaba su película favorita, *El hombre que pudo reinar*.

Fue divertido ver una peli antigua y a mis amigos les gustó. La peli va sobre dos mejores amigos que dejan de serlo durante una extraña gran aventura por tierras extranjeras. Al final de la historia, uno es capturado y está atrapado en un puente colgante de cuerdas y el otro tío, Peachy, que está a salvo, sabe que todo ha sido culpa suya. Peachy le grita a su amigo: «¿Podrás perdonarme por ser tan estúpido y tan arrogante?». Y el amigo, al que están a punto de matar, le dice: «Peachy, ¡puedo, y lo hago!». Y sonríe, para que el amigo sepa que lo entiende. Nadie es perfecto. Todos metemos la pata. Y, entonces, ¡*pum*!, cortan la cuerda, y el amigo cae y muere.

Nunca había visto una película con un final tan triste y amargo y no podía parar de llorar. Todos mis amigos me miraban. Íbamos andando por el aparcamiento hacia el Barracuda y uno de mis amigos empezó a burlarse de mí porque estaba moqueando.

—¡Mira el niñito de mamá! —dijo.

Mi padre simplemente declaró:

—No es ningún niñito de mamá. Si no lloras es porque no has visto la película de verdad.

Mis amigos se callaron.

Nos fuimos en coche y mi padre aceleraba en los semáforos. Subía tanto el volumen de la música que molestaba a los desconocidos. Comimos helado. Nos reímos tanto que nos dolía el estómago.

—¿Alguna vez habéis hecho trompos con el coche, chicos?

Todos negamos con la cabeza.

Inmediatamente hizo saltar el coche por el bordillo y aterrizó en un terreno junto a un instituto. Empezó a dar vueltas con el coche como una peonza a lo que parecía la velocidad de la luz. Los amortiguadores se dispararon y todos empezamos a dar botes en el coche. No podíamos creerlo. Estábamos aterrados y eufóricos. Se trataba de la infracción de las normas más flagrante de la que nunca había formado parte. Era como atracar un banco. Ni siquiera teníamos los cinturones puestos. Luego condujo a toda pastilla, dando tumbos y sacudidas y bandazos durante todo el camino a lo largo de dos campos de béisbol hasta llegar a uno de los montículos de los lanzadores, donde tiró con fuerza del volante y pisó el acelerador. El coche giró en círculos. Se formó una polvareda. Todos aullábamos con júbilo y temor. Nos bajamos en casa de mi madre, cubiertos de polvo como una banda de forajidos. Mis amigos se fueron yendo uno a uno, y todos me dijeron que tenía el padre más guay del mundo.

Sí que lo era, a sus veintisiete años, con el pelo largo y gafas a lo John Lennon.

Por mi cumpleaños, me regaló una pista de carreras de coches, y la montamos en mi cuarto y jugamos a hacer carreras con Fórmula 1 hasta que fue hora de irse a la cama.

Luego nos despedimos. Se volvía a Texas en coche esa misma noche, «salvo que tu madre me deje pasar la noche». Me guiñó un ojo con optimismo. Mi madre tenía un viejo piano de pared y tocó *ragtime* de Scott Joplin, porque sabía que me encantaban. En cuanto salió por la puerta de entrada, me puse a llorar otra vez. Mi madre entró para darme un beso de buenas noches y le dije que me dejara en paz, y que por favor no le dijera a papá que estaba triste. Pero antes de que me diera cuenta mi padre estaba de vuelta en mi habitación, y en la penumbra, mientras me rascaba la espalda, me dijo muchas cosas bonitas para que me sintiera mejor.

En cuanto oí que el coche se alejaba, me dirigí al salón y le pregunté a mi madre:

—¿Le has contado que estaba llorando? ¿Se lo has dicho? ¿Por eso volvió para hablar conmigo?

—Claro —respondió.

—Das asco —le dije y volví a mi habitación.

Me quedé tumbado en la cama durante lo que me parecieron horas. En un momento dado, oí el viejo motor gruñón del Barracuda que volvía a estar en frente de casa. Repté por la cama y vi a mi padre salir del coche y empezar a clavar un par de zapatos de tacón y algo de lencería en un viejo arce que había en nuestro jardín delantero. Abrí la ventana y encendí la luz. Mi padre me miró desde el jardín. Incluso en la oscuridad, nuestras miradas se encontraron con facilidad.

Tan solo iluminado por los faros del coche, gritó:

—Peachy, ¿podrás perdonarme por ser tan estúpido y tan arrogante?

Intenté responder desde mi ventana con mosquitera: «¡Puedo, y lo hago!», pero no lo dije lo suficientemente alto como para que me oyera. Estaba demasiado conmovido. Se marchó.

En mi habitación del Mercury, empecé a desvestirme mientras tarareaba, como de costumbre, para comprobar el estado de mi voz; repasaba las intervenciones de Hotspur en mi cabeza, y me preguntaba si conseguiría dormir. Recuerdo que pensé: «¿La relación con mis hijos se va a volver tan complicada como la mía con mis padres?».

Entonces entró mi madre, vestida con otra ropa completamente diferente.

—¿Adónde vas? —pregunté.

—A ver a alguien —guiñó un ojo.

—Es la una de la mañana —dije.

—Perdona, papá, ¿no tengo permiso para salir? —dijo con sarcasmo, imitando la voz de una adolescente.

—Pensaba que ibas a pasar la noche aquí conmigo y los niños —dije.

—He cambiado de idea. Ya no me necesitas —sonrió—. Los niños necesitan tiempo a solas contigo. Además, es imposible que me duerma. Y mentí sobre lo de que se había acabado la coca.

—¿A quién vas a ver?

—No es asunto tuyo —dijo sin expresión alguna y salió por la puerta.

* * *

Cuando salió el sol a la mañana siguiente del primer preestreno, saqué a pasear a la perrita y compré donuts. Ya estaba otra vez aterrorizado por mi voz. Los niños estaban solos viendo dibujos animados. Fuera hacía muchísimo frío y el viento no le hacía ningún bien a mi garganta. Sonó mi teléfono.

Era mi mujer. La sangre se me congeló. Lo cogí.

—Hola —dije, mientras luchaba contra el viento.

Lo único que podía oír era el sonido de la mujer que había prometido amar para siempre llorando incontrolablemente al otro lado del teléfono. No era capaz de articular ni una palabra. Solo sollozaba, cogía aire y se echaba a llorar de nuevo.

—Lo siento tanto, lo siento tanto… Te quiero mucho… —dije. Parecía que ella apenas podía respirar.

Lo repetí:

—Te quiero mucho. Lo siento tanto…

Colgó. Volví a llamar pero no respondió. Tenía las manos congeladas. Me pregunté dónde estaba y por qué estaba despierta y llorando a las 7:43 de la mañana.

Cuando se quedó embarazada por primera vez fuimos de camping y nos despertábamos con este mismo aire gélido de otoño. Veíamos salir el sol en un pequeño lago de las montañas de Adirondacks. Había cuatro osos negros al otro lado del lago mirándonos: la madre, el padre y dos oseznos. Podíamos ver el vaho de su respiración mientras bebían y jugaban en el agua. Mary y yo nos dimos la mano y nos calentamos los dedos entumecidos. Nos pusimos de nombre «la familia animal».

* * *

De vuelta en el Mercury, me senté al piano y toqué *Crush Collision March*, de Scott Joplin. Pensé en la llamada de mi mujer mientras nuestro hijo jugaba a mis pies con sus soldaditos, con la cara y las manos manchadas de mermelada del donut. Nuestra hija bailaba al ritmo de los *ragtimes* que aporreaba penosamente al piano en el pasillo del hotel con una larga boa de plumas negras sobre los hombros y el camisón manchado de glaseado de donut. Ese *banana bread* era una porquería. Mi pequeña daba vueltas y vueltas haciendo piruetas imperfectas. Me di cuenta de que todo se parecía mucho a cuando yo era pequeño. Después de que mis padres se divorciaran, yo solía jugar bajo el piano de mi padre mientras él tocaba exactamente la misma canción. Recuerdo haberle dicho a mi padre que Scott Joplin era mi «cantante» favorito.

—Algún día tendrás tus propios gustos musicales —respondió.

—No —dije.

* * *

Habían pasado ya casi veinticinco años y todo era exactamente igual: el divorcio, la música, el olor a humo de tabaco rancio, la alfombra nativa americana, las tazas de café vacías, los botellines de cerveza en la basura, hasta los pequeños soldaditos de plástico de juguete eran exactamente iguales. La única verdadera diferencia era que había dos niños en lugar de uno.

Para que la gente diga que el universo no se está expandiendo.

Acto III
El despegue de la vanagloria

ESCENA I

Cuando llegó la mañana del estreno, me sentía bien, en la medida en que una serpiente con un tenedor que le atraviesa la cabeza se siente bien. Era jueves. Los grandes estrenos caen siempre en jueves. Así, la crítica sale en el periódico del viernes. Por lo visto, ese es el que lee todo el mundo. La noche de antes había sido Halloween, y al terminar nuestro preestreno final me fui andando a casa. El atuendo de Mary para el vídeo de *Sobre tu tumba* fue el disfraz favorito del año. Recuerdo haber agachado la cabeza mientras avanzaba entre la multitud aquella última noche de octubre, y cruzarme con más de una docena de mujeres borrachas que iban tambaleándose sobre sus tacones vestidas como la que había sido mi esposa. Toda la Sexta Avenida apestaba a basura mientras la policía desmontaba lo que quedaba del vallado del desfile de Halloween. Una mujer joven, disfrazada de mi ex, caminó directamente hacia mí y me paró en seco. Claramente colocada, y con un buen viaje encima, me miró, se echó a reír y se puso a cantar el famosísimo sencillo de mi mujer:

> Pensaba que en ti tenía a un compañero,
> Pero tu mente prefirió el desenfreno
> ¿Crees que me someteré?
> ¿Crees que me comportaré?

Imitó el solo de batería:

—*Ba-dan-tss-pum. Sobre tu tumba escupiré.*

Luego, como si estuviera en un sueño, se abrió paso bailando entre envoltorios de caramelos, latas vacías de Red Bull y cervezas derramadas por el suelo.

* * *

Los niños habían estado conmigo en el Mercury toda la semana mientras Mary estaba en San Francisco con motivo de un concierto de pie más íntimo en el Fillmore que agotó todas las entradas, para continuar con su espectacular campaña de promoción del nuevo tour *Sobre tu tumba*. Volvía de madrugada y quería que nos viéramos después de que dejara a los niños en el colegio. Me había mandado un correo electrónico que decía que era imprescindible que nos viéramos. No su ayudante, sino ella misma. Todo parecía muy de alto secreto, misterioso, y emocionante. Desde que había vuelto a casa de África, llevaba ya seis semanas de ensayos y cuatro de preestrenos, y apenas habíamos hablado desde aquellos primeros días. Había una corriente que nos separaba. Mi mes de prueba gratuito en el Mercury se había terminado. El precio de la habitación ahora era astronómico. El viejo Bart me la había jugado pero bien. Era difícil saber por qué me temblaban las manos mientras vestía a los niños aquella mañana: el estreno de la obra de Shakespeare en Broadway o el desayuno con la que había sido mi mujer.

Pero había buenas noticias en el horizonte: descubrí que había olvidado deshacerme de la bolsa de pastillitas azules que venían con la coca de Dean. No tengo ni idea de qué eran —metacualona, alprazolam, oxicodona— pero había empezado a partirlas por la mitad y tomar una antes de cada función. Ayudaban. A corto plazo, por lo menos. Con la pastilla, me hacía menos daño en la voz y el zumbido agudo de la ansiedad que recorría mi espina dorsal de arriba abajo se reducía a una frecuencia que podía soportar. Me quedaban dos. En un momento en el que los niños estaban distraídos, me tomé media pastilla azul con un poco de cereales de avena y plátano. Dejamos primero a mi hija en el colegio y después acerqué a mi hijo a la guardería.

—Papá, ¿qué crees que es más guay, silbar o chasquear los dedos? —preguntó, con su mano agarrada a la mía mientras esperábamos a que el semáforo se pusiera en verde.

—Mmmm… Yo diría que silbar.

—Sí, sabía que dirías eso —se encogió de hombros—. Yo creo que chasquear los dedos es más guay.

Hubo un largo silencio mientras cruzábamos la calle, hasta que confesó:

—Pero la verdad es que yo no sé silbar.

—Chasquear los dedos también está guay.

—Ya —dijo, derrotado.

Luego empezó otra vez:

—¿Qué te parece más difícil: hacer una pompa con el chicle o no tragártelo?

—Las dos son difíciles —respondí.

—¿Crees que los policías tienen cumpleaños?

Cuando llegamos a su clase, puse su almuerzo en la nevera y lo ayudé a colgar su chaqueta vaquera en su perchero. Al abrazarlo, le pregunté:

—A ver, ¿quién crees que es el mejor papá de Nueva York?

—Solo quieres que diga que eres tú... pero no conozco ningún otro papá —dijo sin rodeos.

Lo miré y simulé un acento británico:

—Oh, Peachy, ¿podrás perdonarme por ser tan estúpido y tan arrogante?

Me miró confundido y luego corrió con sus amigos. No lo volvería a ver hasta dentro de dos fines de semana. Despedirme de él y de su hermana era siempre como ingerir veneno. No se volvía más fácil. Me tomé la otra mitad de la pastilla azul en la pequeña fuente de agua infantil antes de marcharme de su clase. Ya solo quedaba una.

Cerca del colegio había un café llamado Tea & Sympathy, donde había quedado con Mary.

Ella venía directamente del aeropuerto. ¿Qué tenía que decirme? Mi cumpleaños ya había pasado, así que no era eso. El director de escena y el reparto me habían traído una triste tartita de zanahoria al teatro; la niñera llamó para que se pusieran los niños, pero Mary no se puso. ¿Tal vez se sentía mal y me iba dar un regalo por mi cumpleaños o por la noche del estreno? No tenía ni idea. Me senté en el café y esperé.

Cuanto más contemplaba mi vida, más se parecía a uno de esos elaborados decorados de las películas del oeste, como la calle principal de Dodge City. A primera vista, todo parece antiguo, auténtico, lleno de misterio y de posibilidades. El polvillo de pino fresco, las viejas puertas batientes de madera, los cristales ondulados e irregulares, los letreros pintados a mano... Todo promete aventura. Pero cuando te adentras, resulta no ser una taberna de tipos duros con viejos vaqueros que juegan al póker y putas desgraciadas que se ruborizan y te aman en secreto; es un edificio vacío de madera contrachapada. El tipo encargado de la comida prepara una sopa de tomate junto a un calentador mientras se come un puñado de ositos de gominola y reparte vitamina C para todo el mundo. No pasa nada en absoluto, solo hay unas cuantas personas que remolonean alrededor mientras esperan un café *latte*.

Mary se presentó al desayuno convenido a las nueve y diez. No había rastro de la vulnerabilidad que había oído cuando lloró por teléfono unas semanas antes. Vestía un largo abrigo de piel gris y unas gafas de sol envolventes negras, y no llevaba ningún regalo. Llevaba el pelo negro azabache peinado en un elaborado recogido, y su piel cuidadosamente hidratada brillaba. No parecía saber siquiera que la obra no se había estrenado aún, ni que mi cumpleaños ya había pasado. Su chófer la estaba esperando fuera. Entró y se sentó enfrente de mí, todavía con restos de maquillaje del concierto de la noche anterior. Mientras miraba sus gafas de sol y escuchaba las cosas que me decía, supe enseguida una cosa: que yo era idiota. Ya estábamos a un millón de kilómetros de distancia el uno del otro. Apenas la reconocía. ¿Cuándo nos habíamos distanciado tanto? No me lo podía explicar. Habíamos estado yendo a terapia de pareja durante más de tres años, discutíamos y nos peleábamos, y en general nos habíamos sentido amargados el uno con el otro… pero siempre sentí que nos seguíamos conociendo. Hablamos sobre los fines de semana, Acción de Gracias, las vacaciones de primavera, las navidades… de todos los desplazamientos de los niños, de una manera muy civilizada. Luego tratamos el tema de cuánto dinero debería pagarle a ella y una letanía de mierdas asépticas. Había sentido un contacto más íntimo con mujeres que había conocido hacía una hora. Ella tenía una hoja de papel con una lista de veinte puntos de cosas que debería tratar con mi abogado (que todavía tenía que conseguir).

¿Por qué no se quitaba las gafas de sol?

Nos habíamos querido. Escribimos nuestros votos de matrimonio desnudos en la cama. Habíamos ido a recolectar manzanas. Ella me había hecho una tarta casera y las manos le sabían a azúcar moreno.

Me dijo que tenía un aspecto horrible, que Internet bullía de rumores de que yo era un yonqui. Me pidió un batido de proteínas saludable. Al fin, Mary abordó el motivo de nuestra reunión y por qué había sido necesario que nos viéramos hoy en persona. Tranquilamente, me dijo que estaba enamorada de otro hombre. Quería que lo escuchara de ella primero. Había llegado justo a tiempo. Al parecer, la noticia de su romance ya estaba en la CNN.

* * *

Después de entrar tropezándome en el teatro, todavía con el batido de proteínas, fresa y plátano en la mano, intenté echarme una siesta rápida en mi camerino antes de que llegara Ezekiel. Tenía todavía cuatro horas por delante antes del último ensayo. Había otra cita pegada en la puerta de mi camerino. Me senté en la penumbra y la leí. Era una cita de Huckleberry Finn sobre chotacabras, hojas, y el sonido que hace un fantasma cuando está afligido y no puede hacerse entender.

* * *

—¿Estáis nerviosos? —preguntó J. C. a la compañía unas horas más tarde en su sesión de observaciones finales al reparto—. Deberíais.

Estábamos todos sentados, agitados y atacados de los

nervios en la sala del Lyceum Theatre. Era nuestro último ensayo. El telón de la noche de estreno se abriría en cuatro horas aproximadamente. Los miembros del reparto tenían todavía los abrigos puestos y algunos sorbían té en termos. Edward, nuestro rey, estaba sentado en silencio, mientras leía el periódico tranquilamente. Lady Percy le frotaba la espalda al príncipe Hal. No me molestó. Eran amigos. El tiempo se había vuelto frío y el invierno se acercaba. Esperábamos que la noche del estreno nos hiciera ganar confianza a todos... algo que acabara con los nervios.

—Esta noche podría pasar cualquier cosa —empezó J. C.—. Un foco de veinte kilos podría desprenderse de las vigas y caeros encima de la cabeza. A vuestro compañero de escena se le podría olvidar el guion. O se os podría olvidar a vosotros. Vuestro traje podría romperse y dejar vuestro culo al descubierto para que lo mejorcito de Nueva York tenga de qué burlarse y deleitarse durante el resto del año. Muchas cosas podrían ir mal esta noche —hizo una pausa—. ¿Alguien tiene familia aquí esta noche?

La mitad del elenco asintió.

—Puede que no les guste nada la función, ¿lo sabéis, no? Puede que no le guste a nadie. Podríamos recibir críticas horrorosas. ¿Qué sé yo?

Hubo una larga pausa en la que nos pidió a todos, mirándonos fijamente a los ojos, sin decir nada, que nos sentáramos en silencio.

—Bueno, en realidad, hay una cosa que sí sé con absoluta certeza —Se dio la vuelta y empezó a caminar por el escenario—, y es que hay muchos motivos por los que estar nerviosos. Así que si sentís mariposas revoloteando en el estómago, o las manos os empiezan a sudar y temblar, si os ponéis dos pares de calcetines sin querer, si derramáis té en las páginas de vuestro guion y os quemáis... Si algo de eso ocurre, es que *no pasa absolutamente nada*.

Hizo una pausa.

Edward era el único actor que no estaba cautivado por nuestro director. El rey leía la sección de ciencia, mientras el resto de nosotros éramos discípulos a los pies de nuestro maestro. Hasta Virgil estaba atento.

—Estáis nerviosos porque os importa lo que hacéis y porque lo que hacemos aquí arriba es importante. Dejad que tiemblen vuestras manos. Dejad que se os seque la boca.

Nadie sabía mucho de J. C.; nadie excepto Edward. Eran amigos desde hacía cuarenta años. J. C. había sido ayudante de dirección cuando Edward interpretó a Romeo en Stratford. Pero, para el resto de nosotros, J. C. era un hombre increíblemente difícil de conocer. Cuando uno se quedaba a solas con él, era casi demasiado directo. Sus ojos eran tan penetrantes que parecía que manipulaba la mente. Cuando actuaba sobre el escenario, podía sentir a menudo cómo me azuzaba y espoleaba: «más rápido», «más despacio», «ten paciencia», «no empujes». No tengo ni idea de cómo se comportaría la mañana de Navidad con su familia, hermanas y hermanos y todas sus sobrinas y sobrinos, tal vez de manera muy distinta... pero, con nosotros, había trazado un perfil muy deliberado de sí mismo y solo veíamos lo que él quería que viéramos.

—Esta noche, el espectáculo es vuestro —continuó, dirigiéndose al reparto, mientras se paseaba de un lado a otro por el borde del proscenio—. No os paséis. Dejad que todo surja solo. No representéis nada sobre el escenario que no sintáis. Gritos, llantos, alaridos... Ese tipo de actuaciones solo resultan efectivas si se basan en emociones genuinas. Ira de verdad. Risa de verdad. No lo finjáis. No ayuda.

Se detuvo y miró alrededor. La luz de la sala estaba encendida y todavía había tramoyistas trabajando por todas partes. El iluminador y el escenógrafo estaban reunidos en una mesa improvisada con las sillas del fondo. Los decoradores daban los últimos retoques de pintura. El director de escena revisaba las cuestiones de seguridad con el ingeniero de protección contra incendios.

—Estoy orgulloso de todos vosotros. Me siento afortunado de que cada uno de vosotros aceptara formar parte de este proyecto y agradezco a los productores que hayan cumplido con lo prometido y nos hayan garantizado todo lo que necesitamos y ni un céntimo más.

Esto era politiqueo puro. Los productores estaban al fondo hablando con el jefe de sala. Eran dos hombres y una mujer y, al unísono, asintieron con la cabeza en dirección a J. C. No conocíamos los detalles, pero había habido broncas entre bambalinas sobre el presupuesto. Había una escena de batalla, la misma en la que yo era tan injustamente asesinado, para la que J. C. habría querido que ardiera todo el escenario. Se pusieron de acuerdo para que fueran solo tres cuartas partes.

—Y, esta noche, os ofrezco el espectáculo —dijo J. C. y se sentó en el borde del escenario—. Es vuestro regalo de inauguración. Hasta ahora, la función ha sido mía, en muchos sentidos… para retocarla y afinarla. Hemos sido compañeros, sí, pero yo he sido vuestro capitán. Ha sido un honor. Ahora, la obra es vuestra.

Miró alrededor hacia todos nosotros.

—Escuchadme bien: ninguno de vosotros está exento del deber colectivo. Ni tú, Edward; ni tú, Virgil; ni ninguno de vosotros. Nadie está solo ahí fuera. Esta es una obra con una potencia de trescientos cincuenta caballos. Todos querrían tener un papel más importante, Ezekiel. Todos.

A Ezekiel, mi compañero de camerino, lo pilló por sorpresa mientras miraba un momento su teléfono, sin saber muy bien por qué lo había señalado a él. J. C. había dirigido *Otelo* varios años antes en una producción muy sonada en Chicago, con Zeke en el papel principal. Él, como muchos otros en nuestra producción, estaba tremendamente desaprovechado... pero eso era lo que empezaba a hacer que nuestra función fuera tan excepcional. Cualquiera en el escenario era capaz de acaparar el foco de atención.

Yo estaba sentado atrás, con los pies apoyados en el asiento de delante, y vestía una camisa de franela roja con cuadros de leñador y mi vieja camiseta de fútbol del instituto debajo. El número 13. El de la suerte. Eché un vistazo a nuestro príncipe Hal formado en Juilliard. Ya no le estaban frotando la espalda. Me miró y sonrió. Venía cada día en bicicleta al teatro y traía su propio almuerzo. Tenía dos hijos y su mujer era trabajadora social. Vivían en Brooklyn. Leía libros de relevancia política y era mejor actor que yo; independientemente de lo que acabara diciendo *The New York Times*, ya lo sabía. Bajo los focos, cuando hablaba en el escenario, una delicada nube emanaba de su boca; no un asqueroso escupitajo que salía volando como nos pasaba a la mayoría de nosotros, sino más bien como si alguien rociara una orquídea. Tenía un control total de su voz. Podía gritar y llorar, pero la voz nunca se le quebraba o se le cascaba como la mía. Podía luchar con espadas durante días. Podía sentir que el público lo adoraba.

—El viento no sopla —dijo J. C.—. ¿Comprendéis? Es viento, ¿qué otra cosa va a hacer? La lluvia no cae. Es lluvia. Y vosotros no actuáis. Vosotros sois. ¿Comprendéis?

Lady Percy llevaba puestos unos pantalones deportivos y una camiseta y estaba ahora estirando en el pasillo, haciendo posturas de yoga mientras escuchaba a J. C. Su larga melena pelirroja le caía hasta la parte baja de la espalda. Empezaba a tener muchas ganas de follármela. No podía evitarlo. Es difícil besar a alguien cada noche, dejar que te toque el abdomen con ternura, cogerle la mano y luego olvidarse de todo tras la ovación final. Aprenderse el guion de memoria es fácil. Gestionar y emplear tu propia inteligencia emocional es difícil. Se dio cuenta de que le miraba el culo y se dio la vuelta para mirar. Su sonrisa revelaba lo nerviosa que estaba; hacía movimientos raros con la boca.

Observé al otro lado de la sala al viejo Edward, nuestro rey. Sonrió con franqueza.

—Dejad que vuestros personajes sean tan interesantes y complejos como vosotros. Tenéis talento y estáis preparados. Tened confianza. Todo saldrá por sí solo. Veré la representación de esta noche, pero ya no os veré más hasta la última función. Así que cuidaos los unos a los otros. Cuidad vuestra salud. Lavaos las manos. No bebáis demasiado. Recordad: la autocompasión es la única emoción que no tiene cabida en la obra —Pareció clavar los ojos directamente en mí—. No sucumbáis ante ella. Ni en el escenario, ni en la vida. La autocompasión la tiráis a la basura de ahí fuera. ¿Me he expresado con claridad?

Siguió sosteniéndome la mirada e hizo una pausa, y vi un destello de duda en sus ojos. J. C. estaba preocupado. ¿Por qué estaba preocupado? ¿Por mí? ¿Por mi autocompasión?

—Eso es verdad —susurró una voz detrás de mí. Era Scotty, mi suplente. Me asustó. Sus ojos eran tan azules que casi parecían blancos. Durante los ensayos, lo pillaba anotando mis movimientos. A veces lo oía repasar mis frases en el pasillo. Trataba de ignorarlo, pero el cabrón era demasiado amable. Alguna vez me había dicho: «¿Estás resfriado? Tenías la voz un poco ronca ahí fuera», y me daban ganas de retorcerle el pescuezo.

—Y, ahora, mi último trabajo como director —J. C. dio unas palmadas—. Los ensayos han terminado y es hora de representar la ovación final.

—Ay, por Dios, no —Todo el mundo oyó a Edward refunfuñar y levantar la vista de su crucigrama—. ¿No van a acabar nunca las torturas?

—No voy a tolerar la insubordinación; ni siquiera de ti, Edward. Es hora de que recibamos la dichosa ovación que todos merecemos.

—Bueno, pues traed las banderas, entonces —suspiró Edward.

La mayoría de directores representan la ovación final antes del primer preestreno, pero J. C. era de la vieja escuela.

Durante los preestrenos, toda la compañía hizo una reverencia con la luz de ensayo, sin ostentación. Lo hacíamos así para que el público, la crítica y nosotros mismos fuéramos conscientes de que todavía seguíamos trabajando. No se nos permitía disfrutar de los frutos de nuestro trabajo hasta que este no hubiera concluido. La puesta en escena de la ovación final era el colofón de cualquier producción de J. C. Callahan. Se lo tomaba muy en serio.

J. C. arrancó una hoja de papel del cuaderno de su ayudante y empezó a vocear nombres. Los de dirección de escena entraron por la puerta izquierda del escenario con una docena de banderas, cada una con alguno de los blasones familiares que aparecían en la obra. El estandarte de los Percy, el de Hotspur, tenía bordada la palabra *Esperance*. Inmediatamente se convirtió en mi favorita.

Las reverencias finales comenzaron con el príncipe Hal, el rey, Falstaff y Hotspur abriéndose paso entre la multitud. Teníamos que avanzar a grandes zancadas entre las banderas, las trompetas y las lanzas, mientras caminábamos juntos. Era extraño hacerlo sin que nadie aplaudiera. Yo debía hacer primero mi reverencia en solitario, y luego salir del escenario por la salida del proscenio mientras el príncipe hacía su reverencia. Cuando practicamos, me incliné en una reverencia y me abalancé hacia la salida con seguridad. De pronto, J. C. lo paró todo.

—William, ¿pero qué cojones? ¡No te vayas así del escenario! Si lo haces todo el mundo te mirará a ti, cuando deberían estar mirando al príncipe Hal. Pero si te marchas caminando con Hal y haces una reverencia humilde, nosotros, desde la audiencia, sentiremos que se ha producido algún tipo de reconciliación entre vosotros dos… La historia estará aún reciente en nuestra imaginación y volveremos a llorar ante la incertidumbre del universo, y nos levantaremos de un respingo para aplaudir con un renovado entusiasmo que la gente suele reservar para sus hijos. De modo que quédate en tu puto sitio y no llames la atención saltando del escenario como si te preocupara que nadie se haya dado cuenta de lo increíble que has estado.

Hice lo que me dijo.

—Y ahora —siguió ladrando J. C.—, lo siguiente que quiero es que tú, Virgil, salgas, des un paso al frente y hagas tu reverencia. Este es el momento en el que todo el mundo se pondrá de pie. Tómate un respiro y disfrútalo, pero luego, lo más rápido posible, te darás la vuelta y verás al rey justo detrás de ti. Haz un gesto a su majestad y sal del escenario.

Deja que él haga la última reverencia. Y... ¿Teddy? —gritó a Edward—. Una vez que aparezcas y te sitúes con paso seguro en la marca central, quiero que sonrías. Y con esa sonrisa... ¡Escuchadme todos ahora! —J. C. alzó la voz para asegurarse de que la dirección de escena podía oírlo—. Todo: luces, música, todo se apagará. Se cierra el telón. Todo en silencio. Cuando esto ocurra, aplaudirán hasta que tiemble el techo, y rogarán una segunda reverencia final. Les daréis gusto, a pesar de vuestro agotamiento. Una última reverencia final de toda la compañía.

—Eh... Disculpa —intervino Virgil. Seguía de pie en el centro del escenario, con aspecto incómodo—. Ay, vaya... no quiero parecer un cretino ni nada de eso, pero... eh... No sé cómo decir esto...

—Virgil —J. C. se levantó y se aproximó al escenario andando por el pasillo—. Sé y comprendo perfectamente cómo te sientes y lo que quieres decir. No lo hagas. En producciones vanidosas de *Enrique IV*, Falstaff hace la reverencia final. Sé que eso es muy común, y estás en todo tu derecho a esperar que así sea. Y no eres ningún cretino por querer esa última ovación. Eres muy bueno en lo que haces y desde luego te mereces la reverencia final. Pero la razón por la que Falstaff a menudo hace la reverencia final es porque normalmente toda la producción la concibe e imagina un director imbécil que pone toda la obra al servicio de la actuación de una estrella. Sin embargo —continuó J. C.—, en las producciones verdaderamente magníficas de *Enrique IV: Partes I y II*, es evidente que el personaje que da nombre al título, Enrique IV, debe hacer la reverencia final. Y, por suerte para ti, vas a ofrecer la interpretación más extraordinaria de Falstaff que Nueva York, y posiblemente todo Estados Unidos, haya visto nunca, *dentro* de la mejor producción de *Enrique IV* que jamás se haya hecho. Así que es posible que haya momentos que te resulten incómodos, como este, por no hacer la reverencia final. Pero es solo el malestar que John Lennon debió sentir al tener que compartir escenario con Paul McCartney. Imagina cómo se sintió Mick Jagger la noche en que se dio cuenta de cómo conectaba el público con Keith Richards. ¿Crees que no sufrió? ¿Paul Robeson y Uta Hagen? Gracias a Dios, cargaron con ello. Es la incomodidad que se experimenta cuando un titán agacha la cabeza en deferencia a otro (ninguno de ellos *quiere* hacerlo) y nosotros, los mortales, simplemente recogemos los frutos. ¿Entiendes? Si me haces caso, y haces un gesto a Edward y le dejas el escenario, la gente se marchará de aquí pensando en la obra, en la grandeza de lo que hemos conseguido como compañía, y no solo en ti.

—Eso es lo que no me gusta —Virgil esbozó una media sonrisa. Toda la compañía rio.

—Bien. Gracias. Arreglado —prosiguió J. C.—. Muy bien, vamos a retomarlo desde el final de la obra hasta la reverencia final de Edward —gritó al director de escena—, y a por el pistoletazo de salida.

Y así, sin más, acabó.

Los ensayos habían terminado.

El espectáculo estaba listo para comenzar.

Hora de pelear.

* * *

Antes de cualquier actuación, hay un «ensayo de combate», en el que los actores repasan todos los momentos potencialmente violentos de la obra, para asegurarse de que tienen los movimientos interiorizados y garantizar así que no ocurra ningún accidente. No hace falta estar caracterizado con el traje, pero sí llevar las armas y ensayar los movimientos más peligrosos. Luego llega la media hora antes de la función, en la que se supone que todos estamos en nuestros camerinos. El monitor está encendido y se puede oír a los acomodadores desfilar por los pasillos, limpiar los asientos, sacar los ejemplares de *Playbill* de sus cajas y andar de un lado para otro del teatro mientras preparan la sala. Sentados frente a nuestros tocadores del camerino, todos los miembros del reparto dan comienzo a sus rituales previos al espectáculo. Edward, nuestro rey, se sentará tranquilamente con la puerta abierta mientras hace un crucigrama. La puerta de Virgil permanecerá cerrada mientras se desgañita con sus calentamientos vocales. Los actores más jóvenes siempre están haciendo el tonto, entre risas, y correteando de un lado para otro para ver al especialista en peluquería. El ayudante del director de escena irá a todos los camerinos de los miembros del reparto que olvidaron firmar al llegar. Tres ayudantes de camerino recorrerán el pasillo con el enorme traje de Virgil para ayudarle a embutirse en él.

Incluso con la expectación de la noche del estreno, fue un momento tranquilo. Evidentemente, se percibían unas vibraciones adicionales de aprensión en los pasillos, pero todos tratábamos de disiparla. Había flores por todas partes; la mayoría de los miembros de nuestro reparto tenía a alguien (una madre, una novia, un marido, o al menos un agente) que los quería lo suficiente como para enviarles rosas, lirios o azucenas envueltos en plástico. Las actrices recibían a menudo dos o tres ramos de rosas. El camerino de Virgil era un puto jardín botánico. Ezekiel y yo teníamos unos cuantos jarrones cutres. Él había recibido uno de su mujer y otro de su novia. Yo había recibido una botella de *bourbon* de mi agente y un sobre de mi madre. Dentro había una foto de Laurence Olivier en su papel de Hotspur. En la parte de atrás había garabateado:

La sabiduría de los padres del desierto:
Dijo San Antonio Abad: «Son solo dos las cosas que un hombre debe odiar por encima de todo; pues, al odiarlas, será libre».
Un hermano preguntó: «¿Cuáles son esas cosas?».
«Una vida fácil y la vanagloria».

Te quiere,
tu vanidosa madre

Pegué la imagen a mi espejo junto a las otras citas anónimas que había estado recibiendo.

Los límites en nuestro camerino estaban claramente delimitados. A Ezekiel le gustaban las cosas limpias y sencillas. «En el cielo no hay basura», decía. Tenía el guion cuidadosamente colocado en un rincón de su mesa, el maquillaje ordenadamente recogido bajo las luces del espejo, una taza humeante de té de menta frente a él, y nada más. Su ropa estaba meticulosamente colgada en el armario y ya llevaba puesta la armadura de cota de malla. Su lado del camerino me recordaba al sótano de mi abuelo. El abuelo colgaba el martillo, los alicates, las llaves inglesas y las sierras ordenados en un tablero de clavijas. Luego, como una sombra detrás de cada utensilio, había pintado la forma de la herramienta. De ese modo, incluso cuando había que coger el nivel de burbuja, resultaba obvio averiguar dónde ponerlo luego. Era un orden perfecto.

Mi lado era un desastre. A mí me gustaba así. Había ropa y envoltorios vacíos de barritas energéticas por todas partes. Tenía las citas pegadas con cinta adhesiva por todo el espejo, cartas de admiradores esparcidas bajo la mesa, un inhalador para la garganta, pastillas para la tos, un póster gigantesco de Clint Eastwood gritando como un loco en *El fuera de la ley* y otro de Derek Jeter haciendo un increíble lanzamiento cruzado (ambos eran mis modelos para Hotspur). Había muchos otros papeles tirados por el resto de superficies: notas, libros a medio terminar, guiones sin mirar que me había enviado mi agente. Cigarrillos, cerillas, la guitarra. Tenía porquería por todas partes.

Ezekiel decía que no le importaba lo que hiciera con mi mitad del camerino, y yo lo creía. No le importaba. Mi basura no traspasó la línea divisoria ni una sola vez. Él guardaba una pequeña vela perfumada y la encendía cada vez que pensaba que yo olía mal. Nos reíamos de eso. Nos llevábamos bien y a menudo hablábamos en serio, pero durante la media hora antes de la función ninguno hablaba, al menos no los primeros diez minutos. Ninguno de los dos llegábamos nunca tarde y los primeros diez minutos los pasábamos en una especie de meditación silenciosa que habíamos acordado tácitamente. Entonces, cuando intuíamos que el otro estaba preparado, uno de los dos rompía el hechizo con una conversación banal.

—Mi mujer viene esta noche —dijo cuando estuvo preparado—. Es de lo que no hay. Va y me pregunta: «¿Me puedo ir cuando muera tu personaje o me tengo que quedar a todo?». Y yo me puse en plan: «Mira, tía, no vengas a nada… Me da igual». No le va a gustar nada. «¿Por qué sales tan poco? ¿Qué más te da? ¡Estabas mejor en *Ley y orden*!». Odia a J. C., dice que es un David Koresh.

Yo estaba todavía descamisado. Tenía el cuerpo retorcido y tenso como un cable de acero. Me había puesto unas cicatrices falsas por todo el pecho. Hay una escena en el segundo acto en la que Hotspur tiene el torso desnudo y quería que el público viera que este guerrero había luchado más de una vez. Para ello, había derramado gotas de cera caliente sobre el pecho y luego había pintado la cera. Parecía duro como una roca.

—Y no es que no haya visto ya las veinte mil producciones de Shakespeare que he hecho. Allá por entonces, cuando estábamos enamorados, me vio hacer de Calibán en *La tempestad* unas dieciocho veces. Entonces sí le gustaba Shakespeare.

Asentí y sonreí mientras la cera caliente goteaba por mi caja torácica.

—Me pregunta esta mañana: «Si no fuera por los niños, nos habríamos separado, ¿verdad?». Y yo en plan: «¿Se te va la olla? ¿Te crees que vivo en esta casa porque me gusta cómo nos lo montamos? ¡Estás de coña! Por supuesto que nos habríamos separado». Y va y me dice: «¿Y qué pasará cuando ya sean mayores?». Joder... y yo en plan: «¿Me tienes que preguntar esto el día del estreno? Es como llorar porque, si no existiera la gravedad, los pies no se mantendrían en el suelo, ¿sabes? Quiero decir, *obviamente*, si no fuera por los niños, me *largaría*... pero hay niños y me quedo. Así de simple. Y solo Dios sabe qué haremos cuando abandonen el nido. Entonces las cosas serán diferentes».

Ezekiel le dio un sorbo al té. De vez en cuando me miraba, pero la mayor parte del tiempo hablaba consigo mismo en el espejo. Yo aplicaba polvos rojos y azules sobre la cera en mi torso para darle a las cicatrices un aspecto amoratado y magullado.

—Charleze también viene —Me guiñó un ojo y señaló la tarjetas que acompañaban ambos ramos de flores, que había plegado en la esquina de su espejo—. Ay, Dios, esto va a ser la hostia —gimoteó con sarcasmo—. ¿Pero qué voy a hacer si no? Charleze *quiere* ver la función. Me quiere. Cree en mí. Escogió este puñal para mí —Enarboló una hoja que había enfundado en una vaina de su cinturón—. Me ayudó a averiguar toda la biografía de mi personaje. Estábamos tumbados en la cama y nos pusimos a fantasear sobre cómo un hombre negro se las habría ingeniado para llegar a Londres y cómo había acabado trabajando para el rey —Envainó el puñal—. Ella no piensa que tendría que estar pudriéndome a la sombra de un programa de televisión. Le importa el arte, ¿sabes? Lo capta. Fuimos juntos al MoMA. Ella entiende la necesidad de un hombre de aspirar a la grandeza y que si renuncia a su esperanza de excelencia, su alma muere. Y... —hizo una pausa para dar efecto— le gusta que le meta el dedo en el culo cuando me la follo por detrás, ¿sabes?

Se le dibujó una sonrisa relajada de oreja a oreja.

Me puse delante del espejo y examiné mis cicatrices.

—¿Enseñas tanto musculito cuando estás en el escenario? Pareces un adolescente retrasado —dijo.

Fui al baño, dejé la puerta abierta, encendí el ventilador, me puse de pie sobre el inodoro y encendí un cigarrillo cerca del conducto de ventilación. Lo hacía todas las noches después del aviso de que quedaban quince minutos. A Ezekiel no le importaba, pero al director de escena se le iba la pinza si olía siquiera un poco de humo.

—Joder, ¿sabes lo que le dije anoche a mi mujer cuando me preguntó si venía Charleze? —me gritó Ezekiel—. Le dije: «Cariño, imaginemos que cada domingo durante los dos últimos años he estado saliendo a hurtadillas de casa para ir al Prospect Park a buscar este tipo de orugas tan raras y extraordinarias». ¿Sabes?

—¿Qué? —pregunté.

—Eso es lo que le dije a mi mujer —me repitió—. En plan: «digamos que me encantan estas extrañas orugas y que me calzo unos guantes y me voy al parque o a cualquier sitio en busca de estos bichillos. Porque significan algo para mí. A lo mejor me recuerdan una época feliz de mi infancia, antes de tener responsabilidades».

Las manos le temblaban ligeramente. Yo seguía de pie sobre la tapa del inodoro mientras escuchaba y fumaba. Parecíamos astronautas sentados en la punta de un cohete que iba a saltar por los aires hacia la Luna. De vez en cuando, exhalaba el humo detenidamente en el ventilador y lo observaba desaparecer.

—«Por algún motivo, cuando esta oruga se arrastra por mi mano, es como si tuviera doce años de nuevo y el corazón me late de alegría… pero sé que si le cuento a alguien que me encantan las orugas, la gente va a pensar que soy infantil, ¿verdad? Me juzgarán, pensarán que tengo algún tipo de fetiche repulsivo con los insectos. Así que me lo guardo para mí. Disfruto de estos momentos conmigo mismo. No estoy matando a nadie. No me estoy chutando. Tan solo encuentro la alegría en estos placeres simples. No significa que odie mi vida o que quiera el divorcio. Ni siquiera significa que quiera pasar todos los días con la puta oruga. Solo me gusta hacerlo a veces». Y en este momento mi mujer me suelta: «¿De qué cojones estás hablando?».

—Yo estaba a punto de decirte lo mismo —dije, y apagué el cigarrillo en el lavabo.

—No, venga ya, escúchame. Tú eres un tío sofisticado.

Tú puedes comprenderlo —respiró hondo y me dirigió una mirada penetrante—. Así que le digo: «Cariño, ¿por qué no puedes ver a Charleze como si solo fuera una oruga? Solo es una extravagancia mía. Algo que me gusta, algo propio, personal. ¿Por qué no puedo tener algo que es solo para mí? ¿Por qué tienes que convertirlo en algo sobre ti? No te estoy haciendo daño, solo lo percibes así». Y entonces ella me chilla: «Porque tú eres mi MARIDO y yo te quiero. No quiero compartirte con una oruga. ¡¿QUÉ PASARÁ CUANDO SE TRANSFORME EN UNA MARIPOSA?!». Y entonces yo respondo en plan: «Es una analogía».

—¿No esperabas en serio convencerla con todo eso, no? —dije, mientras tiraba el cigarrillo por el váter.

—¿Le prometerías alguna vez a una tía que jamás te reirías, en ninguna circunstancia, de las bromas de otra? —preguntó Ezekiel, y puso voz de abogado cretino:— Prometo solemnemente no reírme con nadie más.

Yo tenía la cabeza enterrada en el humidificador para la garganta. Intentaba inhalar del vaporizador después de cada cigarrillo.

—Es absurdo sugerir tal cosa —prosiguió Ezekiel— y, aun así, a la gente le parece bien prometerse que nunca se sentirán sexualmente atraídos por ningún otro ser humano.

—No prometen no sentirse atraídos; prometen no pasar a la acción —corregí desde mi humidificador. Me sentía un experto en este mandamiento.

—Así que está bien encontrar a alguien gracioso, pero no te puedes reír, ¿no?

Al decir eso, se fijó en sus propios ojos en el espejo. Todavía no se había puesto el lápiz de ojos. Se puso a buscar frenéticamente su maquillaje. Si un tío tan tranquilo como

Zeke estaba así de nervioso, no me podía imaginar cómo sobreviviríamos los demás.

Ezekiel tenía sus teorías sobre el maquillaje teatral y consideraba importante, especialmente para un tipo negro, utilizar un lápiz de ojos azul en particular. Y funcionaba. Conseguía que, a tres metros de distancia, sus ojos parecieran los de una pantera. Yo me tendí sobre el suelo y empecé a hacer mis cincuenta flexiones. Siempre lo hacía cuando quedaban diez minutos. Luego me ponía el resto del traje. En breve, Samuel llamaría a la puerta y sería el momento de empaparnos en sangre.

Empecé a llenarme los bolsillos de talismanes y baratijas que me sumergieran en lo más profundo de mi imaginación. Tenía unas viejas monedas de atrezo, trozos de papel, un amuleto de piel de lobo... bagatelas a las que había imbuido de un significado para mi personaje, de modo que cuando estuviera sobre el escenario y metiera las manos en los bolsillos hubiera algo real ahí dentro, algo que me permitiera saber que no llevaba un disfraz.

Mis pantalones de verdad estaban tirados por el suelo. Los miré y por un segundo me pregunté qué había en los bolsillos y qué decían de mi propia persona.

—ATENCIÓN TODO EL MUNDO —anunció el director de escena por el altavoz—. AHÍ FUERA ESTÁ COSTANDO MUCHO SENTAR A LA GENTE, ASÍ QUE TODAVÍA QUEDAN DIEZ MINUTOS. DIEZ MINUTOS PARA ABRIR EL TELÓN.

Se oía al público. A través del monitor, los asistentes sonaban extremadamente ruidosos e impacientes. Las salas de las noches de estreno están llenas de gente que se conoce y es muy normal empezar más tarde.

Curiosamente, mi mente estaba concentrada en una

cosa: ¿estaría mi mujer en la sala? Esa misma tarde me había dicho que estaba enamorada de otra persona, pero luego, cuando llamé a casa para darles las buenas noches a los niños, mi hija me dijo: «Mamá sale esta noche. Va a ir a ver algo». Y aunque lo más probable es que hubiera quedado con ese pez gordo de la moda, o lo que quiera que fuese, de alguna manera seguía pensando: «Tal vez esté en el estreno. Tal vez se olvidase de decirme que me quiere». ¿Qué le diría si viniese tras los bastidores? Quizás follaríamos a oscuras detrás de las máquinas de refrescos.

Yo salía muy bien en esta obra y todo ese cuero negro me quedaba de muerte. Me imaginé tirándomela con la armadura puesta. ¿Qué pasaría después? ¿Se mudaría al Mercury? Joder, no, ella detestaba ese lugar. ¿Volvería yo a casa? Dios, ni soñarlo… No podía ni respirar en esa casa… con todas esas niñeras y señoras de la limpieza y peluqueras, y ese odioso gatito sin pelo. Uf, ni hablar. Pero sí que quería follármela con la cota de malla puesta junto a las máquinas de refrescos. Podía imaginarlo perfectamente. Con su vestido de noche ceñido a la cintura. Estaría muy guapa. Siempre lo estaba.

Ezekiel se levantó de un salto de la silla y pisó el suelo con fuerza.

—¡Ay, ay, ay! Joder, estoy nervioso. Tengo cuarenta y ocho años, maldita sea. ¿Por qué estoy tan nervioso?

Respiró hondo y se estiró para tocarse los pies. Luego dijo:

—Dame uno de esos cigarrillos.

—Tú no fumas —dije.

—Que te jodan. Qué sabrás tú sobre mí. Dame uno de esos cigarrillos de blanquitos.

Lo hice y se fue a ponerse de pie sobre la tapa del váter.

Le costaba encendérselo. Me levanté, le puse el ventilador y le encendí el cigarrillo.

Mi mujer no iba a venir. Era una idea absurda. Odiaba el teatro. Detestaba a Shakespeare. ¿En qué estaba pensando? Pero era posible que sí que me hubiese querido una vez...

De repente no recordaba mi primera frase.

Me dio un vuelco el estómago. Ni siquiera encontraba el aliento para ensayar mi voz.

—¿Puedo abrir tu guion? —pregunté a Ezekiel. El suyo estaba mucho mejor organizado que el mío.

—¿Tienes las manos limpias?

—Sí —refunfuñé.

—Bueno, pero lávatelas, ¿vale? A saber dónde han estado esas manos.

—¡Por Dios! —dije y entré en el baño. Me puse debajo de él, me lavé las manos y las sequé. Él exhalaba el humo directamente en el conducto de ventilación, tal y como yo había hecho antes.

Mientras hojeaba las páginas de su guion, pude ver que en los márgenes de cada página Ezekiel había escrito largos pasajes de su «monólogo interior»: las cosas que imaginaba que su personaje pensaba mientras otros hablaban. Ideas que conducirían e inspirarían su siguiente intervención. Encontré mi primera frase: *Mi señor, yo no he rehusado entregar a ningún prisionero.* ¿Cómo se me podía haber olvidado?

—Joder, tío, debería ser yo quien interpretase al puto Falstaff.

Bajó de un salto y tiró el cigarrillo por el váter, y empezó a abrir y cerrar la puerta agitándola para disipar el humo.

—¿Viste el artículo sobre Virgil en la portada de *The New York Times Magazine*? ¡«El actor más infravalorado de los Estados Unidos»! El cabrón hace de Falstaff en Broadway y tiene un Óscar en la chimenea de su casa, ¿y es el actor más infravalorado de Estados Unidos? ¿Entonces qué soy yo, eh? Mi hijo lee el artículo y me dice: «Oye, papá, ¿cómo es que ni siquiera te mencionan ni sale una foto tuya en el periódico, eh? Debes de salir muy poco entonces». Para que luego venga J. C. con sus discursitos… «¡Todos somos esenciales!» —Sacudió la cabeza con una expresión inescrutable—. Qué difícil es ser un hombre. Difícil de cojones.

Cerró la puerta del cuarto de baño y volvió a sentarse. Me quitó el guion de las manos y se aseguró de que no se había ensuciado por ninguna parte.

—¿PODEMOS DAR YA EL PUTO PISTOLETAZO DE SALIDA? —exclamó—. ¡No puedo ya ni respirar!

Gritó tan fuerte que su voz retumbó por los pasillos. Se oyó un estallido de aplausos del resto del reparto desde sus camerinos.

—En serio, tío, no puedo respirar, joder, estoy muy nervioso — me dijo en voz baja—. ¿Cómo demonios se supone que voy a hacer la actuación de mi vida con esas dos mujeres ahí fuera intentando estropearla?

—¿Van a venir las dos aquí detrás después? —pregunté, mientras nos imaginaba a todos juntos en este espacio reducido. ¿De qué íbamos a hablar?

—Cuando lleguemos a ese río, cruzaremos ese puente —dijo, mordiéndose las uñas.

—¿Crees que las críticas serán buenas? —pregunté.

Un silencio invadió la habitación.

—Ay, por Dios, espero que sí. Sé que debería tener eso más que superado… pero lo necesito. Mi familia necesita esa crítica. Si por una vez, solo una vez, *The New York Times* pudiera decir, sin entrar en calificativos, que sé actuar... ayudaría a que todos en mi familia estuvieran orgullosos de mí y creyeran que estoy llevando una vida con sentido. La verdad es que ayudaría mucho.

Parecía que tenía diez años.

—¿Puedo pedirte un favor? —dije. Había estado esperando para sacar este tema.

—Claro, tío, ¿qué pasa?

—Yo no voy a leer las críticas —Las palabras afloraron—. Me lo he prometido a mí mismo. No debo pensar como ellos. Ya me odio a mí mismo lo suficiente y se ha dicho mucha mierda sobre mí en los periódicos, Internet, el *Entertainment Tonight*, y toda esa basura. Me he dado cuenta de que cuanto menos sepa, mejor. Nada de eso es real, ¿verdad? Y no es que vayan a decir que soy la reencarnación de Montgomery Clift, y eso es lo único que merecería la pena. Me encantan esta obra y esta producción, y no puedo soportar la idea de que alguien escriba algo desagradable sobre ella, así que sencillamente voy a vivir feliz en la ignorancia, ¿vale? ¿Me ayudarás? No quiero hablar del tema en absoluto, ¿de acuerdo? Sé que al principio será difícil, pero después de las primeras dos funciones o así ya dará igual. ¿Me ayudarás, entonces?

—Trato hecho —dijo—, pero déjame que te diga esto: en mi cabeza la crítica dice que Monty Clift no te llegaría ni a la suela del zapato. Él no fue padre. No era ni la mitad de hombre que tú, ni actor tampoco, ¿vale? No estoy de coña. Este camerino es puro *rock and roll* al cien por cien. Tú y yo, chaval. Vamos a arrasar como el fuego con nuestra escena ahí fuera y todo el mundo lo sabe.

Es verdad que teníamos una buena escena justo antes de la batalla del tercer acto. Era sencilla y divertida, como prender fuego a un manojo de agujas de pino. Ezekiel nunca consentía que repasáramos juntos los diálogos a pesar de que yo siempre quería.

—Te hace bajar la guardia —solía decir—. Yo no quiero saber lo que vas a hacer. Quiero que me sorprendas. No quiero que el público vea una actuación recalentada de algo que nos ha salido genial en el camerino. Repasa los diálogos con tu profesor de teatro —solía decir con fanfarronería, pavoneándose. Y tenía razón. Nuestra escena eran mis cinco minutos favoritos de cada día.

—HA LLEGADO EL MOMENTO —anunció por fin el director de escena—. TODO EL MUNDO A SUS PUESTOS.

Samuel llamó a nuestra puerta. Blandía mi espada en una mano y la suya en la otra.

—Hora de mancharse las manos de sangre.

Sonrió. Y dio comienzo el espectáculo. Me metí la última pastilla azul en la boca y me la tragué sin agua.

Cuando subo al escenario entro en un agujero en el tiempo que me hace no querer estar en ningún otro lugar. No hay llamadas telefónicas que hacer, ni correos electrónicos que contestar; no hay penalizaciones que pagar por las devoluciones con retraso en la biblioteca de los niños; el recado sin hacer carece de sentido. Lo único que importa es el ahora.

El primer acto no supuso ningún esfuerzo. Todos nos dejábamos llevar por la obra.

* * *

La tercera escena del segundo acto llegó más rápido de lo habitual. Estaba de pie sobre una plataforma de un metro de ancho por un metro de largo a unos quince metros de altura. Era la parte superior de una escalera que descendía desde el ala derecha hasta el centro del escenario. Toda la pieza móvil estaba hecha de gruesos tablones de roble. La madera me tranquilizó. En la escena anterior, había tenido que trepar silenciosamente la escalera en la oscuridad. Una vez allí, Dave, nuestro utilero, me dio una antorcha. Él se encargaba de todas las cuestiones de protección contra incendios. La encendió con un soplete, me hizo un saludo y bajó. Yo debía ponerme de pie, sujetar la antorcha, e intentar llegar al centro antes de que las luces del escenario se apagaran por completo. Con el apagón, la escalera gigante llamaría demasiado la atención si la antorcha era la única luz que iluminaba el teatro. J. C. se las había arreglado para saltarse la ley y conseguir que incluso las señales de salida del fondo del teatro se apagaran para este cambio de escena. Yo aparecía con el torso desnudo y descalzo; solo llevaba mis cicatrices y unos pantalones de cuero negro. Nunca en mi vida había estado tan rematadamente delgado.

Esta escena era, en muchos sentidos, la más difícil que tenía que interpretar cada noche. Requería sutileza y moderación, que no son mis puntos fuertes, y suponía lo contrario de casi todas las demás escenas vertiginosas en las que aparecía Hotspur. Mientras descendía hacia el escenario, me agarraba con pavor a la barandilla que habían instalado para mi seguridad. Caerse no sería la mejor forma de empezar la escena. Había asegurado una y otra vez a J. C. que estaba cómodo allí arriba, pero lo dije solo para quedar bien. Cuando se movía, el puto cacharro me aterrorizaba.

En la tercera escena del segundo acto, aparece Hotspur en mitad de la noche. No puede dormir. Está leyendo detenidamente una carta de un «amigo» en la que este le informa de que considera temerarios los planes de Hotspur de llevar a cabo una rebelión violenta. La carta desconcierta a Hotspur y está desesperado por descifrarla o, al menos, por despacharla cuanto antes. Lo que hace que la escena sea tan precaria a la hora de interpretarla es que está *mucho* tiempo sobre el escenario él solo sin que se produzca ningún dramatismo evidente. Solo un hombre, un guerrero, que no puede dormir, y se limita a leer una carta una y otra vez, citándosela a sí mismo, para tratar de dilucidar qué pensar sobre el asunto. ¿Se trata de un mal presagio? Evidentemente, él había escrito primero a este «amigo» en busca de solidaridad y más tropas. Su petición le ha sido denegada y ahora debe inquietarse porque el que antes esperaba que fuera su aliado puede desvelar los planes de rebelión de Hotspur y frustrar el elemento sorpresa.

Con razón no puede dormir.

Otro gran escollo que presenta la escena es que empieza con un monólogo de Hotspur conversando consigo mismo. A menudo, cuando un personaje de Shakespeare está solo en el escenario, el monólogo resultante es una alocución directa, pero no ocurre así con este discurso. Se supone que Hotspur está básicamente mascullando para sí mismo, lo que exige un nivel de naturalidad difícil de alcanzar dado el carácter estilizado de la prosa.

Pero la mayor traba de la escena es la siguiente: debo aparecer frente a mil doscientas personas con el torso desnudo, mientras sujeto un gran pergamino con una mano y alumbro mi cara con una antorcha con la otra. Puede que el problema no resulte obvio: si sostienes descamisado un papel con una mano delante de mil doscientas personas en la noche del estreno de una obra de Broadway es difícil de cojones que no te tiemble la mano. El más leve temblor de tus dedos hará que el papel se agite, y entonces ya nadie pensará: «¡Qué gran actor! ¡Qué escena tan interesante! ¡Qué diálogo tan hermoso!». Pensarán: «¿Por qué está tan nervioso ese tío semidesnudo? ¿Acaso no es un actor profesional? ¿Por qué le tiemblan las manos? ¿Ese es el que se tiró a una librera en Sudáfrica y rompió el corazón de Mary Marquis?». Y una vez que empiezas a preocuparte por el temblor, el problema se te va de las manos.

Podría pensarse que después de haber sido actor profesional durante quince años, esto no estaría entre mis principales preocupaciones. Pues no es así. La gente siempre pregunta por «todo ese texto, ¿no es difícil memorizar todo ese texto?». Memorizar solo requiere tiempo. Pero usar el poder de la imaginación colectiva de la compañía para hacer que el público se olvide de la quimioterapia de su hermana y se interese por lo que hace gente de hace seiscientos años que habla en verso… *eso* implica algo místico; y si te empiezan a temblar las manos como si estuvieras haciendo la presentación oral de un libro en el instituto, seguro que Dioniso no se presenta.

Solo hay una manera de combatirlo. Sumergirse en la propia imaginación. Debe *ser* de madrugada, debes sentir el heno en los pies descalzos, oler los caballos, oír el búho, sentir la humedad de la mañana siguiente en tu piel. Debes imaginar la cara de ese *amigo* estrábico y gallina que te escribió esa carta. Debes recordar lo mucho que aborreces al rey. Ese cabrón condescendiente merece morir. Él *acabó* con tu padre, por amor de Dios. Tú *querías* a tu padre. Debes recordar con exactitud la carta que escribiste a este amigo. Debes haberla escrito de verdad. Debes imaginar con todo detalle la conversación que tuviste con tu tío en la que debatisteis si era sensato acercarse a este supuesto amigo en primer lugar. Tú estabas totalmente a favor. Tu tío te lo advirtió. ¿Qué va a decir tu tío ahora? Con razón no puedes dormir. Haces bien en no hacerlo. ¡Deberían temblarte las manos!

Y, por alguna retorcida razón —y aquí es donde todo se vuelve místico y extraño—, ni siquiera es posible hacer como si no hubiera público. Aquí es donde reside la verdad. Están ahí; incluso se pueden distinguir algunas caras en la primera fila. No es posible ignorarlos. Debes buscar una manera de incorporar esas miradas a tu comprensión de la realidad de Hotspur. Son como la mirada atenta de Dios.

Subes al escenario y dices: «Hola, Dios. Sé que lo ves todo. Oyes la reflexión de mi corazón. Tú das sentido a cada uno de mis actos».

Y debes respirar. Hasta el mismísimo gran portento ruso, Stanislavsky, tuvo que hacerse amigo del miedo; incluso Sir John Gielgud, nombrado caballero por la reina, pasó por lo mismo. Es la única manera de conectar con las sombras que flotan a tu alrededor.

Recuerdo que una vez, cuando tenía trece años, iba en bicicleta con mi perro corriendo a mi lado, sujeto a una correa que llevaba en la mano. Bajábamos corriendo Old Trunk Road hacia la estación de tren. El perro vio una ardilla. Yo también la vi. Apenas tres segundos pasaron desde el momento en que hice contacto visual con la ardilla cuando me levanté con media cara ensangrentada por haberme estrellado con la acera: volé por los aires, maldije a mi perro, intenté desenredar las manos de la correa, vi cómo la gravilla se aproximaba a mi cara y me pregunté cuánto me dolería. Pareció durar una hora. El tiempo transcurre así sobre el escenario. Hay momentos dentro de momentos.

Agarré la barandilla con firmeza mientras todo el aparato de roble se desplazaba hacia su destino final, y yo trataba de sumergirme por completo en mi mente. Una vez que la enorme escalera se detuvo y pude sentir cómo se encajaba en su sitio, me solté y saqué la carta de mis pantalones. Mi luz de aviso se apagó y empecé el descenso. Esa noche, imaginé que Valentino Calvino, el semental del mundo de la moda que se estaba tirando a mi mujer, había escrito la carta. Eso haría que me hirviera la sangre. Ese es mi truco, o al menos lo que intento hacer siempre: simplemente empiezo a desdibujar los límites entre el personaje y yo. Leí la carta hasta que bajé de las escaleras al escenario, y luego la leí otra vez. En el teatro había un silencio atronador, pero resistí para no hablar hasta que no dejase de notar el silencio. J. C. me lo había dicho durante los ensayos: «Tomate todo el tiempo del mundo. No empieces hasta que no estés centrado. Espera a palpar el mismísimo silencio con tus manos. Ya nos tienes, simplemente mantennos a la espera… —Luego añadió con una sonrisa:— Pero no tardes mucho.

—«*Aunque por mi parte, mi señor, bien me complacería estar allí, por el afecto que profeso a vuestra casa*».

Mi voz era potente. Incluso si susurraba, podía sentir que toda la sala estaba escuchando. Inspiré profundamente con el diafragma una vez más, levanté la vista y seguí hablando conmigo mismo. Era un buen público; lo supe inmediatamente.

—¿*Que le* complacería *estar aquí*? ¿*Y por qué* no está *aquí, entonces*?

Pum, una gran carcajada. No puedo explicar qué era lo que resultaba gracioso, pero no era nada que yo estuviera haciendo. Es la puesta en escena. El dramaturgo haciendo su trabajo. Podía equivocarme, por supuesto, y a menudo me pasaba, pero cuando estaba metido de lleno en la obra y la transmitía correctamente, había muchas risas que explotar. La sensación de hacer reír a una sala entera con un chiste de hace cuatrocientos años es como hacer rebotar una piedra diecisiete veces sobre un lago en calma.

—*¿Por el afecto que profesa a nuestra casa?* —me burlé del zopenco que me había mandado esta carta pusilánime—. *Con esto demuestra que es más el afecto que profesa a su granero que a nuestra casa.*

Aquí, por lo general, hacía una pausa y sacudía mi ira. A veces, me quedaba inmóvil como si hubiera oído a alguien más en el establo y luego me daba cuenta de que solo era ese viejo búho. Intentaba que la carta me empapara cada noche de nuevo y no tener ningún plan real sobre cómo abordarla, aparte de unas cuantas ideas de base en las que apoyarme.

En primer lugar, como ya he dicho, solo empezaba a leer en voz alta cuando estaba completamente sereno. Después, colocaba la antorcha en su soporte al cabo de unas cinco frases, lo que me permitiría sujetar el papel con la otra mano en caso de que la primera empezara a temblar.

Una vez colocada la antorcha, continué:

—*Veamos cómo sigue…* —dije en la noche del estreno, con las dos manos sujetando ahora el pergamino con firmeza y seguridad—. «*El propósito que deseáis emprender es peligroso…*» *¡Desde luego que lo es! Como también lo es caer enfermo de un catarro, dormir o beber; pero yo os digo, mi señor insensato, que de esta ortiga que es el peligro se arranca una flor, la seguridad.*

Aquí solía arrugar la carta y tirarla. Y con ese gesto, a veces (con suerte, a menudo), conseguía desaparecer. Incluso mi respiración dejaba de ser mía. La extraía del público. Podía sentirlo a mi alrededor como una gran nube de testigos que me colmaba. Hay un lugar tranquilo, un espacio en mis entrañas, donde se unen la cabeza y el corazón, donde las malas noticias se comprenden antes de anunciarse, donde soy consciente incluso cuando estoy dormido, donde se recuerdan los sueños. Un espacio al que podía acceder fácilmente durante el inmenso aburrimiento de la infancia, mientras miraba por la ventana del autobús cuando iba al colegio, al ver los faros de los coches moverse por el techo de mi niñez cuando intentaba quedarme dormido tarde por la noche, cuando le daba vueltas a la comida mientras los adultos hablaban de sus trabajos. En el interior de este espacio de mis entrañas, imagino un pequeño fragmento de roca al rojo vivo. No es una piedra mágica que solo existe en mí; es lo mismo que hay en el interior de un perro, un ciervo, un puercoespín, un arce… Pasa prácticamente desapercibida, pero en el escenario, si consigo respirar correctamente, y el público me lo permite, las ascuas de mis entrañas pueden inflamarse y prender fuego. Para mí, eso es actuar. Es una paz que nunca he sentido en la inercia de la vida cotidiana.

* * *

La lectura de mi carta se ve interrumpida por Lady Percy, que aparece vestida con un camisón de noche:

> *Ay, mi buen señor, ¿por qué os halláis tan solo?*
> *¿Por qué ofensa me habéis desterrado de vuestro lecho*
> *desde hace ya dos semanas?*

Está asustada y explica que hablo en sueños de guerras de hierro, caballos al galope, basiliscos, cañones y rescate de prisioneros. No estoy comiendo bien. Pestañea, acaricia suavemente las cicatrices de mi vientre, y me dice que hace semanas que no le hago el amor. Me he entregado *a las sombrías cavilaciones y a la maldita melancolía.* Santo cielo, qué hermosa es, maldita sea. La tiro sobre el heno. Va a tener lo que quiere. Se ríe y me agarra juguetonamente el pene a través del grueso cuero negro, mientras me dice que me romperá el «dedito» si no le cuento el plan y lo que dice la carta que oculto. Le explico que no puede revelar lo que desconoce. Este secretismo es por su seguridad. No le gusta la respuesta. Se pone de rodillas y juega con mi cinturón. Nos excitamos apasionadamente sobre el heno… hasta que es demasiado para Hotspur, y corro hacia la puerta de los establos. Ahora es tiempo de guerra. Además, no se puede confiar en las mujeres.

Le explico:

¿Amor? Ni os amo ni me importáis.
Kate, este no es mundo
para jugar con muñecas y arrimar labios.
Es tiempo de narices ensangrentadas y cabezas quebradas.

Está abatida y contesta con tal serenidad. Nunca supe cómo lo hacía. Era como el pedal sordina de un piano Steinway de concierto. Podía hablar en voz baja y aun así podrían oírla en Connecticut.

¿No me amáis? ¿Acaso es eso, entonces?
Pues bien, no lo hagáis; pues, si vos no me amáis,
tampoco yo lo haré.

Esta mujer era una actriz magnífica. Lady Percy devuelve una mirada feroz. Su lealtad es incondicional. Es la mejor amiga que he tenido nunca.

No puedo dejarla así. Adopto una actitud más blanda:

Prestad atención, Kate.
Dondequiera que yo vaya, allá habréis de ir vos también.
Hoy emprenderé yo el camino, mañana será vuestro turno.

Antes de salir del escenario tras la tercera escena del segundo acto, en la noche del estreno, me detuve en la puerta y con el puño cerrado le lancé un beso de despedida. La dejé esperando, con el pelo y el camisón salpicados de heno. Las luces se atenuaron para enfocar un primer plano de su rostro, luego se apagaron y toda la sala prorrumpió en aplausos. El cuerpo me vibraba como si acabara de sobrevivir a un accidente de moto. Me oculté, como siempre hacía, en un lugar oscuro junto a las cuerdas de la pared izquierda del escenario, me puse de rodillas y me sosegué. Tenía cuatro minutos hasta mi siguiente entrada en escena. Durante el cambio de escena oí un débil sollozo cerca de la salida izquierda del escenario. Era mi Lady Percy. Me puse en pie y caminé hacia ella.

—¿Estás bien?

Avanzó dando tumbos entre todas las cuerdas.

—Ni se te ocurra acercarte a mí.

—¿Qué pasa?

—No puedes hacer eso —me espetó, volviéndose hacia mí, con la mirada enardecida y las lágrimas corriéndole por la cara—. No puedes agarrarme así. Tengo cardenales en los brazos. No puedes tirar así de mí en el escenario.

—Ay, joder, lo siento. No sabía que lo estaba haciendo.

—Nos enrollamos cada puta noche. Me agarras el culo, me manoseas y me revuelcas, ¿y no *sabes* que duele?

—De verdad que no lo sabía. Y lo siento muchísimo. Simplemente me encanta el trabajo que estamos haciendo juntos y pensaba que a ti también.

Me golpeó con fuerza con los dos puños y me empujó contra la pared.

—Lo siento mucho —dije—. Me encanta actuar contigo. No me había dado cuenta. Voy a hacerlo mejor.

Me estrechó contra ella y me metió en la boca su lengua suave, húmeda y deliciosa como una mujer que lleva diez años sin ver a su amante. Me rodeó con sus brazos e inhaló profundamente. Deslizó la mano hacia mis pantalones de cuero sudados y agarró mi polla empalmada con su delicada mano blanca y delgada, y susurró:

—Me estoy enamorando de ti. Quiero decir, sé que no eres tú. Es por la estúpida obra, pero me preocupo por ti día y noche. Siempre me pasa esto y ya soy demasiado mayor para esta mierda. Estoy deseando que esto acabe para no tener que volver a verte nunca más. Pero, por favor, fóllame solo una vez, ¿quieres? ¿Por qué no vamos a una habitación de hotel o algo así para que me dejes meterme tu polla en la boca? Tengo tantas ganas de sentir cómo te corres dentro de mí que es como si no pudiera respirar hasta que ocurra.

Mi luz de aviso se encendió.

—Ten cuidado, por favor —dijo, apartando la mano de mis pantalones.

Y me dio un beso de despedida.

Sin saber en absoluto si estábamos todavía actuando, o habíamos dejado de hacerlo en algún momento, me dispuse a entrar en batalla.

Lo que parecieron segundos después, bramé con toda la

vitalidad que pude reunir, literalmente escupiendo sangre por la boca:

¡Oh, Harry, me habéis robado la juventud!

Toda la pelea fue «mal» desde la primera señal. El coreógrafo de combate escénico nos había advertido que lo hiciéramos todo especialmente despacio esta noche. Sabía que los nervios de todos estarían crispados y a flor de piel el día del estreno. Intentamos hacerle caso, pero no sirvió de nada. Cuando empuñamos nuestras espadas y nos lanzamos a la carga, con el fragor de los cañonazos destrozándonos los tímpanos, salté sobre un viejo carro de artillería, mientras blandía la daga en una mano y la espada en la otra. (J. C. pensaba que se trataba de un gesto de alarde innecesario. Le preocupaba que una de las armas se me escapara de las manos y atravesara a uno de los espectadores, pero aun así lo hice). Exclamé mi grito de guerra:

¡MORID, PERO REGOCIJÁOS EN LA MUERTE!

Sabía que estaba totalmente fuera de control. No fue la culpa de Hal. Todo el combate salió mal simplemente, y justo antes del momento en que se supone que debía clavarme la lanza en el abdomen, me adelanté demasiado y la lanza se hundió con fuerza en el bajo vientre y luego rebotó y me asestó un golpe contundente bajo la barbilla. La sala profirió un grito ahogado. La sangre salpicó el suelo de madera de roble del escenario y goteó por mi armadura. El príncipe Hal se recuperó y volvió a atacar, y esta vez me clavó la lanza retráctil en el pecho como estaba planeado, y continuamos. Con el dolor recorriéndome la cara, el discurso finalmente surtió efecto.

—*Me es más tolerable la pérdida de esta frágil vida que los gloriosos títulos que me habéis arrebatado; hieren mis pensamientos más que la espada mi carne* —dije con calma.

No tenía que imaginarme el dolor: todo el lado izquierdo de mi cara estaba magullado y dolorido. No tenía que fingir que tragaba sangre, la estaba tragando. Mucho mejor.

—*Ay, podría hacer una profecía* —dije con las manos enguantadas que todavía sujetaban con firmeza la lanza en mi vientre, mientras mi cuerpo temblaba instintivamente como los dientes al castañear—, *pero la térrea y fría mano de la muerte sella mi lengua.*

No tenía que fingir que me costaba hablar. Me costaba muchísimo. No estaba seguro de la gravedad de la herida, pero sentía que tal vez tendría que ir al hospital.

Reuní las agallas que me quedaban para mi última frase:

No, Percy, polvo sois, y pasto para los...

Sentí arcadas y la sangre del fondo de mi garganta salió a borbotones de mi boca.

Fue absolutamente increíble. Realmente no pude terminar la frase, tal y como lo había querido el autor.

—*Para los gusanos, valeroso Percy* —dijo el príncipe, estrechándome entre sus brazos mientras terminaba mi frase—. *Adiós, bravo corazón.*

Me quedé allí tumbado intentando respirar despacio, con largas y regulares inhalaciones y exhalaciones, para que no se viera la armadura hincharse y deshincharse. La suspensión de la incredulidad se rompe cuando ves a un montón de soldados muertos tirados por el suelo resoplando y jadeando al terminar la batalla. Shakespeare tiene muchos retos inherentes, y tener que continuar un diálogo alrededor de un batallón de actores que hacen de soldados «muertos» es uno de ellos.

«Mierda, esa parte no volverá a salirme nunca así de bien», me dije a mí mismo.

* * *

—¿Sabes cómo interpretaba Olivier esa parte, no? —me preguntó más tarde Edward, nuestro rey, en su camerino.

Negué con la cabeza. Estaba sentado, todavía con el traje puesto, y me comía un sándwich de helado con la parte derecha de la boca mientras ponía hielo en la izquierda. Edward bebía una copa de vino tinto. Su camerino era maravilloso y tranquilo. La bebida hacía juego con su túnica. El rostro anciano del rey era sereno y apacible. Estaba sentado en la mesa de su camerino mientras yo me recostaba en el camastro del rincón. Esa noche se me había concedido el privilegio especial de ser invitado para una copa de vino después de la función. La obra todavía no había terminado, y se podía oír la coronación del príncipe Hal a través del monitor, pero nuestros papeles habían concluido. Ambos habíamos muerto. Solo estábamos esperando para la ovación final.

—Olivier construyó todo el personaje en torno a la incapacidad de Hotspur para terminar esa última palabra, «gusanos». Hizo que el personaje tartamudeara realmente. Durante todo el texto, tartamudeó en cada sílaba que empezara por g, de modo que, cuando llegó al *pasto para los g… g… g…*, se había metido al público en el bolsillo antes de caer muerto —El rey enmudeció al recordar la actuación—. Dios mío, fue desgarrador. Verdaderamente increíble.

—Joder, eso es una idea brillante —dije, quitándome el hielo de la cara por un momento.

—Lo fue. La mejor muerte que jamás he visto escenificada. La única vez que me llegué a creer una muerte. Fue asombroso... Incluso al salir del escenario, podías ver adónde iba su personaje. El poder de su imaginación era contagioso... excepcional.

—¿Por qué has esperado hasta ahora para contarme esto? —pregunté, mientras presionaba el hielo de nuevo contra mi boca y me preguntaba qué podría hacer para que mi muerte fuera más creíble.

—Porque te habrías sentido tentado de robar la idea. Y no debes. Debes crear tu propio Hotspur.

—¿Tú estuviste en esa producción?

—No. Yo estuve en la segunda de *Hamlet* de Olivier... Hacía de Laertes. Estuve terrible. Pero no estuve en esa producción de *Enrique IV*. Gielgud interpretaba a Hal. Dios, era incluso mejor que Olivier.

—Me hubiera gustado verla.

—Sí, pero si lo hubieras hecho serías viejo como yo. Y eso es deprimente.

En ese momento mi suplente asomó la cabeza en el camerino de Edward.

—Magnífico espectáculo, chicos, una verdadera pasada.

Ambos asentimos en señal de agradecimiento.

—¿Qué tal tu boca? ¿Bien? —preguntó.

—Bien —balbuceé.

—Has tenido suerte —dijo, y se marchó.

—Ese tipo me pone la piel de gallina —masculló.

—¿Scotty? ¿En serio? ¿Por qué? —preguntó el rey.

—Lo oigo repasar mi texto en el hueco de la escalera. Veo que me sigue. Siento como si estuviera esperando a que me muriese.

—Solo está haciendo su trabajo. Y recuerda: no es tu texto, como tampoco lo era de Olivier.

Asentí y di otro bocado a mi sándwich de helado con cuidado. Había una máquina expendedora en el sótano y cada noche, después de morir, le echaba unas monedas y me daba un capricho. Una de las ventajas secretas de mi divorcio era que podía comer todo lo que quisiera y seguir estando delgado como un palillo.

—Estará bien que pase el estreno ya —dijo Edward con calma.

—¿Crees que tendrá buena acogida? —pregunté, masticando con cuidado el sándwich de helado con el lado derecho de la boca.

—¿A qué te refieres? ¿A la función, las críticas...?

—A ambas, supongo.

El rey se tomó un momento y luego dijo despacio:

—La función es espléndida. No cabe duda de que recibirá excelentes críticas.

—Me gusta tu seguridad —dije.

—No es seguridad, es experiencia. He estado en representaciones malas. Y también en representaciones controvertidas. Esta no es una de ellas.

—Esta noche J. C. parecía preocupado —dije, con la esperanza de que Edward me contara algún cotilleo.

—Preocupado, no —respondió él—. Disgustado. A pesar de lo buena que es esta función, podría haber sido mejor.

—¿De verdad?

Se puso a hablarme sobre la última vez que J. C. y él habían hecho esta obra, en el Goodman Theatre de Chicago.

La producción era más estilizada y radical. Básicamente, según Edward, la dirección de la producción de Nueva York era muy superior; era solo que el Falstaff de Chicago tenía madera de leyenda.

—¿Mejor que Virgil Smith? —pregunté con incredulidad. Pensaba que Virgil iba de divo, pero en el escenario era espectacular.

—Le das demasiada importancia a la fama —me dijo Edward—. Lo que te impresionan son las cosas secundarias: la purpurina que rodea a Virgil. Y la hay, no estoy diciendo que no haya chispa y brillo, pero a mí no me impresiona demasiado. El glamour en el escenario está muy bien, es verdad. Virgil es una estrella, pero Charlie Maugham, en Chicago, es Falstaff. Supo canalizar el verdadero dolor de la adicción, de la soledad, de ser una persona obesa enorme. A mí me encantó el Falstaff de Charlie, y a J. C. le gustó más que a nadie. ¿Conoces el trabajo de Charlie? —me preguntó Edward.

No lo conocía.

A través del monitor oímos al príncipe, ahora convertido en el nuevo rey, decir a su viejo amigo Falstaff: *No os conozco, viejo*, y luego dio comienzo la música final de la obra. Se podía sentir la intensidad de la traición incluso a través del intercomunicador. Quedaban unos cuatro minutos para la ovación final.

—Charlie es la razón por la que J. C. quería dirigir la representación en primer lugar. Construyó todo en torno a esa idea. Pero en Nueva York necesitaban una estrella. J. C. hizo todo lo que puede para quedarse con Charlie, pero en cuanto Virgil manifestó su interés ya no se pudo hacer nada.

El rey bebió lentamente de su vino. El crucigrama era

su calentamiento previo al espectáculo, «para ponerse las pilas», y el vino era la relajación posterior, «para poder dormir».

—Soy consciente —prosiguió, con una dicción perfecta— de que Virgil ganará premios por este papel y de que es un actor magnífico. Pero Charlie es puro. Él no actuaba en el escenario, podía vivir en él; no necesitaba disfrazarse de gordo, *era* gordo; y tenía la disciplina de los grandes actores de teatro —El rey sonrió con picardía—, lo que quiere decir que conocía tan bien el texto y tenía el ritmo de esta obra tan interiorizado que no importaba lo borracho que estuviera, aun así era capaz de dejar a toda la sala llorando y que el telón bajara doce minutos antes que el señor Virgil (pausa)-«qué increíble soy» (pausa)-Smith. Pero los productores de Broadway pensaban que no venderían todas las entradas de un espectáculo tan caro sin una figura de renombre, así que Charlie se quedó fuera hasta esta noche.

—¿Qué quieres decir?

—Bueno, el tragón de Charlie compró asientos para la función de esta noche. Está tan gordo que necesitaba dos. Quería venir a la noche del estreno para hacer el mayor daño posible. Vino esta tarde a la taquilla a recoger sus entradas dando tumbos de lo tremendamente borracho que estaba. Justo en ese momento coincidió que J. C. pasaba por el vestíbulo y Charlie empezó a gritar: «¡NO OS CONOZCO, VIEJO!». Y atacó a J. C. Aunque los guardias de seguridad derribaron a Charlie y lo tiraron al suelo, no fueron capaces de sacarlo del edificio: el tío pesa nada menos que ciento sesenta kilos. A pesar de tener la nariz ensangrentada, J. C. ayudó a Charlie a levantarse y le propuso ir a tomar algo. Charlie dijo que no, que se iba, y atravesó bruscamente las puertas de cristal sin abrirlas. El cristal se hizo añicos. Menudo espectáculo —El rey esbozó una sonrisa triste y cómplice—. Como decía, madera de leyenda. Así que, como ves, J. C. tenía razones para estar disgustado.

—¿Qué pasó con Charlie después de todo eso? —pregunté, mientras terminaba mi sándwich de helado.

—Se marchó. Así, sin más. Yo diría que el verdadero Falstaff está sentado en este preciso momento en una celda con otros borrachos. Y los productores se han pasado la tarde apresurándose a poner cristales nuevos.

—TODO EL MUNDO PREPARADO PARA LA OVACIÓN FINAL —anunció el director de escena por megafonía.

—A por la reverencia —dijo Edward guiñando el ojo y se levantó—. Tal vez ahora entiendas por qué J. C. sintió la necesidad de humillar a Virgil y no dejar que hiciera la última reverencia. Absurdo.

—Bueno, yo creo que debes ser tú —dije.

Luego, señalando su preciosa túnica fluida de seda, añadí:

—Con un traje así, no queda más remedio.

—Mmmm —asintió agradecido—. Han hecho este traje para mí. En mi juventud, hubiera querido algo real. Una tela antigua que se hubieran encontrado del siglo XVI porque así tendría más «carácter». Pero, ahora que soy viejo, me gusta que mi ropa sea nueva, porque el que tiene carácter *soy yo*.

Sonrió y salió.

Me ajusté la armadura y seguí al rey por el pasillo hacia la entrada izquierda del escenario.

—La fama es una peste negra —me susurró Edward mientras andábamos por el pasillo y pasábamos por el resto de camerinos—. Nos gusta ver a la gente morir. Así que sacamos a la gente en revistas y alimentamos las llamas de sus egos hasta que acaban prendiendo en llamas de verdad y explotan. El espíritu de la época está intentando hacer eso contigo justo ahora —Siguió caminando con zancadas largas y lentas hasta que llegamos a la escalera—. Y puedes pensar erróneamente que es emocionante, o sentirte secretamente halagado, o pensar que te pasa a ti porque eres importante o interesante. Pero no lo eres, simplemente te has contagiado de la enfermedad y es divertido ver cómo te pudres.

Sonrió y los dos nos adentramos en la oscuridad de la zona entre bastidores.

—Te digo esto en el más amable de los sentidos —prosiguió, susurrando ahora en voz aún más baja—. Creo en ti. Creo que estás haciendo un excelente trabajo con un papel muy difícil y, si dejaras de fumar y te concentraras plenamente en el arte de la interpretación, podrías tener un gran futuro en el teatro y hacer arte en serio. Pero tienes trampas por todas partes, no hace falta ser vidente para verlas. Como tampoco hace falta tener poderes para ver que lo más probable es que acabes muriendo de la peste negra.

Subió muy despacio la escaleras hasta la entrada del escenario, con cuidado de no tropezar con su regia túnica.

—No subestimes la enfermedad. He visto cómo devora mejor que tú.

Una vez atravesamos las puertas del escenario, el rey dejó de hablar. Había un ajetreo en las sombras a nuestro alrededor de actores y tramoyistas. Los utileros tiraban de cuerdas, los telones subían y bajaban, y la música sonaba a todo volumen. Los actores se apresuraban a ocupar sus puestos.

Las luces se apagaron.

El espectáculo había terminado. Empezaron los aplausos.

El rey y yo permanecimos en la penumbra de la entrada izquierda de la parte trasera del escenario y esperamos nuestro turno para aparecer. Mucha gente debía hacer su reverencia antes que nosotros. Virgil y el príncipe Hal estaban en la entrada derecha. Podía vislumbrar sus sombras al otro lado del escenario.

Con su larga túnica de color rojo vino, el rey dejó los brazos colgando inertes a los lados. La inminente ovación final de la noche del estreno parecía producirle tanta inquietud como tener que esperar a llenar el depósito de gasolina. Llegó nuestra señal de aviso y el rey y yo avanzamos y nos reunimos con Falstaff y el príncipe Hal en la pared del fondo. El público aún no podía vernos. Estábamos ocultos por todas las excéntricas banderas del enorme elenco que teníamos delante. Sentí una vibración extraña que me recorría el cuerpo. Nunca antes había estrenado una obra en Broadway.

El rey se inclinó para acercarse a mí:

—Solo tengo un consejo realmente aplicable para ti —dijo, con su perfecta dicción capaz de atravesar el bullicio de la multitud—: lleva una vida aburrida y haz que tu arte sea emocionante.

El público estaba como loço, vitoreaban y aclamaban. Sentí que se me derretía la columna vertebral. Los cañones disparaban. Samuel y unos cuantos de nuestros «soldados» endomorfos ondeaban los estandartes. Ya era casi el momento. La compañía a nuestro alrededor se hizo a un lado del escenario mientras nosotros, los últimos cuatro, nos revelábamos. El aplauso aumentó en escala y volumen. El corazón me dio un vuelco dentro del pecho.

Contemplé todas las caras que nos aclamaban. Todo el mundo parecía tan contento.

Por fin, llegó el momento en el que los cuatro nos situábamos en el centro del escenario. El resto del elenco se giraba hacia nosotros y se arrodillaba con humildad. El clamor de la multitud se incrementó. Una a una, vi a las mil doscientas personas levantarse y aplaudir. Esta era nuestra ovación de pie, tal y como J. C. había prometido. El techo del Lyceum temblaba. Un muro de sonido se desplazaba hacia nosotros, nos envolvía, nos agarraba y nos elevaba.

Recuerdo mi primer beso. Michell Sand. Su aliento era dulce. Deslizó su lengua felina angelical entre mis labios y dentro de mi boca. Mi corazón se disparó como una pistola. *Bang.* No podía oír nada. Pensé que me desmayaba. Luego se apartó. Me miró directamente a los ojos y sonrió. Me sentí bien, como si yo importara, como si mi vida se estuviera transformando en algo que pudiera tener un sentido. Al presenciar esa ovación de pie en mi debut en Broadway me sentí como si acabara de besar a mil doscientas personas por primera vez. Las rodillas me fallaban y se me llenaron los ojos de lágrimas. Sabía que no era real, pero era todo lo que tenía. Me adelanté para mi reverencia en solitario y dejé atrás al rey. «Que le jodan al rey, no estoy preparado para una vida aburrida», pensé.

Señor, concédeme paz, pero no aún.
Quiero ser querido. Quiero ser famoso.
Señor, te lo suplico, concédeme la peste negra.

INTERMEDIO

Acto III
El chico de azul

ESCENA II

En los días aún calurosos de septiembre antes de empezar el primer año de instituto, se me ocurrió la siguiente idea: debía ponerme mi chaqueta vaquera para ir al colegio todos los días. Eso es lo único que me pondría. Me cambiaría de camiseta interior, pero todos los días me pondría mi chaqueta vaquera azul y me la abrocharía hasta arriba. Hiciera el tiempo que hiciera. Dicho y hecho. La gente empezó a llamarme «el chico de azul». Algunos lo decían en tono burlón, pero era porque tenían envidia. Yo no hablaba casi nunca. Mi indiferencia era indiscutible. Algunos tipos me odiaban y querían pelea, pero me daba igual. Me pelearía si era necesario. A las chicas les gustaba. Admiraban mi sencillez. Era un lobo solitario, que vagaba por los pasillos de mi colosal instituto sin miedo, con mi chaqueta vaquera bien ceñida a mi corazón. En el bolsillo derecho, llevaba tres paquetes de chicles Big Red con sabor a canela y me comía uno al día. Solo uno. Era un cabrón con disciplina. Nunca le daba un chicle a nadie. Hasta que, en el momento idóneo, tras meses de atenta observación, me acerqué a la chica más imponente, lista e increíblemente interesante de nuestra clase, y le dije:

—¿Quieres un chicle?

Y ella dijo, como si tuviera opción:

—Vale.

Y entonces todo el mundo supo, en ese preciso momento y lugar, que éramos novios.

Porque eso lo sabía cualquiera: el chico de azul nunca daba chicles.

En eso estaba pensando a las doce y media de la noche, sentado solo en mi sillón de cuero. No había música y no estaba fumando. Tan solo estaba ahí sentado. Se había terminado. Lo había conseguido. En cualquier momento, *The New York Times* saldría a la luz, aunque seguro que la crítica ya estaba disponible en línea. No la iba a leer, me lo había prometido a mí mismo. No podía traer nada bueno. Si era mala, me obsesionaría. Si era buena, y nunca es lo suficientemente buena, empezaría a darme palmaditas en la espalda como un fantasma engreído y mi interpretación se vendría abajo. Si ni siquiera me mencionaban, horror. La confianza es frágil. Así que me quedé allí sentado.

La fiesta de la noche del estreno todavía seguía en todo su apogeo, pero mi sistema nervioso no podía aguantar ese panorama. Me fui antes de que pasara una hora. No sé qué esperaba. ¿Camiones de bomberos? ¿Bailarinas? ¿Disparos? ¿Poesía? ¿Peleas? ¿Cabaret? No sé. Todo se redujo a una cena en Tavern on the Green, un sitio bastante de postín. Pero yo me sentía con el ánimo por los suelos. Cada vez que alguien miraba su BlackBerry, analizaba su expresión y me preguntaba si las críticas ya habían salido. Llevaba lo suficiente en este mundillo como para saber que si la gente no hablaba de los periódicos era porque las noticias no eran buenas. Mi agente estaba allí. No dijo nada. Los productores iban todos vestidos de punta en blanco. Observé sus rostros. ¿Habían leído la crítica? El resto del elenco estaba tan tranquilo con sus parejas, haciéndose fotos en la alfombra de color rojo sangre. Cada vez que posaba para una foto, imaginaba que saldría en el *New York Post* con el pie de foto: «Última imagen conocida».

Lady Percy estaba allí con un vestido etéreo salido de una pasarela, con su larga melena pelirroja trenzada en un intrincado recogido. Empezamos a besarnos junto a los baños. Todo comenzó con un abrazo de felicitación pero se fue de las manos rápidamente. Su marido estaba sentado solo en la mesa. Por eso me fui. Y no porque ella no estuviera de infarto. Solo sabía que morrearse con una compañera de reparto casada en la fiesta de la noche del estreno era una mala idea. Ella estaba borracha y me susurró que odiaba su vida y que a veces deseaba morir en un accidente de coche.

—¿Vas a leer las críticas? —le pregunté.

—Qué más da lo buenas que sean, William. Tu padre seguirá sin quererte.

* * *

Cuando era un chaval y actué en mi primera película recuerdo ir una vez al set de rodaje mientras pensaba: «Eso es, si lo hago bien mi padre me querrá». Suena disparatadamente simplista, pero yo no era tan complicado. ¿Leería mi padre las críticas de *Enrique IV*? ¿Estaba al tanto de la producción? Me tranquilicé a mí mismo pensando que si mi hijo actuara en una obra desde luego no lo querría menos por que algún crítico teatral pensara que era malísimo.

De vuelta a mi habitación de hotel, sentado allí solo, parecía que pasarían años hasta que saliera el sol. Evitar leer las críticas no estaba siendo fácil. Mi teléfono vibró. Enseguida supe que era Samuel, que llamaba para preguntar adónde había desaparecido. Él habría leído la crítica. El teléfono sonó de nuevo. Él solo llamaría si era algo bueno.

¿O tal vez llamaba para ver si me había chutado una dosis letal de heroína por lo mala que era la crítica?

El teléfono vibró de nuevo. Lo cogí.

Treinta minutos después, Sam y yo estábamos jugando al billar en un bar llamado Honky Tonk Angels en el Lower East Side. Él tampoco podía dormir. Tampoco le había gustado nada la fiesta, sobre todo porque pensaba que no iba bien vestido. Una *blazer* barata de JCPenney colgaba de su gigantesco busto. La canción de George Jones *You're still on my mind* era la quinta que poníamos en la gramola, pero Sam todavía no había mencionado la crítica. Era la una y media de la madrugada. Debería haberme ido ya a dormir, pero Sam es un cabrón persuasivo. Y bien sabe Dios que de todos modos no iba a conseguir dormirme. Estaba bebiendo una *ginger-ale*. Desde el episodio de la cocaína con Deadwilder, me había mantenido sobrio.

—No he leído la crítica —dijo, mientras golpeaba la bola blanca contra el nueve. Su enorme cuerpo se estiró sobre la mesa para la siguiente jugada—. La miro ahora mismo en mi móvil si es lo que quieres. Pero creo que vas a estar muchísimo más tranquilo si no la lees.

Se equivocó con el tiro y empezó a aplicar tiza al taco. Ya lo conocía lo suficientemente bien como para saber que no había forma de que no hubiera echado un vistazo a la crítica. Me tenía aprecio y, si no me decía nada, significaba que era mala. Jugué y fallé.

—¿Qué narices sabe ese payaso del *Times* sobre arte de todos modos? Que le jodan. Lo más probable es que se esté haciendo una paja viendo porno infantil ahora mismo. Yo querría escribir una crítica de su vida —rio Sam—, y no sería amable.

Pum. Otro tiro, y metió la bola con fuerza en la tronera de la esquina.

—Me da igual lo que piense —dije con resignación.

—No te creo —dijo Sam—, pero te debería dar igual. Unas serán buenas y otras serán malas, ¿no? Y cualquiera con un par de neuronas sabe que debería pagar veinte pavos más por ver cómo te echas trementina encima y la prendes cada noche. Tú eres mejor que el Pato Lucas, tío.

—Gracias —murmuré.

Sam era un buen tipo. Había empezado a actuar después de romperse un ligamento de la rodilla en su penúltimo año de la universidad. Todo lo veía desde la perspectiva del entrenamiento deportivo y siempre era un buen compañero.

—¿Sabes qué deberías hacer? —dijo, mientras sujetaba la bebida con su descomunal mano—. Comprar un ataúd. Te compras un ataúd y lo pones en la cama y duermes ahí cada noche como hacen esos monjes pirados. Los trapenses, o los franciscanos, uno de esos… construyen sus ataúdes y luego duermen en ellos para recordar de qué va realmente todo, ¿eh?

Nunca me había dado la impresión de que Samuel hubiera pensado tan profundamente en estas mierdas. Era un tipo grande y desgarbado que seguía pareciendo más un jugador defensivo que un actor.

—La crítica de *The New York Times* no significa una mierda. Podrías recibir una crítica estupenda, y en tu siguiente película te podrían pagar tropecientos miles de dólares, y todo el mundo pensaría que te va genial. Pero eso no significa que de verdad te vaya genial. Quiero decir, nadie me echa cuentas a mí para nada, tío. Deberías estar agradecido.

Fue a la barra y pidió otro Roy Rogers sin alcohol. Cuando le pregunté por qué no bebía nunca abandonó su personaje de colega grandullón y por primera vez se sinceró conmigo y me contó la historia de su sobriedad.

—Cuando llegó la ambulancia yo estaba llorando por mi madre en Sheridan Square con la sangre saliéndome por la nariz porque había estado esnifando absolutamente todo lo que podía convertir en polvo. Pues bien, me llevaron al hospital, y después de salir del St. Vicent mi amigo Daniel me recogió y me dijo que él y todos sus colegas drogatas se dirigían a Nevada para el evento del Burning Man. ¿Sabes lo que es, no?

No lo sabía muy bien pero asentí como si lo supiera. Sabía que era en algún lugar perdido del desierto donde los aspirantes a hippies se congregaban y se drogaban una vez al año. Lo cierto es que, cuanto más hablaba, más deseaba haberme quedado en casa. Supongo que había esperado que hablásemos de las críticas.

—Bueno, pues por increíble que parezca, hice todo el viaje al desierto de Nevada con estos mamarrachos sin beber nada de lo que llevaban o consumir ninguna de sus drogas. En fin, tú no me conocías en esa época, pero no había placer que no pudiera convertir rápidamente en vicio. Sexo. Drogas. Mis amigos me llamaban «elefante». Una vez allí en el desierto, me dediqué a dar vueltas por ahí y observar a toda esa gente puesta de LSD mientras tenían sus experiencias de iluminación inducidas químicamente... y yo me sentía sobrio y abatido. Echaba de menos a la chica que me gustaba en ese momento. Pero sabía que si volvía a Brooklyn seguiría drogándome y, si lo hacía, acabaría muerto. Entonces, un día y medio después, conocí a un viejo nativo americano. Y esto te puede parecer extraño, pero este tío era la leche. Para alguien de Dakota del Norte como yo, había algo en él que me resultaba familiar. Como si fuera de mi familia. Estaba cocinando perritos calientes vegetarianos en una parrilla en frente de una vieja caravana Airstream con una camiseta de Merle Haggard y entablé conversación con él. Me dijo que acudir al Burning Man para estar sobrio era algo extraño. Y empezamos a charlar y le conté que la verdad era que desde que mi madre se suicidó creía que no había conseguido, en fin, pasar página… Quiero decir, mi padre me llevó a psiquiatras y todo eso, así que ahí estaba yo con treinta tacos y pensaba que ya lo había superado. Pero no podía olvidar las ganas locas que tenía de verla de nuevo todo el tiempo. Ya era más mayor de lo que ella había sido, ¿sabes? Mi madre se ahogó con veintinueve. Total, que el anciano este me dijo que pensaba que tal vez podría ayudarme. Que yo no necesitaba drogas, lo que necesitaba era medicina. Y que me podía llevar en busca de una revelación para ver a mi madre pero que cabía la posibilidad de que muriera en el proceso. Que muriera, literalmente. El viejo indio siguió diciendo que las medicinas de la tierra deben usarse como sustancias curativas, no lúdicas. Consideraba que si emprendía este viaje con él, y lo superaba, seguramente no volvería a abusar de las drogas; y, si moría, sería únicamente porque yo había elegido morir. A él, en realidad, no le importaba que yo muriera, pero más me valía escoger la vida o, de lo contrario, las cosas se pondrían muy incómodas entre él y la policía. Así que me hizo prometer que escogería vivir. Evidentemente, dije que lo haría, ¿no? Quiero decir, ¿cómo iba a negarme?

Asentí, aunque, francamente, se me ocurrían un millón de formas de evitar emprender la búsqueda de una revelación. Por otra parte, ya me daba cuenta de que esta historia no iba a acabar con él revelándome que había recibido una crítica magnífica en *The New York Times*.

—Pues resulta que este «viaje» consistía en fumar la saliva de un tipo concreto de rana toro, lo que técnicamente es veneno —continuó Sam—. Quiero decir, que esta mierda te mata. Pero entro en su pequeña caravana Airstream, un sitio muy limpio y tranquilo, y él enciende unas velas. Su hija empieza a cantar una antigua canción chiricahua, y yo me fumo la cosa esta, ¿vale? A ver, sinceramente, me daba igual vivir o morir. No tenía nada por lo que vivir: ni fútbol, ni novia, ni madre... pero había algo acogedor y amable en este hombre. Me sentí seguro. Una calada de su pipa llena de saliva de rana y me vuela la cabeza. No estoy de broma... casi inmediatamente me da un paro cardíaco. Me caigo al suelo como un puto epiléptico. Lo siguiente que sé es que estoy flotando por encima de mi cuerpo y veo a los dos indios estos frotándome las manos y las piernas. Y luego floto por encima de la caravana, por encima del Burning Man, y puedo ver a todo el mundo bailar y encender hogueras, y luego me elevo como una estrella sobre América y todas las luces, y luego sobre la oscuridad del océano Atlántico, y después todo el planeta se aleja bajo mis pies, y entonces salgo disparado hacia el «espacio infinito», ¿sabes? En fin, que desaparezco en algún vacío profundo y apacible del espacio oculto en la Vía Láctea, y entonces lo oigo... el sonido de algo como... el amor. Lo oigo y me siento abrazado por estas voces del amor. Es mi madre. Y se preocupa por mí y es tan sobrecogedor... como una ducha fría en una tarde calurosa. Ella tiene buen aspecto. Yo empiezo a reírme, eufórico de estar allí con ella. Hay otras personas también, gente que no recuerdo pero reconozco, y piensan que soy genial y están muy contentas de verme.

Sonrió en la luz nebulosa de la sala de billar. Los dos estábamos ahí de pie, sujetando los tacos en la esquina de la mesa. El local se estaba quedando vacío.

—Yo no los *veo*, pero los oigo y los siento. Y entonces pude sentir cómo yo mismo empecé a evaporarme de una manera muy agradable. Como si todo lo que pensaba que era «yo» fuera solo la humedad que contiene una nube y fuera a empezar a caer en forma de lluvia… la voz de mi madre… y todas las voces que identificaba como «yo», todos íbamos a desaparecer como lluvia y estaba deseándolo. No tenía miedo. Luego oí al viejo indio llamarme para que volviera, suplicando, implorando, diciendo: «¡me lo prometiste!»… y me recordó que no había prisa. En realidad, pensé, el lugar donde estaba era maravilloso, pero estaba claro que ese lugar no se iba a ninguna parte, porque *estaba* en todas partes y en todo… era más real que este bar, ¿entiendes? Y todavía me quedaba esta vida por vivir, así que, ¿por qué no vivirla? Total, que de la misma manera que puedes volver a quedarte dormido y casi conscientemente regresar al mismo sueño, yo regresé a esa caravana. Instintivamente, sentí que había cosas que aún debo aprender aquí y ahora; no había una buena razón para morir aún. Para eso queda mucho tiempo.

Yo miraba fijamente los cálidos ojos marrones de Sam. La gente siempre es mucho más rara de lo que parece a primera vista.

—Y así fue como regresé. Y un gracioso efecto secundario es que ahora no me da miedo la muerte. En absoluto. Y lo que es aún más importante: no me da miedo *la vida. Sé* que todo irá bien, mejor que bien. Todo va a ir perfectamente. Pero también tengo la puta certeza en mi interior de que no hay nada que «hacer» mientras esté aquí… excepto *vivir*.

Dejó de hablar y simplemente se me quedó mirando.

Yo no tenía gran cosa que decir.

—Abusar de las drogas es desvirtuar la idea de haber nacido en su totalidad. ¿Y sabes qué, William? Tu droga es la aprobación. Por eso resulta tan cómico leer toda esa mierda condenatoria sobre ti en todas partes y luego verte actuar nada noche. Da lo mismo que no intentes escapar; diga lo que diga *The New York Times*, no pueden salvarte. El tribunal de la opinión pública lo tiene claro. Y eres un adúltero asqueroso y un actor mediocre. Jodiste a una reina del pop. ¿Lo pillas? Ella es una diosa y tú, un mortal. Así que vete haciendo ya a la idea. Debes tener tu propia opinión sobre ti mismo. Mira, no me puedo imaginar a nadie a quien le pudiese molestar *más* que le pasase esto que a ti… *The New York Times* no sabe si estás haciendo un buen trabajo o no. Joder, ni siquiera saben qué es un buen actor. Si lo supieran, seguro que hablarían de mí —se rio.

—¿Cómo has llegado a ser tan listo?

—Porque mi madre se suicidó y yo me rompí un ligamento de la rodilla y tuve que dejar el fútbol, y porque conseguí dejar de beber —me miró—. ¿Lo pillas? Que sientas dolor no significa que algo vaya mal.

Justo en ese momento se abrió de golpe la puerta del bar y una fuerte voz femenina gritó:

—¡Bruce! ¡He perdido mis llaves! ¡Joder!

Una chica joven había irrumpido en el bar, borracha y riéndose. Vestía un mono azul. Era sexy y muy consciente de ello. Le gustó que todo el bar se volviera hacia ella.

—¿Alguien quiere echar un polvo esta noche? —gritó la chica del mono azul a todo el bar. Sam y yo levantamos la vista—. ¡Porque no tengo dónde dormir!

Su amiga se desternillaba detrás de ella. Varios hombres

empezaron a molestar. Ella los ignoró y se acercó a Sam y a mí, y cogió con seguridad un taco de billar. Me miró directamente a los ojos y me dijo:

—Ey, chicos, ¿queréis que os dé una lección una zorra paleta sin hogar de Waco, Texas?

«Joder. Allá vamos», pensé.

—Empiezo yo —dije.

En cuanto la chica del mono azul atravesó la puerta de mi habitación en el Mercury, se quedó prendada de la perrita blanca y negra de mi hija. Se pusieron a jugar en el suelo mientras yo iba al baño, me lavaba la cara, me miraba en el espejo y me preguntaba si a *The New York Times* le habría gustado la función.

—Ay, Dios mío, ¿no adora tu hija a esta perrita? —me gritó la chica.

No había traído a esta mujer a casa para acostarme con ella; simplemente no podía soportar estar solo. Además, pensé que se quedaría impresionada cuando descubriera que había sido sincero en el bar, al decirle que podía dormir en la habitación de mis hijos. Pensé que me haría parecer alguien digno de confianza… al menos a mí. Sería algo positivo para reforzar la imagen que tenía de mí mismo.

—Sí, claro que adora a la perra… Es una cachorrita. A las niñas pequeñas les encantan los cachorritos —exclamé desde la puerta del baño.

—¿Cómo se llama esta revoltosa? —gritó.

—Nevada.

—¿Nevada? —se rio—. ¿Y cómo la llamas tú?

—La chica de azul.

* * *

La noche anterior había bañado a mis dos hijos juntos en la misma bañera. Mi hija quería meter a la perrita también pero, al final, puse unos límites. Dos niños en una bañera ya era suficiente para un padre.

—Papá —preguntó mi hija—, ¿cómo se dice cuando la gente se divorcia y luego cambia de opinión y se casa otra vez?

—Uf, no lo sé —dije—. No creo que exista una palabra para eso.

—Tiene que haberla —dijo—, porque debe pasar constantemente. Quiero decir que la mayoría de la gente no sigue divorciada. Mamá y tú sois los únicos que conozco, en realidad.

—Bueno, solo estás en tu primer año de colegio. Creo que conforme te vayas haciendo mayor, habrá más y más padres de tus compañeros de clase que se divorcien.

—Los padres del amigo de Arthur son como nosotros —dijo mi hijo de tres años.

—¿Quién es Arthur? —pregunté.

—Un personaje estúpido de dibujos animados, ni siquiera es real —dijo mi hija.

—Pues, en realidad, parece ser que la mitad de las parejas que se casan se divorcian.

Me incliné sobre la bañera y escurrí una manopla.

—Eso no puede ser verdad, papá. Es estúpido. ¿Dónde has oído eso? —dijo casi gritando, con la cara húmeda rosada y exasperada.

—Lo leí en un libro.

—¡Venga ya, papá! —chilló.

—¿Qué?

—¡No puedes creerte todo lo que lees!

Me reí.

—¿Cuándo os divorciasteis mamá y tú? —me preguntó mi hija con la cabeza completamente enjabonada—. Porque no recuerdo cuándo pasó —continuó—. Y parece algo que tendría que recordar.

—Yo tampoco me acuerdo —dijo su hermano.

—Sí, pero tú no te acuerdas de nada. ¡Eres muy pequeño! —le espetó a su hermano.

—Bueno —dije, todavía arrodillado, mientras intentaba enjuagarles el pelo y a la vez asegurarme de que no se les metía jabón en los ojos—. Todo sucedió hace ya un tiempo. Vuestra madre y yo empezamos a distanciarnos hasta que nos pareció que sería mejor para todos que viviéramos separados.

—No es mejor para mí —añadió rápidamente mi hija.

—Yo no sé si es mejor o no —dijo mi hijo—. Ya ni siquiera me acuerdo de si antes vivíamos todos juntos.

—¿Ves? —mi hija se puso de pie en la bañera—. Es *imposible*. No se acuerda de nada.

—En realidad, cariño —le dije a mi hija—, esto puede ser mucho más difícil para ti porque tú *sí* te acuerdas. Puede resultarte mucho más difícil.

Salió de un salto de la bañera y se sentó sobre la toalla que había en el suelo y empezó a sollozar.

—¿Qué te pasa? —pregunté.

Su hermano se levantó, desnudo y enjabonado, para ver mejor.

—¿Qué te pasa? —preguntó con dulzura.

Me miró mientras le brotaban los lagrimones de los ojos y negó ligeramente con la cabeza.

—Yo tampoco me acuerdo.

Bañar a nuestra hija mayor cuando era una recién nacida me pareció un experimento de ciencias un tanto resbaladizo, de lo pequeña y frágil que era. Todavía tenía un chisme de plástico pegado a su ombligo en cicatrización. La primera vez que volvimos a casa con la criaturita me senté y la miré a sus profundos ojos azules como el océano. La amaba sin esfuerzo. Y prometí a esta niñita que sería su puto ángel de la guarda. No solo un padre, sería un mensajero alado del cielo que volaría sobre ella, la vigilaría, se reiría cuando dijera algo gracioso, la protegería del peligro, le recordaría que se llevara el gorro... Estaría siempre a su lado. El bebé y su madre se sentaban en la bañera caliente durante horas y yo las enjabonaba y las amaba. Mary y yo hacíamos una tarta de chocolate con glaseado de vainilla de Duncan Hines cada miércoles para conmemorar el aniversario semanal del nacimiento de la niña. Estábamos rebosantes de felicidad. Por las tardes y noches jugábamos a un juego de cartas que nos habíamos inventado que no acababa nunca. Jugar a las cartas se convirtió en una ocupación aquellos primeros días de vida de nuestra hija... Bañar, cambiar pañales, hacer tartas y jugar a las cartas era lo único que hacíamos y nos encantaba. Recuerdo que una vez me reí tanto por algo que dijo Mary que se me saltaron las lágrimas y se me cayó la mano de cartas, que se desperdigaron por el suelo.

Solía levantarme temprano con la niña y dejar que Mary durmiera. Al amanecer, con botes de leche materna recién embotellada, me daba un paseo de tres horas por las avenidas de la ciudad. Solo yo y nuestro bebé. Cuando la traía a casa y la ponía en los brazos de Mary, ambas se completaban la una a la otra. Como un todo. Verlas juntas era como vivir dentro de un documental sobre la naturaleza. Los tres éramos tigres atravesando una inmemorial nebulosa hacia el futuro. Mary era una madre estupenda. Quería a su bebé con locura. Siempre estaba acariciando su pelo, frotando su piel, dándole calor. Nunca dejaba a su bebé desatendida. Nunca permitía que llorara. Siempre tenía a su niña aseada con pulcritud, como una gata a su cría.

—A ver qué os parece esto —les propuse a los niños mientras los secaba en el baño del Mercury—. Podemos inventar una palabra que se refiera a una familia que, con el tiempo, se ha curado de todas sus heridas.

Los niños me miraron perplejos. Ambos estaban envueltos en las toallas blancas limpias del hotel.

—¿Qué tal *albacicleón*? —propuso mi hija al cabo de solo un momento.

—¿Por qué *albacicleón*? —pregunté.

—«Alba» se refiere a la mañana y las mañanas significan curación, «cicle» por las bicicletas, que te hacen sentir bien, y «león» por... por... —empezó a trabarse.

—Por motivos obvios —sugerí.

—Sí. *Albacicleón* —sonrió.

—Eso no se puede hacer —dijo mi hijo—. ¡No se pueden inventar palabras!

—Claro que se puede —dije, mientras empezaba a ponerles los pijamas—. Shakespeare lo hace continuamente.

* * *

Me quedé de pie en ese mismo cuarto de baño y escuché a la chica del mono azul juguetear con la perrita. Con una profunda inhalación, miré las baldosas del suelo e imaginé la respiración de mi hija en ese momento. Me imaginé la habitación en casa de su madre y sus pesadas extremidades dormidas. Imaginé a mi hijo. Su habitación. Recordé el olor de su pelo cuando dormía.

Al volver al apartamento, acompañé a la chica del mono azul a la habitación de mis hijos y le enseñé la litera.

—Mi hija prefiere la cama de arriba, pero puedes dormir en la que prefieras —dije.

—Yo también tengo un bebé —dijo la chica en voz baja.

Permanecí en silencio y la miré.

—La di en adopción. Vive en Phoenix. O al menos vivía. Ya tiene dos años —se calló un momento—. ¿Cuántos años tiene tu hija?

—Cinco —respondí.

—Me quedaré en la litera de abajo —dijo con tristeza.

—Vale —dije.

—¿Tienes whiskey? —preguntó—. No he bebido lo suficiente como para conseguir dormirme.

Volvimos al salón y nos sentamos como una pareja de adultos normales, mientras escuchábamos música tranquila y bebíamos whiskey con hielo.

—Bueno, ¿y a qué te dedicas? —pregunté, intentando entablar una conversación informal.

Ella era tremendamente atrevida; resultaba difícil estar a solas con ella sin pensar en desnudarla. Tenía una expresión con un aire *rockabilly* que desentonaba en Nueva York. Llevaba el mono azul Adidas bien ceñido y abrochado con cremallera, que contenía lo que parecían ser unos enormes pechos turgentes.

—No me preguntes eso —dijo, mientras removía el hielo de su whiskey.

—¿Por qué no? —pregunté, con una risa nerviosa.

—Porque no quiero decírtelo, y me daría cosa mentir.

—¿Qué pasa, eres una prostituta? —pregunté.

—¡No!

Metió los dedos en el whiskey y me roció la cara con el líquido.

—Entonces, ¿por qué no me lo dices?

—Porque me vas a juzgar.

—¡Que yo te voy a juzgar! —reí—. Si ya sé que me gustas.

—Sí, pero tú eres la estrella de cine rica y superfamosa. Sonrió a su copa.

—Ah, vale, ¿es eso lo que piensas?

Mi riqueza había disminuido exponencialmente desde que lo dejé con mi mujer, así que vivía bajo la falsa impresión de que me había unido a las masas y de que ahora vivía como las gentes justas y decentes.

Nos quedamos sentados en silencio.

—Tu mujer está buenísima —dijo, obviamente satisfecha de sí misma por tener las agallas de sacar el tema a colación—. Es que es, en plan… increíblemente sexy. Me encanta su música. Tienes que hablarme sobre ella. Es una leyenda. La más grande… creo. También parece una persona estupenda —dijo.

—Se entiende de maravilla con la prensa —dije.

—Me siento un poco orgullosa de mí misma porque me voy a follar al tío que se follaba ella —sonrió confiada.

—Mmmm… —dije, sonriendo.

—¿Eso te duele? —preguntó.

—¿El qué?

—Que ya no te quiera… Las cosas que la gente dice sobre ti en la prensa… Vi un programa en el que eran muy desagradables al hablar de ti… ¿Parece una putada, no?

—Es una mierda —dije—. Siempre he pensado que si tenías un objetivo de verdad, las cosas saldrían bien —murmuré, e intenté parecer displicente ante la noticia de otro programa despreciativo.

—¿Pero y qué pasa si tu objetivo no es de verdad? —preguntó con dulzura—. ¿Y si tu corazón está solo un poquitín oscuro?

La miré perplejo. Se me heló la sangre.

—Hasta los santos tienen el corazón un poquito manchado de oscuridad, ¿o no? —preguntó.

Asentí, todavía helado en parte.

—Yo creo que salías sexy en ese programa… Toda esa prensa sucia te da un aire de chico malo, ¿sabes? Cuanta más mierda decían sobre ti, más quería besarte. ¿Es raro? Antes eras un chiquillo corriente y chillón, ¿sabes? Nunca he tenido ganas de follarte hasta que la tía del programa dijo que ojalá hubiera una prisión para hombres como tú.

—¿A qué te dedicas? —pregunté de nuevo.

—No te lo voy a decir —sonrió con satisfacción—. ¿Cómo es ser rico? ¿Qué tal se siente al poder coger un taxi siempre que quieras?

—¿Eres modelo? —pregunté.

—No digas gilipolleces. No soy retrasada.

Para mí, ella era preciosa, pero supongo que no encajaba en el patrón actual de modelo. Solo medía un metro sesenta y tenía los dientes torcidos de una forma sensual.

—No hace falta que te pongas a flirtear conmigo. Ya estoy aquí —se echó otro trago de whiskey—. Puedes hacer lo que quieras conmigo, por cierto… No me importa —dijo, medio curvando el labio de arriba—. Si se te ocurre, seguramente me guste —La miré fijamente, mientras mis pantalones empezaban a abultarse—. Pero no te pongas a soltar montones de frases trilladas que me hagan pensar que crees que soy estúpida.

Era atractiva como un animal salvaje… Solo quería extender la mano y tocarla.

—Bien, ¿qué te ha traído hasta aquí desde Waco, Texas? —pregunté.

—Te aseguro que no mi puto trabajo, idiota —dijo, con una risa provocativa y privada —. Solo *soy* de Waco, pero vivía en Austin.

—¿Qué hacías en Austin?

—Trabajaba en un sitio que se llamaba Sugar's.

Pues bien, yo también era de Austin, Texas, y conocía Sugar's… Pasaba por allí cada vez que íbamos al aeropuerto. Nunca estuve allí pero sabía lo que era.

—¿Así que eres bailarina? —sonreí.

—¿Y tú que eres, presbiteriano? —preguntó—. Soy *stripper*.

—Demuéstramelo —dije.

—Quita esta música deprimente de mierda y lo haré.

Sonaba *Good time Charlie's got the blues* de Willie Nelson.

—¿Qué quieres?

—¿Tienes algo de Prince? —dijo, mientras se desabrochaba el mono. Llevaba una camiseta interior blanca encima de un sujetador negro. Sus tetas eran falsas, evidentemente. Eran perfectas y grandes, como un dibujo en el lateral de un avión de combate.

—Pon la música que quieras —dije.

Se dirigió al aparato de música, toqueteó mi ordenador, y puso *Nothing Compares 2 U* de Prince:

It's been seven hours and thirteen days,
Since you took your love away…[2]

La joven se subió a la mesa de centro y bailó como si fuera una adolescente sola en su cuarto. Yo era el espejo. La perrita estalló en una ráfaga de ladridos curiosos, mientras rodeaba la mesita. Los dos nos reímos y la chica del mono azul se fue quitando poco a poco el mono por completo.

Era una bailarina profesional, no cabía duda. Decía la verdad.

Tenía tatuada en la nuca la cabeza de una víbora verde esmeralda con la lengua fuera, cuyo cuerpo descendía serpenteando y retorciéndose por sus hombros, por toda la espalda, subiendo por una cadera y bajando por la otra. La cola se deslizaba sibilante y se posaba eróticamente sobre su culo. Cuando se movía, parecía que la serpiente reptaba por su columna vertebral.

Los músculos de su espalda parecían vigorosos, y aun así tersos por la juventud. Se movía sin esfuerzo por encima de mí, y solo llevaba unas braguitas blancas y una camiseta interior blanca translúcida de marca Hanes. Al darme la espalda y subirse la camiseta, me dejaba ver la serpiente deslizarse. Luego se bajaba la camiseta y volvía a darse la vuelta para mirarme.

Se desabrochó el sujetador y lo dejó caer al suelo sin quitarse la camiseta y, poco a poco, se fue bajando las bragas con los pulgares. Tenía el coño perfectamente rasurado.

Luego, se volvió a poner las braguitas.

Ella bailaba. Yo miraba.

Al terminar la canción, rodeó la mesa de centro gateando a cuatro patas, y me besó.

—Quiero ver dónde duerme el hombre de esta casa —dijo, y arrastró los pies descalzos fuera del salón en busca de mi habitación—. Ven aquí, chico de azul —llamó.

La perrita dio torpes zancadas detrás de ella.

Allá vamos. Hora de jugar.

Cogí la botella de whiskey y me puse de pie. Apagué las luces y atravesé el pasillo. Me detuve cuando la oí jugar con la perrita en el cuarto.

Nunca he hecho nada parecido antes, pero recuerdo exactamente mis movimientos porque la garganta me ardió durante días. Cogí la botella de Jim Beam, a la que le quedaban más de tres cuartas partes, y me pimplé el litro entero en cuestión de segundos. Simplemente levanté la botella de cristal sobre mi cabeza y *glu, glu, glu…* vacié todo el recipiente en mi estómago vacío y ardoroso. Cuando dejé la puta botella vacía en el suelo y avancé hacia la habitación por el pasillo oscuro, me decepcionó darme cuenta de que todavía estaba completamente lúcido.

Al entrar en la oscuridad de mi habitación, mi joven amante me agarró por la cara y me tiró con fuerza a la cama. La abracé con delicadeza y la besé con ternura, de la misma manera que he besado a todas las chicas desde el instituto, como un chico bien educado.

—Ay, Dios mío —sonrió con afectación—. Yo no he venido aquí para que me den un masaje. He venido para que me follen.

Me mordió la oreja con fuerza. Diez mil petardos prendieron mi sistema nervioso.

—Si crees que las llaves de mi apartamento no están en mi bolso, es que eres más estúpido de lo que creía.

Se acercó a mi oído y susurró:

—Pareces un jovencito enfadado pero, si quieres follarme, vas a tener que poder con este pedazo de mujer. Y te va a doler. Si tus planes son meter tu polla en mi boca, o dentro de mi coño, vas a tener que empezar a comportarte como un hombre.

Me agarró el pelo con la mano y me tiró de la cabeza hacia atrás con fuerza. El cuello me crujió y el dolor me recorrió las vértebras.

Ya ni siquiera me preocupaba lo más mínimo no estar empalmado.

Gran parte de lo que pasó después ha desaparecido en el vacío de una conciencia subterránea inundada de Jim Beam. Algunos detalles borrosos me vienen de vez en cuando… como lo bien que me sentí al hacerle daño. Y lo mucho que le gustó a ella. La forma en que sus tetas se salían de esa camiseta de tirantes sudorosa. Sus brazos eran tan delgados. Podía sentir cómo latía su corazón a través de las muñecas. Cómo no se quitó nunca la ropa interior. Se enroscaba alrededor de nuestros puños cerrados. Se resistía a quitarse la ropa interior de algodón, incluso mientras follábamos. Mis manos la envolvían y su laringe vibraba contra mis palmas. Su olor invadía toda la habitación; no solo el olor a semen, sudor y perfume barato, sino también el olor a una especie de terror. Con qué facilidad gemía, eso lo recuerdo. Gemía todo el rato. Lo fuerte que me abrazaba entre lágrimas.

—Vamos —me susurró al oído—. No me acaricies como a una puta gatita. ¿Crees que me voy a romper?

Me golpeaba con los puños, me apartaba, me acercaba. Estaba oscuro y estaba borracho hasta las trancas. El suelo no servía de ancla y se confundía con facilidad con las paredes y el techo. Qué bien sentaba no tener que fingir ser amable, que te pidieran hacer cosas que me había sentido culpable de querer hacer. Era como si cada vez que me golpeara, yo creciera y aumentara hasta alcanzar un tamaño mucho mayor. No tenía que sentir vergüenza por nada.

Una ira primordial que dormitaba en mis entrañas se despertó como un lagarto, estirándose y pataleando y mordiendo y follando. Y a este lagarto le importaba una mierda si le hacía daño a alguien. Y esta mujer también se transformaba y se volvía cada vez más malvada y traicionera. Nos enzarzamos toda la noche. En una ocasión pensé que había ido demasiado lejos y le había hecho daño. Pero ella me dio un bofetón en la cara y me dijo que lo volviera a hacer.

—¿Ves? ¿Ves? No soy frágil...

Supongo que sus gemidos podían oírse por los pasillos del Mercury.

Al despertar, tenía la boca hinchada y el pelo apelmazado por mi propia sangre. Sangre de la hostia en la cara del príncipe Hal en la noche del estreno. La mitad de mi caja torácica estaba en carne viva por los arañazos de la chica del mono azul. También me daba cuenta por primera vez de un corte pequeño pero profundo en el bajo vientre que debió haberse producido durante la caótica lucha de la noche del estreno con el príncipe Hal. Miré el reloj y eran las cuatro de la tarde. No había dormido tanto desde que regresé de Ciudad del Cabo. La chica estaba desnuda, acurrucada en posición fetal a mi lado. Su larga serpiente tatuada había dejado de parecer amenazante en la luz del día. Parecía joven y herida.

En el techo de mi habitación de hotel había un mural, y no me lo estoy inventando, de Jesús sentado junto al Padre, que aparecía con gesto de desaprobación y reprobatorio, con ángeles y nubes alrededor. No era un gran mural; algún artista drogado lo habría pintado por capricho veinte o treinta años antes. Contemplé el rostro de Jesús por encima de mí.

«¿Qué estás mirando?», me reí para mis adentros. Por alguna razón, me sentía genial. Besé a mi amante y la desperté. Al instante me envolvió en sus brazos somnolientos y aletargados y volvió a llorar. Podía sentir sus pestañas empapadas en la piel de mi cuello y de alguna manera sentí que todo, absolutamente todo —la obra, mis hijos, la tierra abrasada, los océanos y su flora en extinción, la capa de ozono—, todo iba a ir bien.

La luz de la habitación era verde. Siempre era verde por la tarde. Crecía tanta hiedra sobre la ventana de mi dormitorio que bañaba toda la habitación con una luz selvática titilante que se estremecía con el viento del exterior. Pronto sería hora de ir de nuevo al teatro.

Soy consciente de que no tenía muchas razones para sentirme bien pero, por increíble que parezca, no solo me sentía bien, me sentía *fenomenal*. Lo iba a conseguir. No podía creérmelo. Iba a volver a subirme al escenario vivo, descansado, y con la cabeza despejada, sin haber leído ninguna maldita crítica. Ni una sola. Lo había conseguido. Había pasado la noche del estreno. Había sobrevivido, e incluso tenido éxito en practicar el coito con una mujer. Sí, probablemente la había dejado embarazada o había pillado alguna enfermedad de transmisión sexual rara pero, por ahora, no me preocupaba ni un ápice mi futuro a largo plazo. Qué contento estaba de tener la polla dura como una piedra y una voz potente, y de no estar muerto. Mi cuerpo rebosaba de gratitud por las cosas sencillas.

* * *

—Lo conseguí, chicos —dije, al volver al teatro y ver a Samuel y a los otros sentados en el bordillo de la acera inmersos en una conversación superficial mientras compartían un cigarrillo. Me senté junto a Samuel y me llevé un cigarrillo a los labios—. No he leído ninguna de esas críticas asquerosas y me siento de maravilla. Como si hubiera superado una prueba. Así que no me vayáis a decir nada. Quiero seguir con la cabeza despejada.

—Las críticas fueron mejores de lo que te imaginas —dijo Samuel, guiñando el ojo—. Pensé que en el fondo te gustaría saberlo —añadió al ver mi expresión—. Sé que no las lees solo porque te preocupa que sean malas o que interfieran en tu actuación o algo así, pero son buenas que te cagas y deberías saberlo.

Me paré a reflexionar cómo me sentía. Estaba en éxtasis.

«Sabía que serían estupendas», pensé, pero continué con la farsa de displicencia.

—Bueno, no necesito que un estudiante de arte dramático de pacotilla me diga cómo debo sentirme con nuestra puta función —me pavoneé.

Los chicos aplaudieron y me encendieron el cigarrillo, como si fuera el puto Steve «Hotspur» McQueen.

—¿Creéis que mi mujer leerá la crítica y se acordará del semental que estoy hecho y por fin vendrá a la función y me suplicará que vuelva a casa? —bromeé, aunque por lo visto no pareció una broma porque los chicos se quedaron callados y desconcertados. Supongo que les parecí más bien crispado y cabreado.

Mi suplente, Scotty, me miró rápidamente.

—Tu mujer salió ayer en la portada del *Post* besándose con ese diseñador de moda. ¿Lo viste?

Le dio una profunda calada a su cigarrillo y continuó:

—Ese asqueroso ricachón y ella estaban en todas las noticias de la CNN. No estábamos seguros de si lo sabías… y temíamos sacar el tema.

Sam le lanzó una mirada de reproche.

Permanecí allí sentado un largo. La conversación se interrumpió.

—Joder —dije en voz alta.

En cierto modo resultaba humillante que ella se estuviera tirando a otra persona y que todo el mundo lo supiera. Y sabía que no podía enfadarme con razón por nada de eso, ya que era lo mismo que yo le había hecho a ella cuando todavía vivíamos bajo el mismo techo.

—Dejad que os pregunte algo, chicos —dije—. Cuando hablé con ella el otro día, me dijo que hacía un ruido extraño con la garganta y que lo hacía todo el rato. ¿Habéis notado algo de eso alguna vez?

Todos estallaron en carcajadas.

—¿Qué? ¿Qué? ¿Qué es tan gracioso? —pregunté.

—Tío —empezó a decir Samuel entre risas—, ¡lo haces *constantemente* y es espeluznante y raro que te cagas!

—¿En serio? —pregunté. Sabía que lo había estado haciendo, pero no sabía que era algo tan evidente para otras personas.

Me escocían los ojos, como si se hubieran burlado de mí en el patio del colegio.

—Vamos, hombre —dijo Samuel—. No es para tanto.

Tiré el cigarrillo, me levanté y entré en el teatro. No podía seguir hablando con esos payasos.

Cuando llegué a mi camerino, encontré otra nota misteriosa en la puerta, también anónima. Era una cita de Henry Miller que terminaba con algo de encontrarse con Dios y escupirle en la cara.

—Tengo otra nota —anuncié.

Ezekiel ya estaba sentado frente al espejo en su lado del camerino. Tiré mi mochila al suelo e intenté quitarme la chaqueta despreocupadamente; todo esto mientras contenía la respiración, para no hacer ese extraño zumbido con la garganta.

—¿Hago un ruidito extraño con la garganta… o sea, continuamente? —pregunté.

—¿Caga el oso salvaje en el bosque? —preguntó él.

Intenté sonreír. Iba a llorar de nuevo.

—Que se vayan a la mierda —empezó Ezekiel—. Siempre se meten con la estrella de cine.

—¿Quién? —pregunté, y me senté.

—Los putos críticos. Espero que no estés disgustado por toda esa basura que han escrito en los periódicos y te des cuenta de que es pura envidia.

Lo miré perplejo.

—Tu actuación en esta obra es magnífica —prosiguió—, y toda la compañía sabe que tú llevas las primeras dos horas. Pero esos críticos piensan que sería demasiado fácil decir que un tipo atractivo como tú también es un gran actor. No te tomes en serio nada de lo que digan. Solo son chupatintas envidiosos.

Yo me limité a seguir mirándolo fijamente.

Después de un largo rato, le dije despacio:

—Zeke, te dije que no iba a leer las críticas. Te lo dije ayer. Te dije que no podría soportar fracasar en esta obra y que, para protegerme, me conformaría con mi propia opinión y seguiría adelante. Te dije que no iba a mirar ni un puto periódico. Y tú me prometiste que no hablaríamos sobre el tema.

Nos miramos fijamente el uno al otro, ambos inmóviles.

—Lo sé —dijo Ezekiel con los ojos llenos de lágrimas—. Sé que te lo prometí.

Respiró profundamente y, después de una larga pausa, añadió:

—Pero te lo he contado de todos modos porque quería herir tus sentimientos.

Me quedé mirándolo.

—Joder, todo el mundo es tan *amable* contigo —empezó, con una profunda inhalación—. Recibes todas esas cartas de fans que ni siquiera abres, y te tiras a todas esas tías buenas... y la única razón por la que les gustas a esas tías es simplemente porque eres famoso, y quieres que todo el mundo te compadezca porque tu mujer, una estrella de rock que está de infarto, ya no te quiere. Pues a mí no me das pena. Eres rico y consigues papeles estupendos. Ni siquiera lees la mitad de los guiones que te llegan y eso me mata. Literalmente es como si se me clavara una estaca en el corazón. Así que te dije que habías recibido malas críticas porque quería que supieras que las opiniones sobre tu actuación no eran buenas y las mías sí. Me preocupaba que no fueras a leerlas y entonces no supieras nunca que soy un actor de primera puta categoría y no tienes que seguir tratándome con condescendencia.

Lo miré fijamente.

—Aunque me doy cuenta de que probablemente no lo haces —continuó, sorbiéndose los mocos y secándose las lágrimas—. Es solo que de verdad me duele en el alma, ¿sabes?

Las lágrimas le caían a borbotones por la cara en torrentes continuos, como la lluvia sobre un parabrisas. Su voz era áspera.

—Lo siento mucho —se echó las manos a la cabeza—. Tengo que trabajar tanto en mí mismo. Realmente no soy una buena persona —Levantó la vista—. Por favor, perdóname. Por favor.

Se produjo un largo silencio en la habitación.

—¿Pero qué cojones? —pregunté—. ¿Todas fueron malas?

—No sé, tío, solo he leído algunas... En cuanto a la función, las críticas fueron todas buenísimas....

—Así que solo soy yo...

Me giré y busqué algo que hacer con las manos. Me preocupaba acabar dándole un puñetazo al espejo.

—MÁS DE MEDIA HORA, DAMAS Y CABALLEROS —anunció el director de escena por el altavoz—. POR FAVOR, QUE TODO EL MUNDO SE DIRIJA A LA SALA DE DESCANSO EN CUANTO PUEDA; LOS PRODUCTORES DESEAN REUNIRSE BREVEMENTE CON LA COMPAÑÍA.

—Virgil, ¿qué estás haciendo aquí? Han dicho que es una reunión con la compañía —exclamó alguien desde el fondo de la congregación, y todo el elenco estalló en una carcajada.

Estábamos hacinados en la pequeña sala donde se encontraba el café, el té, los *bagels* y los caramelos para la garganta. Ni siquiera era una sala, más bien un rincón en un largo pasillo. Había sofás a lo largo de la pared para que la gente pudiera descansar durante los días en que había dos representaciones.

—Ja, ja, ja —dijo Virgil, mientras se servía un té.

Todos escuchábamos al director de producción. La mayoría de nosotros no conocía su nombre... yo no, al menos. Resultaba desconcertante dirigirse a alguien que no fuera J. C., pero todos sabíamos que J. C. se había marchado. Ya iba camino de París en avión para dirigir una ópera.

—Solo quiero robaros un segundo de vuestra atención, equipo —empezó a decir con aprensión el tipo con cara de empollón—, para daros las gracias. Ayer fue una gran noche y sé que se supone que no deberían importarnos las críticas, pero yo soy empresario y sí que me importan.

Todo el mundo rio, aunque ninguno de nosotros estaba seguro de a qué venía este rollo.

—Corrimos un gran riesgo con esta representación. Yo nunca he producido una obra de Shakespeare, y debéis saber que, por muy buen dramaturgo que sea, sus obras tienen un historial comercial accidentado en Broadway. Eso estará muy bien para el mundo sin ánimo de lucro… pero menos bien para los capitalistas.

Ninguno sabíamos adónde quería ir con todo esto.

—Cuando le pregunté a J. C. por qué deberíamos invertir todo este capital en una obra de cuatro horas de Shakespeare, me dijo: «Porque os prometo al mejor Shakespeare jamás representado en suelo americano»… Así que, cuando me dispuse a leer el *Times* esta mañana, aunque supongo que debo admitir que más bien fue ayer por la noche…

Todo el mundo rio de nuevo. Deduje que todos mis compañeros de reparto eran unos capullos retrasados que se habían pasado la noche leyendo en Internet sobre nuestra representación. No como yo, un puto monje zen que se tiraba a tías en mono azul.

—Y cuando vi esa magnífica foto de ti, Virgil —hizo un gesto a Falstaff, que se sonrojó con falsedad—, y leí el encabezamiento: «El mejor Shakespeare jamás representado en suelo americano», ¡no me lo podía creer!

Levantó la portada de la sección de cultura.

Todo el sótano del teatro estalló en aplausos.

—¿De verdad han dicho eso? —dijo Virgil—. ¿De verdad? Déjame ver.

El productor y la gente a su alrededor asintieron y confirmaron las noticias y fueron pasando el periódico.

—¿Y qué hay de mi *Hamlet*? —preguntó, y la sala prorrumpió en más carcajadas.

—Hemos tenido el mejor día de ventas de la historia de Broadway —exclamó el productor—, y quiero que todos sepáis que desde las 15:56 de esta tarde... ¡todas las entradas están AGOTADAS!

El sótano del Lyceum Theatre se sacudió con vítores y aplausos. Miré a Ezekiel. Me devolvió la mirada con los ojos muy abiertos y arrepentidos. Miré al rey Edward. Ya se dirigía en silencio y humildemente a su camerino, como si lo hubieran llamado para una falsa alarma. No quería tomar parte en este regodeo.

—Así que todo este rollo es para deciros que... —el productor hizo una pausa para terminar— ¡reservéis ya vuestras entradas! ¡Porque son las *únicas* que quedan!

Todo el mundo vitoreó de nuevo.

—Gracias —concluyó el tipo de producción—. Y ahora, ¡que vaya muy bien el espectáculo!

Todos regresamos a nuestros camerinos para prepararnos para la función.

Ezekiel me paró en el pasillo y dejó pasar a todos los demás.

—Oye, tío, yo aprendí a actuar en la cárcel, ¿vale? J. C. vino a dar una clase a la prisión estatal de Illinois... Nadie sabe eso, ¿eh? Así es como nos conocimos, y a veces me creo que solo porque dejé las drogas y conseguí salir del puto agujero en el que crecí tengo una excusa para comportarme como un gilipollas. Pero si me perdonas y me das otra oportunidad para ser tu amigo, no volveré a decepcionarte nunca más.

No estaba enfadado con él. Era un tipo extraño, ya lo sabía. Estaba decepcionado por haber recibido malas críticas de forma individual, pero ese sentimiento se había difuminado y perdido con la emoción de que el espectáculo hubieramos tenido tan buena recepción.

—Hecho —dije, sumiso.

—Gracias —dijo y, con eso, estrechó mi mano y se marchó. Nos quedaba una larga temporada y éramos compañeros de camerino.

Salí a fumar un cigarrillo. Sam estaba allí. Ambos deberíamos haber acudido al ensayo de combate.

—No te preocupes por esa tontería de la garganta —dijo Samuel—. A nadie le importa.

—No pasa nada, Sam —dije—. Es solo que no sé cómo dejar de hacerlo.

—En mi opinión —dijo tranquilamente—, es un precio muy bajo a cambio de una interpretación tan magnífica.

—Gracias, colega —dije.

—¿No es momento para la autocompasión, no? —dijo, intentando sonreír.

Lo miré. Él también estaba desanimado. Si hay algo peor que una mala crítica es que ni siquiera te mencionen.

—Samuel... —no quería, pero lo hice—. ¿Tienes el periódico? —pregunté. Podía verlo sobresalir de su mochila.

—Claro, tío —dijo y me lo dio.

Y hela ahí: en la portada de la sección de cultura de los viernes, una fotografía de Virgil en color que ocupaba toda la página titulada: «EL MEJOR SHAKESPEARE JAMÁS REPRESENTADO EN SUELO AMERICANO».

Me alejé de Samuel y me senté en la acera de la calle 46, justo al lado de Broadway, y leí yo mismo la reseña. Oí que Samuel entró y se dirigió al ensayo de combate. En efecto, era una crítica muy entusiasta. No era de extrañar que todo el mundo estuviera feliz. Decía que Ezekiel era un «artista con un talento extraordinario que parece respirar fuego de verdad». Había pasajes sobre el logro más destacado de Virgil; Edward era aclamado como un «tesoro nacional».

Por fin, llegué al fragmento sobre mí: «Por desgracia, como una gran alfombra persa en la que se debe cometer un error deliberado al tejerla, J. C. Callahan, el mejor director en activo en la actualidad del teatro estadounidense, sintió la necesidad de contar con una estrella de cine, William Harding, para interpretar al guerrero Hotspur. Irremediablemente inferior». Imaginé a Mary leyendo esto con su nuevo novio. A los dos sintiendo pena por mí. «Hotspur es un papel complejo y el actor de cine parece incapaz de conseguir lo que W.H. Auden denominó "la viva personificación de la caballería perdida de generaciones anteriores"».

Me detuve ahí, La nube negra que se había ido formando en mi pecho de pronto se disipó y se abrieron paso los rayos de sol. Esta crítica citaba el mismo ensayo de W. H. Auden sobre el que J. C. y yo habíamos hablado largo y tendido, y sobre el que habíamos concluido que era evidente, claro y completamente erróneo.

Este pelele imbécil de *The New York Times* no sabía de lo que hablaba. Mi corazón rebosaba de alegría. Yo sabía más de Hotspur que ese patán insulso. Levanté la vista y dejé que las páginas del periódico se dispersaran cuando pasó un autobús. Me daba igual. Yo iba a la guerra por el arte. El mundo puede pensar lo que quiera. Pueden dictaminar que eres un fracaso. Pueden coserte una letra escarlata en el pecho y decir que eres un canalla y un charlatán. Las voces sumisas pueden murmurar en susurros burlones a tus espaldas a cada instante. Pueden odiarte y cotillear sobre ello en la radio mientras todo el país está escuchando. Y, sin embargo, todos pueden estar tremendamente equivocados.

Acto IV
Burbujas del infierno

La temporada de representaciones ya estaba bien avanzada. Era el primer martes del nuevo año y los niños volvían al colegio después de las vacaciones de Navidad. Mi casi exmujer había pasado las vacaciones con nuestros hijos en el palacio de su nuevo novio multimillonario en el mar Negro. Había fotos por todo Internet. Fotos de Valentino enseñando a mi hija a hacer surf, otra preciosa de la madre de mis hijos retozando en toples en la playa. Fotos en primer plano extremadamente ampliadas de un nuevo anillo de diamantes en su dedo. En una de las fotos aparecían los dos nuevos amantes besándose apasionadamente mientras mi hijo hacía un castillo de arena en segundo plano. Dentro de mis intestinos se estaba produciendo algo propio de una película de ciencia ficción. Me sentía extrañamente deprimido y por alguna razón me había salido un forúnculo extremadamente doloroso.

No estoy muy seguro de cómo empezó todo. Creo que me hice la herida la noche del estreno. Tal vez fue durante la batalla. Tal vez fue por la chica del mono azul. Era una pequeña incisión justo debajo del ombligo. Después de ignorarlo durante semanas, se infectó por el sudor del traje de cuero. Entonces empecé a toquetearme obsesivamente la herida infectada, hasta que supuró. Para cuando mis hijos volvieron de sus vacaciones de Navidad, tenía un forúnculo del tamaño de una canica que sobresalía de mi vientre. Con un porcentaje de grasa corporal cercano al cero por ciento (si normalmente estaba delgado y en forma y pesaba unos ochenta kilos, ahora había bajado a sesenta y siete), esta bola purulenta y supurante parecía una pequeña criatura que intentaba salir de mi cuerpo. Y, además, dolía.

Recogí a mis hijos de casa de su madre la mañana que regresaron de los Balcanes. Mi mujer no salió a la puerta. La niñera, todavía afectada por el desfase horario, me pidió que esperase en la puerta mientras les ponía las chaquetas a los niños. Eso no me había pasado antes. Normalmente, podía entrar. Valentino debía de ser un dormilón. Abracé a los niños y cogimos un taxi para llevar a mi hija al colegio.

—Bueno, ¿qué tal el viaje, chicos? —pregunté, ocupado en intentar acomodar el estómago para reducir todo lo posible el dolor lacerante que me estaba causando el forúnculo. Sentía como si alguien estuviera vertiendo plomo caliente en mi ombligo.

—¡Oh, papá, fue tan divertido! —dijo mi hija de cinco años mientras se recostaba cómodamente junto a la ventana del taxi—. Valentino, el amigo de mamá, tiene un montón de elfos que trabajan para él, así que no tuvimos que hacer nada.

Mi hijo estaba sentado a mi otro lado y dijo:

—No son elfos de verdad con orejas graciosas ni nada de eso.

—Valentino los llama elfos simplemente porque lo ayudan con sus cosas. Es muy divertido… —Mi hija se quedó callada, mientras se ensortijaba alegremente el pelo con el dedo—. Siempre dice cosas como: «Valga la redundancia» y todos nos reímos. En fin, estuvimos jugando todo el tiempo. El tiempo fue realmente *sensacional*. Todo muy reparador —dijo imitando perfectamente el tono de su madre.

—Tienen una máquina de bolas de chicles y películas y una piscina y barcos y bananas en las que te puedes montar —continuó mi hijo.

—No son bananas de verdad —corrigió mi hija—, sino este tipo de barcas hinchables que alguien...

—Los elfos —declaró mi hijo—, ¡ellos te lo inflan!

—Se está tan bien allí... —hizo una pausa, adoptando un tono más serio, mientras la ciudad de Nueva York pasaba zumbando por la ventana del taxi—. Y no tienes que llevar tus toallas ni recoger tus juguetes de la playa porque los elfos lo hacen por ti.

—Y la arena es *importada* de un lugar realmente asombroso y eso es lo que la hace tan especial —afirmó mi hijo.

—No es como la arena normal —añadió mi hija—, que tiene pis de extraños y esas cosas.

Me miró con curiosidad, como para comprobar si entendía lo que estaba diciendo. Asentí.

—Y Valentino me compró una comba y me enseñó a saltar. Oh, papá, fue tan divertido... Francamente, no sé qué haría ahora mismo sin Valentino. Nos está ayudando muchísimo a mí y a mamá en un momento superduro.

Eso es todo lo que recuerdo. Las luces volvieron a apagarse.

* * *

Cuando llegué al teatro aquel martes por la noche no le revelé a nadie la infección que tenía debajo del cinturón y que ahora se estaba moviendo e hinchando hasta alcanzar el tamaño de una pelota de golf. El dolor era atroz. Apenas podía respirar pero aun así salí al escenario y grité como un puto descosido. Una vez que me mataron, tenía la voz tan destrozada que apenas podía hablar. Había ido empeorando progresivamente durante los últimos meses, pero nunca hasta este punto. Cada frase que salía de mi laringe sonaba como si alguien pateara gravilla. Mientras esperaba la ovación final, fumé y me compré mi sándwich de helado diario de la máquina expendedora de detrás del escenario.

De vuelta en el Mercury, volví a encender el ordenador y volví a mi búsqueda en Internet, para ver si encontraba más fotos de mi mujer e hijos jugando en la playa con ese italiano de la moda ricachón y fanfarrón. Y entonces vi un correo de mi padre.

Se disculpaba por haber tardado tanto tiempo en escribir pero estaba esperando a encontrar una forma de ponerse en contacto conmigo sin tener que recurrir a mi madre. Era sincero y cariñoso. Me quería. No le importaba que hubiera arruinado mi matrimonio ni que hubiera recibido malas críticas. Citaba algunos pasajes de la Biblia que podrían infundirme ánimo. Decía que entendía que quisiera estar solo, pero que le preocupaba que a mí me pudiera afectar que él me juzgara de manera negativa. Pero no era así, él no estaba libre de pecado y sabía por experiencia que la vida era impredecible y nadie se libra. Había leído una entrevista que me habían hecho para una revista y le pareció que estaba sufriendo mucho. Había estado rezando por mí dos veces al día y solo quería que supiera que si había algo que él pudiera hacer para ayudar, solo tenía que hacérselo saber. Me escribió su número y me dijo que lo llamara. Yo simplemente me fui a la cama. Demasiado tarde.

* * *

El día siguiente era un miércoles en el que ofrecíamos doble espectáculo, y era básicamente lo único que llevaba esperando durante los últimos meses. Los estudiantes de último curso de inglés de una docena de escuelas públicas de Nueva York iban a asistir a nuestra representación matinal. *The New York Times* podía decir lo que quisiera, porque yo estaba seguro de que la gente más auténtica —la plebe, el vulgo, el pueblo llano, los menesterosos— me adoraría. Pero no cabía duda de que la rutina diaria de la temporada de representaciones me estaba desgastando. Incluso después de una noche de descanso mi voz pendía de un hilo, y ahora algún tipo de veneno burbujeaba como el brebaje de una bruja en mis entrañas.

Podía sentir cómo latía la ira en mis entrañas desde esta herida infectada mientras contemplaba la imagen de mi hermano Jesucristo en el techo. El dolor era ahora tan intenso que podía olvidarme de la preocupación de mis cuerdas vocales destrozadas. El pus me escaldaba por dentro. Puse hielo en una bolsa de plástico azul y me tumbé en la cama, y lo apliqué sobre la herida durante toda la noche. Al cabo de dos horas, las sábanas estaban empapadas por la fiebre y el hielo derretido.

Y el forúnculo seguía creciendo.

* * *

Al amanecer, mi colchón era como una pesada esponja, la fiebre se me había disparado y el forúnculo había alcanzado el tamaño de una naranja de Florida bien gorda. De repente me entró el pánico al pensar que tal vez no podría actuar ese día. Necesitaba ir al médico, algo iba muy mal.

Llegué al hospital Bellevue a las 6:23 de la mañana y

entré dando tumbos en urgencias. El miércoles de las dos representaciones había llegado. La primera actuación de las dos de la tarde era la más importante para mí, la que no me podía perder. Imaginé a los estudiantes hablando entre ellos al oír el anuncio de que mi suplente iba a actuar. «Ah, piensa que es demasiado bueno para nosotros, le da igual. ¡Menuda rata asquerosa! Sabía que no vendría. ¡De todos modos no me gustan nada sus películas».

Las enfermeras de urgencias me reconocieron por una de mis primeras películas y me dejaron pasar antes que unos pobres idiotas que sangraban, que se limitaron a quedarse mirándome. Me hice una foto con algunos celadores. Me dio igual; me alegraba que me atendieran rápidamente. El médico me miró el vientre y me dijo que debíamos pasar por quirófano de inmediato. Dijo que corría un gran peligro. Al parecer, si la bola de pus reventaba en mi torrente sanguíneo podía darme una especie de septicemia tóxica de locos, o como quiera que se llame. Yo estaba confuso por la fiebre y no estaba escuchando.

—¿Habré salido de aquí para la una de la tarde? —pregunté.

—¿Cómo?

—Tengo que actuar en *Enrique IV* en Broadway y tengo una función a primera hora de la tarde y luego otra por la noche.

—Bueno, pues mejor que llame a alguien y les avise de que no va a llegar a tiempo —dijo con calma.

—¿Qué quiere decir?

—No va a poder actuar hoy, eso seguro, y probablemente mañana tampoco.

—No —dije—. No me puedo perder una representación. ¿No puede hacerlo rápido y ya está? De verdad que pagaré lo que haga falta.

—No es por el dinero —rio con inocencia—. Le vamos a administrar anestesia general y el hospital no lo dejará marcharse hasta mañana como muy pronto. Lo siento. Son las reglas —dijo, adoptando una actitud de tío normal convincente.

Yo no podía moverme

—¿No podemos hacerlo el lunes? ¿En mi día libre? —le pregunté en voz baja,

Me miró perplejo.

—La verdad es que el domingo por la noche sería lo ideal — continué—, porque tenemos una actuación a primera hora de la tarde, y ya no tengo más representaciones hasta el martes por la noche. Eso me da casi cuarenta y ocho horas para recuperarme.

Me sentí contento ante esta posibilidad.

—Si no tratamos esta infección ahora mismo, lo más seguro es que esté muerto de aquí al domingo, ¿lo entiende? —El médico seguía sonriendo—. Y antes de eso podría perder la vista.

—¿Tiene que usar anestesia? —alcé la vista, mientras esta nueva idea me llenaba de esperanza.

—Créame, caballero, querrá que use anestesia —se rio entre dientes—. Créame cuando se lo digo.

—Pues no —dije muy serio—. Haré cualquier cosa con tal de estar sobre el escenario hoy a las dos. Se lo suplico.

—¿No tiene un suplente? —preguntó.

—Hoy hacemos una función matinal para los colegios públicos de Harlem… No puedo perderme la representación. Si me la pierdo, me sentiré demasiado avergonzado… Por favor. Los chavales quieren ir para ver a un actor de cine, ¿sabe? Y se quedarán muy decepcionados. Significa mucho para ellos. Es importante.

—No se ofenda, pero la verdad es que no creo que a los chavales les importe una mierda.

—No lo entiende… Esto es mi vida. Actuar en esta obra es más importante para mí que la vida real. Mi vida real es una mierda. Si el espectáculo continúa sin mí… para mí, es como si usted se dejara a un paciente en la mesa de quirófano. ¿Tiene sentido?

—Supongo que sí —me escudriñó—. Pero mire, apenas puede hablar. ¿Su voz está bien, acaso?

—Mi voz estará bien… —Me había olvidado de ese obstáculo—. Siempre suena así de mal por la mañana.

—Bueno, ¿y por qué no se toma un descanso? A veces nuestros cuerpos nos hablan, y su cuerpo le está pidiendo a gritos un descanso. Quédese un par de días en el hospital, mejórese y vuelva al teatro con más fuerza.

El médico se dio la vuelta y miró a una mujer que parecía enfermera y que estaba de pie detrás de él. Tendría veinticinco o veintiséis años, el pelo negro azabache, ojos negros, piel aceitunada y un nombre italiano en su placa de identificación.

—Hablaré con su director —prosiguió—, o director de escena, o lo que sea… Mi mujer es actriz, así que sé un poco sobre el tema.

Me quedé allí sentado sobre el arrugado papel blanco que cubría la camilla y me puse a llorar delante del médico y la enfermera uniformada. Lo único que se oía en la habitación eran mis sollozos.

Se produjo un largo silencio en la habitación.

La joven enfermera italiana separó los labios en una

expresión parecida a la de la Mona Lisa y miró al médico. Parecía compasiva. El médico se giró hacia mí.

—Mire, si quiere que hagamos la operación sin anestesia, buscaré a alguien para hacerla —se encogió de hombros—. Me gustó mucho en esa peli de policías. Y le inyectaremos novocaína, pero aun así dolerá mucho. Va a ser extremadamente doloroso... El estómago es muy sensible. También le daré un antibiótico fuerte que *se tomará*, y unos esteroides que deberían ayudarle con la voz. Pero debe prometerme que me llamará entre las actuaciones y volver para que vea cómo está a primera hora de la mañana.

Asentí con gratitud.

—Y... —Esbozó una gran sonrisa amistosa— necesito dos asientos para el catorce de febrero... —Guiñó un ojo a la enfermera— para mi mujer —Se volvió hacia mí—. ¿De acuerdo?

Traté de sonreír.

—Feliz San Valentín.

Me dejaron solo en la pequeña habitación durante más de una hora. Estaba que me subía por las paredes. Me sentía como un lobo esperando en la consulta del veterinario. No podía dejar de dar vueltas, tocarme el estómago, coger cosas y juguetear con ellas. Me preocupaba que el doctor cambiara de idea. Si así era, había tomado la decisión de salir corriendo.

Me obligué a mí mismo a sentarme y pensar en otra cosa. La habitación tenía un póster de la Vía Láctea y había una flechita roja que señalaba un planeta azul diminuto, junto a las palabras: «USTED ESTÁ AQUÍ».

Podía haberme quedado mirando el póster durante un millón de años. No iba a cambiar el hecho de que no tenía ni idea de dónde estaba, ni nunca la había tenido. Lo siguiente que recuerdo es que estaba dormido en la camilla para pacientes y me despertó una doctora bajita y mayor. Miré la hora: todavía no eran las nueve y media de la mañana.

—Despierte, señor Harding —dijo empujándome.

Detrás de ella estaba la joven enfermera italiana y un cabrón grande y corpulento con una bata blanca que enseguida fiché como el matón que habían traído para atarme. La anciana doctora parecía un villano de una película de James Bond. Tenía una voz quebradiza y áspera. Sus dientes eran pequeños y afilados y estaban manchados de café y tabaco.

—¿Así que no quiere pasar por el quirófano, eh? —preguntó mientras preparaba todo el instrumental. No dije nada.

—No habrá problema, ni siquiera dolerá mucho —continuó mientras se preparaba—. Fui enfermera en la guerra de Vietnam y allí hicimos cirugías mucho más invasivas que esta sin siquiera una gota de ginebra.

Levantó una jeringuilla que contenía la inyección que me iba a poner.

—Esta será la peor parte, señor Harding. Solo unas cuantas inyecciones en la zona inflamada y con eso la parte del abdomen debería quedar anestesiada. Hace usted muy bien en negarse a la sedación. Es absurdo el uso excesivo que se hace de esos fármacos.

Su insistencia en que esto era, efectivamente, una buena idea me resultaba aterradora.

—Levántese la camisa —solicitó—. A ver qué tenemos aquí.

Se quedó mirando y palpó el forúnculo. Luego fue punzando con el dedo alrededor del abdomen varias veces. Yo convulsionaba de dolor agonizante cada vez que sus dedos regordetes se acercaban al área inflamada.

—Bueno, vaya, sí que está inflamado, ¿no? Y sensible, también —Cogió la jeringuilla—. No se preocupe, esto estará hecho en un santiamén. Bruce —llamó al hijoputa grandullón—, ¿por qué no le sujetas los brazos? Y, Alyssa, tú échate encima de sus piernas.

Los dieciocho minutos que siguieron fueron una especie de agonía física que nunca antes había sufrido. Sentí que me abrían en canal con una cuchilla desgastada y oxidada y luego rapiñaban la herida. Cuando la enfermera se marchó, yo me sujetaba el estómago, con la cara y la camisa completamente empapadas de sudor, mocos y lágrimas. Habían extirpado la infección. Tenía un agujero del tamaño de un puño en mi abdomen y habían taponado la herida con una gasa antiséptica.

La joven italiana, que fue la última en salir por la puerta, se dio la vuelta y me dijo, casi en tono de disculpa:

—¿Seguro que estará bien?

—No lo sé —dije—. Estoy a punto de divorciarme.

—Lo siento. Lo he leído todo, sí —dijo.

Luego añadió, con la mano aún en el pomo de la puerta:

—Yo me caso en mayo.

—Buena suerte —dije.

Sonrió con tristeza y se fue.

* * *

Salí del hospital andando con dificultad, mientras me agarraba el vientre (ya sin forúnculo) ensangrentado con una mano y en la otra llevaba una bolsa llena de muestras gratuitas de analgésicos, y entonces me sentí bien: iba a conseguir hacer la función.

Eso era lo único que importaba.

En la puerta de mi camerino, había otra cita. Esta vez era de Bertolt Brecht, y comparaba el amor con dejar flotar el brazo desnudo entre la maleza de un estanque sucio. ¿Lady Percy?

Cuando subí al escenario... ¡joder, menuda sorpresa! Me sentía bien. Las luces eran como un llamamiento divino. Eran el bálsamo de Galaad, las aguas curativas de la fuente de la juventud, y mi pasaporte a la eternidad. Tenía el estómago dolorosamente tenso, envuelto en vendas, pero cada respiración me hacía sentir bien, de la manera en que uno se siente bien al levantar pesas. Dolía, pero también me hacía sentir despierto y vivo, como si me estuviera haciendo más fuerte.

Al acabar mi primera escena, cuando me cabreaba con el rey y lo mandaba a tomar por culo, me sentí incluso mejor. Mi voz se fortalecía con cada pareado. El chute de esteroides estaba surtiendo efecto. Joder, colega, me sentía como Barry Bonds bateando *home runs*. Mientras recorría el escenario a zancadas, podía oír a los jóvenes espectadores de la escuela pública adulándome y susurrando: «¡Ahí está!». Los títulos de mis películas se mencionaban en voz baja por los pasillos. Me gusta la atención. Por un momento, me pareció ver el precioso pelo negro de mi mujer en la última fila... Incluso me pareció poder distinguir su silueta. ¿Habría venido a una función de tarde para estudiantes? ¿Por qué haría tal cosa? ¿Tal vez era la única a la que podía asistir? Cuando salí del escenario, escudriñé el público a través del telón de gasa negra. No estaba seguro.

De vuelta en mi camerino, me cubrí la herida con un cinturón de cuero negro... el dolor no importaba. Tenía que cubrir la incisión para que, cuando me quedara con el torso desnudo, no causara repulsión a las niñas.

Había algo en esta actuación… tal vez era por lo que había pasado para estar allí, al extirparme el forúnculo; o tal vez era que mi voz se estaba curando como por arte de magia. También podía deberse al hecho de que toda la sala estaba llena de estudiantes que no habían pagado una entrada: uno se daba cuenta de cuándo se aburrían. No eran educados. Si una escena les aburría, te dabas cuenta de cómo miraban inquietos sus teléfonos. ¿Pero y si conseguías emocionarlos? Ay, Dios, eso sí que es bonito. Hasta el viejo gruñón Virgil Smith se lo estaba pasando en grande. Lo estaba dando todo. Y a pesar de todas las risas que se añadían a la duración de la representación, seguíamos yendo unos cuantos minutos más rápido de lo habitual. Todo viento en popa y a toda vela. Donde normalmente obteníamos una risita cortés, el público de esa tarde estallaba en risotadas. Cuando desenvainaba mi espada en cualquier representación, me encontraba con un silencio reservado; hoy, gritos de terror. Cualquier chiste verde era motivo de un inmenso estallido de risas a carcajada limpia. Cuando las chicas se quitaban la parte de arriba en la escena de la taberna los profesores tuvieron que irrumpir en los pasillos para decir a todo el mundo que se callara. Cuando lideré la ofensiva de la batalla, pensé que toda la clase del último curso se uniría a mí.

En la primera escena de nuestro penúltimo acto, cuando uno de mis compañeros rebeldes (interpretado con mansedumbre por mi suplente, Scotty) llega corriendo y me advierte que el príncipe de Gales viene en camino con su padre, el rey, para enfrentarse a mí en batalla con legiones de hombres *con penachos como avestruces*, grité a este caballero de tres al cuarto, con una voz poderosa cual tambor africano:

—¡*QUE VENGAN!*

Mi pobre suplente se acobardó. Me di la vuelta y el cuero negro rechinó, y entonces desenvainé mi espada y siseé:

—*Acuden ataviados a su sacrificio* —Esta era mi parte favorita de cada representación— *y a la doncella de la guerra de ojos de fuego, calientes y sangrientos..., ¡SE LOS OFRENDAREMOS!*

Luego, caminaba entre mis hombres, sacudía sus armaduras, les daba palmaditas, les infundía coraje. Hay que matar el miedo. ¿Y con qué se mata? ¡CON CORAJE!

Por último, llegaba una secuencia que nos habíamos inventado y que a todo el mundo le encantaba: yo le cruzaba la cara con un fuerte bofetón a mi principal hombre de confianza, Sam, y —para sorpresa del público— él me lo devolvía con más fuerza. Esto me hacía estallar en una risa de regocijo:

—¡*ARDO EN DESEOS!*

El sudor resbalaba de mi pelo corto.

A mis hombres les encantaba este tipo de chorradas propias de fraternidades de niñatos inmaduros. Y a mí también.

—*Vamos, dejadme montar mi caballo, que habrá de llevarme como un RAYO...* —Hice una pausa y continué con una voz de pito burlona, mientras me miraba las uñas de broma— *contra el pecho del príncipe de Gales.*

Todos mis hombres prorrumpieron en risotadas. Obviamente la diminuta picha del pobre príncipe era motivo de chistes disparatados si se comparaba con la pesada carga que yo llevaba.

—*Harry contra Harry* —enuncié, adoptando un tono más grave y jugando con la ironía de que mi némesis se llamara igual que yo—, *corcel contra corcel, ¡habremos de enfrentarnos y no desistir hasta que uno de los dos yazca MUERTO!*

Después de eso, mis hombres estallaban en una estridente ovación. Me miraban con admiración con unos ojos que parecían querer decir: «¡Este sí que es un tío con semen en las pelotas!».

Entonces otro de mis secuaces corría al escenario e intentaba, con actitud de cobarde, advertirme también de que el ejército del rey ascendía ya a treinta mil hombres:

—*¡Que sean cuarenta mil! Mis señores, el tiempo de la vida es breve. ¡De emplear vilmente esa brevedad sería DEMASIADO LARGO! Si vamos a VIVIR, ¡vivamos para hollar REYES!*

Y mis hombres respondían con los correspondientes bramidos y gruñidos afirmativos.

—¿*Si morimos?* —planteé la pregunta como si fuera sincera, y luego la respondí:— *¡MORIMOS CON VALENTÍA, y los príncipes con nosotros!*

Concluido el asunto, cogía algunas lanzas, mazas, hachas y otros instrumentos mortíferos y empezaba a repartirlos entre mis hombres.

—*¡QUE RESUENEN LOS NOBLES TAMBORES DE GUERRA, y con esa música fundámonos todos en un abrazo!*

Todos nos dábamos un profundo y varonil abrazo antes de la guerra mientras los tambores retumbaban… y, joder, qué bueno era J. C.: esos tambores te llegaban al alma. Este espectáculo no era para aficionados. Debía ser preciso, y lo era. Éramos como una orquesta perfectamente afinada. Estos adolescentes pegados al iPhone, enganchados al ordenador, tuiteros y adictos al porno que odiaban el teatro estaban hipnotizados. A ellos se dirigía Shakespeare: ¡no a *The New York Times*! No a los *intelectuales*, sino a la gente corriente. Si tocas bien la música de Shakespeare para una audiencia de verdad, todo va por sí solo sobre ruedas. Estos chavales sentían esta obra como el punto álgido de un orgasmo que te deja sin respiración.

Yo preferiría ir al infierno asfixiado antes que perderme esta función.

Entonces, mientras rodeaba con mis brazos a Sam, dije proyectando la voz para que lo oyera toda la sala:

—*Pues, en el cielo o en la tierra, algunos de nosotros no tendremos una segunda ocasión para tal cortesía.*

Sabíamos que podíamos morir y lo aceptábamos. Nuestra causa era justa, nuestras pelotas de granito, ¿y nuestros corazones? De hierro.

—*Acercaos, unamos nuestras fuerzas cuanto antes* —proseguí, desenfundando mis dos espadas.

Y entonces llegaba mi frase favorita indiscutible. Así que, sin más preámbulo, inhalaba profundamente, llevando el oxígeno hasta la base de mis pies, y saltaba a lo alto de un carro de artillería de madera destrozado para dirigirme a mi tropa de rebeldes andrajosos. Con los adolescentes alborotados de envidia bravucona frente a mí, blandiendo una espada con cada mano, mientras los cañones disparaban llamaradas rojas detrás de mí y la sección rítmica de la orquesta retumbaba bajo la ciudad, bramé:

—*¡EL DÍA DEL JUICIO FINAL ESTÁ CERCA! ¡MORID, PERO REGOCIJÁOS EN LA MUERTE!*

Así que, cuando el príncipe enclenque me apuñaló en el vientre en aquella sesión de tarde del miércoles delante de toda esa magnífica audiencia de «gente auténtica», esos chicos de las escuelas públicas de Harlem, el Bronx y toda esa zona; cuando esa hoja retráctil se me clavó justo en el lugar designado, debajo de mi plexo solar, fui consciente de mi sombra (solo por un segundo) y eso me dolió más de lo que jamás podría dolerme que cualquier galán italiano y lumbreras de la moda se estuviera tirando a mi mujer y construyera castillos de arena con mis hijos. Me dolió más que la crítica teatral de *The New York Times*. Me dolió más que lo que me hizo la enfermera de Vietnam en el hospital de Bellevue. Mi sombra me hirió con los hechos… y, en efecto, los hechos no son siempre agradables.

El príncipe me apuñaló en el vientre y, para mi total y absoluta incredulidad, el público vitoreó de júbilo y de manera espontánea. Antes incluso de que pudiera soltar mis últimas palabras de «¡*Oh, Harry, me habéis robado la juventud*!», toda la sala prorrumpió en un frenesí de aplausos espontáneos que duró treinta segundos.

Me odiaban.

Adoraban al príncipe Hal.

Se alegraban de mi muerte.

No podía creerlo.

Lo ovacionaron durante todo el soliloquio de mi muerte. No escucharon ni una palabra. Clamaron de alegría otra vez cuando mi cuerpo ensangrentado, cubierto de lágrimas y sin forúnculo, cayó vencido.

Me quedé tumbado en el suelo, con los esteroides todavía bombeando mis cuerdas vocales y mi abdomen aún vendado. El público adoraba al príncipe Hal. Lo ensalzaban por su hazaña, alababan sus acciones y estaban orgullosos de él por haber acabado conmigo.

Durante todo este tiempo, yo había creído que me adoraban *a mí*. Todo este tiempo, había estado equivocado. De repente, podía oír lo gloriosamente que hablaba el príncipe Hal. No era ningún rufián; su voz era elocuente. Sus gestos eran humildes. Por su forma de hablar podía intuirse que era una buena persona; también se notaba que era un magnífico actor. El tío traía su almuerzo de casa con un plátano y un sándwich de mantequilla de cacahuete cada día al ensayo, por el amor de Dios... *pues claro* que era el bueno.

Y entonces la voz de Virgil como Falstaff se esclareció por encima de mí, y el sonido era claro y sonoro. Sus frases parecían atraer al público como una ballena más longeva y poderosa que cantaba a los jóvenes ballenatos. Su voz era un imán, era imposible no seguirla. Divertido y conmovedor a la vez, Virgil era capaz de emocionar mientras hacía reír. No era un divo engreído y egocéntrico, simplemente tenía más talento y trabajaba más duro que cualquiera del resto de la compañía.

Mi suplente, Scotty, también hablaba por encima de mí; compartía una escena breve con Virgil. Era bueno. Incluso se ganó unas cuantas risas. «¿Por qué no lo he dejado que me sustituya? Estoy enfermo. En más de un sentido».

Yacía en el suelo muerto, inerte como un saco de arena.

«De modo que soy el "MALO", ¿eh?», me pregunté a mí mismo. «¡Virgen Santísima! Yo no quiero ser "el malo". Quiero ser el héroe. Haría lo que fuera por esta gente, pero me odian y aplauden mi muerte».

—¡Bueno, ahora ya lo sabes! —me dijo el rey Edward al salir del escenario en el descanso del acto.

Mis compañeros de reparto estaban ociosos en los pasillos, mirando cómo me arrastraba de vuelta a mi camerino. Ezekiel estaba de pie en nuestra puerta con una expresión de amabilidad y camaradería hasta entonces desconocida. Todo el mundo se me quedaba mirando, preguntándose cómo me lo había tomado. Su compasión no hizo sino empeorar mi experiencia. Scotty parecía decir encogiéndose de hombros: «Te lo dije». El rey me sonrió y recitó:

Preferiríamos la ruina al cambio,
preferiríamos morir de nuestros temores
que subirnos a la cruz del presente
y dejar morir nuestras ilusiones.

—¿Sabes quién dijo eso? —preguntó.
—No —respondí.
—El señor W. H. Auden —sonrió—. Resulta que no era tan idiota, ¿verdad?

* * *

Cuando terminó la función, tenía la ropa interior manchada de rojo por la sangre que rezumaba a través de las vendas. Salí al escenario para la ovación final y mis queridísimos amigos, la gente auténtica de los institutos públicos, enseguida se pusieron a abuchearme alegremente. Era innegable: en cuanto hice mi reverencia, un coro espontáneo y jubiloso de «BUUUUUUUUUUU» brotó de la sala. Mis brazos colgaban inertes a mis costados. Miré hacia la silueta que había pensado que podía pertenecer a mi mujer, pero solo era una profesora de inglés.

Bajé la cabeza. Ya no corría el riesgo de eclipsar al príncipe Hal si saltaba del escenario.

Había visto mi sombra y sabía cuál era mi figura.

* * *

Al salir de mi camerino después de la representación de la tarde, con la esperanza de comer algo y fumar un cigarrillo, el rey me hizo una señal.

—Cuando hice mi primera obra con J. C., éramos los dos

únicos estadounidenses en la Royal Shakespeare Company de Londres. J. C. era ayudante del gran Sir James Hall y yo actuaba en *La fierecilla domada* —dijo, cerrando la puerta de su camerino con llave tras de sí—. En fin, esa no es la cuestión. La cosa es que había un chiquillo en la representación, de unos ocho o nueve años, y cada noche, a la hora de la ovación final, hacía una reverencia muy elaborada, intrincada y absolutamente ridícula.

Otros actores salían del teatro en tropel por delante de nosotros. Solo disponíamos de una hora y media entre las dos funciones. Todo el mundo corría para buscar algo que cenar y echar una cabezadita, pero el rey avanzaba deliberadamente despacio por el pasillo a su ritmo.

—Nadie le había enseñado a este chico esta absurda reverencia Simplemente era su idea infantil de cómo debía comportarse un actor. Se quitaba el gorro y hacía una reverencia con una genuflexión, agachando la cabeza casi hasta el suelo, mientras deslizaba la pierna torpemente —El rey hizo una versión artrítica de la reverencia—. La primera vez que lo hizo el público se puso en pie con una auténtica efusión de ternura. Y el director se apresuró a cuchichear entre bastidores a la compañía y a los padres del chaval que nunca mencionaran el tema de la reverencia al chico… que por favor «lo dejaran estar». Era inocente y mágico, y el momento más auténtico que teníamos en la producción —Salimos del teatro—. Y, efectivamente, nadie mencionó nunca nada acerca de la reverencia al chico y, cada noche, nuestra ovación recibía un impulso, a pesar de las terribles críticas, y de una producción que, por lo demás, no valía nada. ¿Ves adónde quiero llegar?

No estaba seguro de si quería saberlo.

Ahora estábamos de pie parados, justo dentro de la puerta trasera del teatro. Afuera nos esperaba la fría calle.

—La genialidad más indiscutible de tu Hotspur residía en que no tenías ni la más remota idea de que el público odiaba a tu personaje. Está claro que nunca has visto la obra o leído mucho sobre ella, porque has abordado este personaje como si Hotspur fuera Abraham Lincoln, y ha sido algo maravillosamente divertido. Nunca te disculpaste o intentaste ser agradable. Nunca dudaste de la bondad intrínseca de un traidor sediento de sangre. Por supuesto, al igual que el niño que acabo de mencionar, era una genialidad nacida de la ignorancia, pero genialidad al fin y al cabo. Y, esta noche, te enfrentarás al verdadero desafío: ¿podrás seguir haciéndolo a pesar de lo que has aprendido?

—Genial —respondí, todavía agarrándome el vientre dolorido—. Estoy impaciente.

Le abrí la puerta al rey.

—Y yo también —sonrió, y se adentró en el caos de Broadway.

* * *

Frente a la entrada de artistas había una fila de estudiantes que esperaban para coger el autobús. Rápidamente me di la vuelta y volví al interior antes de que alguno de ellos pudiera reconocerme.

Odiaba a esos putos críos.

¿Cuándo me había convertido en el villano? Cuando era un niño le caía bien a todo el mundo. ¿Cuándo me fui por el mal camino? Tal vez ocurrió hace un año, el día que cumplí los treinta y dos. Estábamos en Los Ángeles. Mi mujer estaba grabando un álbum allí y toda la familia nos habíamos mudado provisionalmente a la costa oeste. Estaba resultando una grabación muy «exigente» para mi mujer; lo que significa que tenía que dar clases de baile, hacer boxeo para ponerse en forma para el vídeo, aprender a montar en moto, nadar en una piscina con tiburones... y un montón de gilipolleces ridículas de superestrella para prepararse para el lanzamiento de su nuevo disco. Además, su representante quería que estuviera «en mejor forma que nunca jamás en su vida», así que había un entrenador vestido con suspensorio en casa todos los días de la semana durante las veinticuatro horas del día, nos traían la comida a casa, y venían masajistas a nuestra habitación. El director de fotografía polaco que se encargaba de los vídeos decía que tenía bolsas en los ojos, por lo que era necesario mantener a los niños separados de ella durante la noche para que pudiera dormir más. También teníamos como a veintisiete niñeras para ayudar constantemente con los niños. Si eras un marido actor desempleado en casa, estar en ese hogar te daba ganas de coger un revólver de calibre 38 y volarte los sesos. Yo no tenía nada que hacer salvo ocuparme de los niños y ya había empleados *de verdad* para hacerlo. Me sentía inútil y a punto de entrar en estado catatónico. Iba al gimnasio, llevaba a los niños a la playa cuando los cuidadores almorzaban, fumaba un montón de cigarrillos, tocaba el piano, llevaba a los niños al set para los «almuerzos de trabajo con mamá» y asistía a dichas reuniones de negocios.

El día de mi trigésimo segundo cumpleaños, tuvimos una comida de cumpleaños en el estudio con los niños, y se suponía que, cuando Mary terminara de trabajar, saldríamos a cenar con un par de buenos amigos míos de Nueva York que estaban en la ciudad. Bueno, pues pasó algo muy curioso aquella tarde. Mientras daba un paseo por el aparcamiento de los estudios de grabación RCA, donde mi mujer estaba supervisando los coros, vi el Shelby Cobra rojo del 68 más impoluto que jamás había visto… aparte de en las revistas. Pues bien, cualquiera que me conozca sabe que este es el coche de mis sueños. Se parece mucho al Mustang que conduce Steve McQueen en *Bullitt*, pero mejor. Con más caballos. Me acerqué a mirarlo. Este vehículo estaba recién salido de fábrica. Era una verdadera pasada. Quiero decir, la radio, los asientos de cuero cosido, el encendedor… todo era rojo cereza. Joder, esta preciosidad tenía un motor de 7,2 litros bajo el capó y solo dos mil kilómetros. Era una obra de arte, más erótico que Marilyn Monroe con braguitas negras de encaje sosteniendo un bazuca. Entonces vi que la matrícula era de un concesionario cercano. Ese coche lo habían comprado ese mismo día. El recibo de compra estaba en el salpicadero. Me acerqué a uno de los conductores que trabajaban en el equipo de Mary y le pregunté de dónde había salido ese coche. ¿Era para un video o qué? Enseguida, el tipo de los transportes se puso nervioso e incómodo, y dijo que no, que no era para el vídeo, y que no sabía a quién pertenecía… que nunca lo había visto antes.

Ese tío mentía fatal. Era evidente que estaba ocultando algo. ¿Por qué? Y entonces me vino la idea. «Ay, Dios mío, mi preciosa, magnífica y atenta esposa SABE que quiero este coche más que nada en el mundo, pero que nunca lo compraría yo mismo porque es terriblemente caro como para disfrutarlo. Se ha dado cuenta del momento tan difícil por el que estoy pasando y quiere hacer algo INCREÍBLE por mí, así que me ha comprado este flamante y llamativo Shelby Cobra del 68 solo para decirme: "Oye, que lo comprendo.

Has estado sacrificándote mucho por esta familia. Gracias, y te quiero. Entiendo que te has sentido castrado, así que, por tu cumpleaños, simbólicamente te estoy devolviendo tu polla más bien grande (admitámoslo)"».

Me sentí tan comprendido. Sabía que mi masculinidad había sufrido por lo innecesario que me había vuelto; comprendía que a veces un hombre simplemente tiene que ser un hombre. Y aunque ella no debería haberse gastado todo ese dinero, lo había hecho por amor, así que la perdonaba. Me senté a comer con los niños, aturdido por la emoción. «¿Cuándo lo hará? ¿Cuándo me lo dará?». Uf, cada vez que ella iba al baño o un ayudante se acercaba a nosotros pensaba: «Ahora es el momento. Estate tranquilo. Compórtate como si no lo supieras». Pero el almuerzo se terminó y no me había dado el coche. Ahora no estaba tan seguro. Su chófer nos llevó a los niños y a mí a casa y mi mujer me dijo que me vería para la cena sobre las siete.

—Vale —dije.

* * *

Al marcharnos, le pregunté al conductor, Steve:

—Oye, ¿has visto ese Shelby Cobra?

—No —dijo, reprimiendo una sonrisa. Su expresión no tenía precio. Lo sabía. *Joder*, ese coche era mío. Lo más probable era que ella condujera el Cobra a casa para que pudiéramos salir a cenar con estilo. Dieron las siete en punto y llamó: la grabación del video iba con retraso. Que si me importaba si Steve me traía al set. De ese modo podríamos salir directamente del trabajo y ganar tiempo para no llegar demasiado tarde a ver a nuestros amigos por la cena de mi cumpleaños.

—No hay problema —dije.

Sabía lo que pasaba... El tema me había estado preocupando. El Cobra era un coche de marchas y Mary no sabía conducir con marchas... así que estaba convencido de que me iban a llevar allí para que pudiera conducir el Cobra a la cena. «Muy listos», pensé. Mientras esperaba, llamé a un colega y le conté lo de mi nuevo Cobra. Quería que supiera lo genial e increíble que era Mary.

—Vamos, no me jodas, ¡eso sí que es una buena esposa! —le dije.

—¡Joder, menuda envidia! —exclamó mi amigo al teléfono. Qué bien sentaba oírle decir eso. Simplemente sonreí. Tampoco iba a regodearme; eso no es propio de mí.

Mientras aparcábamos en los estudios RCA, intenté relajarme. Sabía que sería importante para Mary que esto fuera una sorpresa y quería fingir bien... para que se lo creyera. Cuando llegué, todavía seguían atareados con el trabajo y una ayudante me dijo que nos iríamos enseguida. Todo el mundo parecía saber que era mi cumpleaños y estaban puestos sobre aviso urgente de que tenían que sacarla de allí cuanto antes. Miré despreocupadamente a mi alrededor en busca de mi Cobra. Lo habían movido. «Vaya, me pregunto cómo van a hacer esto», pensé.

Mary terminó enseguida y se apresuró a quitarse el traje. Entonces, antes de que me diera cuenta, Steve nos estaba llevando a la cena. Esta parte no conseguía entenderla. ¿Por qué no me daba el coche ya? No llevaba ningún otro regalo... Yo seguía estando muy convencido de que el Cobra estaba por llegar, ¿pero a qué venía toda esta elaborada pantomima? Y entonces me dio una pista...

—Creo que Steve podría esperarnos fuera del restaurante y llevarnos a casa. A él no le importa... Así podemos beber todo lo que queramos.

—Muy bien, mientras a Steve no le importe... —dije, mientras asentía al bueno de Steve. Inteligente. No querrás beber y después conducir la primera noche que tienes el Cobra. Muy astuto. Riguroso. A veces mi mujer me dejaba impresionado. El reluciente cohete rojo estaría en casa cuando llegáramos. Probablemente me daría las llaves durante la cena. Eso es. Era una idea excelente. Respiré profundamente.

Nos sentamos a comer y todo se vino abajo. Mi mujer hablaba con un tono de superioridad que a veces adoptaba cuando llevaba demasiado tiempo en el estudio o la habían entrevistado demasiado... hablaba dos decibelios demasiado alto, como si todos nosotros estuviéramos intentando anotar todo lo que decía. Pontificaba sin cesar, señalando constantemente con el dedo, sobre la genialidad de su productor discográfico. Todavía llevaba diez mil kilos de maquillaje encima y eso le daba un aspecto aterrador. Entonces uno de mis amigos, que era judío, empezó a hablar de su viaje a Israel y de lo significativo y revelador que había sido para él y su familia. La diva sabelotodo de mi mujer aprovechó este momento como excusa para lanzar sus opiniones sobre los derechos de los palestinos. Parloteó y trató con condescendencia a mi silencioso amigo como si fuera un sionista belicista. Resultó más que agotador y tenso. Ni una sola vez salió a colación el tema del Cobra. Trajeron una tarta y mis amigos me dieron algunos regalos. Los abrí con gratitud. Luego, mi mujer sacó su regalo del bolso. Busqué el tintineo de las llaves, pero solo se oía silencio.

Mi regalo era una bufanda sin terminar y sin envolver que casi había acabado de tejer. La había visto tejer esa cosa rasposa durante las últimas dos semanas. Me lo dio y me eché a reír.

—¿No será en serio? —pregunté—. ¿Me vas a regalar *esa* bufanda? ¿Ese es mi regalo?

* * *

La vuelta a casa en coche transcurrió en un silencio sepulcral. Imagino que incluso Steve se sintió atrapado. Cuando nos acercábamos a nuestra casa, al fin confesé:

—Pensé que me habías comprado por mi cumpleaños un Shelby Cobra que vi en el estudio hoy. Es estúpido y no sé qué me pasa. Es solo que me estoy volviendo loco aquí en Los Ángeles sin nada que hacer. Tú estás tan ocupada haciendo lo que más te gusta y eso es estupendo… Pero yo me ahogo. Pensaba que te habías dado cuenta y por eso me habías comprado ese estúpido coche, para decirme que comprendías lo duro que está siendo, y que no me juzgas por todos mis fracasos. Que me lo habías comprado para decirme que sabías que lo estaba intentando… Y, en realidad, me alegro de que no compraras el coche, porque la verdad es que, madre mía… cuesta una verdadera pasta. Y, en el fondo, me sentiría igual de perdido aun con un coche tan estupendo… bueno, tal vez no igual de perdido, pero ya me entiendes…

Intenté sonreír mientras la autopista de Los Ángeles que pasaba zumbando por la ventana nos iluminaba las caras.

—¿Qué es un Shelby Cobra? —preguntó.

* * *

Mientras caminaba de vuelta por los pasillos vacíos entre bastidores, mis pies pisaban en silencio el suelo del baldosas.

Mary nunca vendría a ver mi obra. ¿Por qué iba a hacerlo? Yo era el malo.

En ese momento, mi esposa imaginaria, Lady Percy, salió de su camerino. Iba a prepararse un té antes de la siesta entre las dos funciones. Siempre lo hacía. En los días en los que teníamos dos representaciones, ella dedicaba su tiempo libre a dormir. La belleza necesita descansar más que comer.

La actriz que interpretaba a Lady Percy estaba casada con otra persona, así que este no era el momento adecuado para quedarse a solas en un teatro vacío con ella. Yo necesitaba cambiarme las vendas y recomponerme. Sus pies descalzos pisaban con delicadeza las baldosas de la sala de descanso. Miré y la vi de espaldas a mí, vestida solo con un camisón de encaje blanco, sin sujetador, sin ropa interior.

—¿Me ayudas con el té? —preguntó en voz baja—. ¿Te importaría? Me encantaría hablar contigo un momentito.

Vertió agua hirviendo en dos tazas con dos bolsitas de té de jazmín sin siquiera darse la vuelta. Al instante, el pasillo olía como si solo le perteneciera a ella.

Lady Percy era, sin duda, la actriz estadounidense más elegante con la que jamás me había topado. Era como delicado vidrio soplado; eso es lo que hacía que su sexualidad fuera tan cautivadora. Casi me daba miedo. Era un año mayor que yo, e imaginaba que aún le quedaban por delante sus años físicamente más atractivos. Su belleza no tenía nada de corriente ni superficial. Sus ojos verdes y su voz como de campanillas eran ya atributos legendarios. La edad nunca pasaría por ella... o al menos así lo parecía. Tenía una larga melena de un color rojo claro y su piel era blanca como la nieve. Siempre sentía timidez al tocarla. Resultaba difícil imaginar que uno pudiera estar lo suficientemente limpio para ella. En la tercera escena del segundo acto, ella vestía un vestido translúcido mientras nos revolcábamos sobre un montón de heno como animales de granja. Esto lo hacíamos ocho veces a la semana. El gran problema con las actrices, según Ezekiel, es que interpretan papeles de mujeres. Yo tenía que evitar a Lady Percy con una gran sutileza. Si alguna vez me volvía demasiado seco o distante, afectaría a nuestra química sobre el escenario. No había forma de evitarlo, era así. Además, a decir verdad, la admiraba y quería ganarme su respeto. Ella debía sentir que la evitaba porque me sentía demasiado atraído hacia ella y sentía mucho respeto por su verdadero marido. Esa era la única forma de que nuestra química en el escenario funcionara: que todo fuera clandestino.

—¿Eres lo suficientemente valiente como para entrar en mi camerino? —dijo con coquetería y se giró para mirarme—. ¿O prefieres seguir evitando quedarte a solas conmigo?

Conocía los peligros de un camerino. El aburrimiento es un gran afrodisíaco.

—No te tengo miedo —dije, aparentando un poco de falsa fanfarronería.

Estaba en aprietos; podía deducirlo de su comportamiento. Andaba metido en un lío con Lady Percy desde Nochevieja. La había mantenido a raya durante las semanas y meses de ensayos y actuaciones con coqueteos e insinuaciones de que nos acostaríamos en la noche de fin de año. Así que, para el 31 de diciembre, ella puso mucho empeño en prepararlo todo para que ambos pudiésemos lanzarnos a los brazos del otro sin que nos vieran su marido, el reparto, el pueblo llano o los paparazzi. Su marido era un prometedor director de teatro de primera categoría de Montreal. Él iba a llevarse al hijo a Canadá de vacaciones para visitar a su familia, de modo que ella estaría sola cuando las campanas dieran la medianoche.

Se las agenció para que nos invitaran a todo el reparto a una fiesta de fin de año en el National Arts Club. Era una fiesta de gala. Alquiló una furgoneta para que nos recogiera en la entrada de artistas y de allí nos fuéramos directamente a la fiesta. Había seis botellas de champán muy frío en la furgoneta, y ella llevaba además un bolso lleno de éxtasis. Había una lista de reproducción preparada para el trayecto por la ciudad. Todo era perfecto.

Llegamos en grupo y lo pasamos realmente bien. Yo no estaba consumiendo drogas, pero no se lo dije. Los esmóquines, los vestidos de noche, los vitrales de Tiffany… todo consiguió transportarnos a otro tiempo y lugar: una ciudad de Nueva York más grandiosa, más perfecta. Al entrar el nuevo año, Lady Percy me guiñó un ojo y, en un gesto muy público, besó románticamente en los labios a Shannon, una de sus amigas (una actriz que aparecía en las escenas de taberna).

Nadie conocía nuestro acuerdo secreto. Debíamos salir subrepticiamente por separado y luego reunirnos de nuevo en el Mercury. Ese era nuestro plan, pero entonces, cuando estaba hablando con la mitad del reparto, se me escapó por la boca:

—Ey, ¿por qué no venís todos a mi casa en el Mercury y tocamos la guitarra, cantamos algunas canciones y pasamos el rato?

El grupo prorrumpió en manifestaciones de aprobación general: era una idea excelente.

Ella nunca vino. Al dividirnos para coger los distintos taxis, desapareció. Y así es como andaba metido en líos con mi mujer en la vida real *y* mi mujer en la ficción. Cuando me vi a solas con Lady Percy en el oscuro camerino iluminado con velas y perfumado con Chanel n.º 5, me dijo:

—¿Y bien, qué pasa contigo? ¿Qué te pasa para tener el rostro tan gélido?

Me levanté la camisa y le enseñé la herida.

—¡Ay, Dios mío, William! —chilló—. ¿Pero qué diablos...?

Empezó a pasar su mano con cuidado alrededor de mi estómago para examinar la herida.

—Siéntate y quítate la camisa.

Así lo hice, y le expliqué cómo había llegado a tener el abdomen ensangrentado.

—Túmbate —dijo con suavidad, asintiendo como si comprendiera—. Déjame que te limpie.

Fue a su pequeño cuarto de baño y pude oír cómo empapaba una toallita con agua caliente. Permanecí tumbado en la mullida cama individual de su camerino. Estaba agotado.

—Sé que te asusto, William, que me pasé de la raya la otra noche y que he estado comportándome como una tonta desde que empezamos con la obra. Quiero que sepas que comprendo por qué has estado evitando quedarte a solas conmigo —Hablaba desde el cuarto de baño—, y eso hace que me gustes aún más.

Al abrir los ojos, solo pude ver la sombra de su rostro tras su larga cabellera de color fresa.

—Eres como un ciervo que sale corriendo si alguien se acerca muy directamente. Lo comprendo, pero yo no quiero nada de ti. Y, algún día, tendrás que aprender cómo dejarte querer.

Se dio la vuelta y caminó hacia mí.

Me quedé tumbado en silencio mientras sus manos blancas presionaban la toalla caliente sobre mi piel. Era una sensación agradable. Los músculos de mi cuello se relajaron.

—Sé que respetas a mi marido —Lo cual era cierto, en efecto. Había intercambiado las suficientes palabras con él como para darme cuenta de que era un gran intelectual—. Y eso también hace que me gustes. Sé que no quieres tener nada conmigo. Pero *tenemos* algo, ¿sabes? —Levantó el paño húmedo y volvió al baño a buscar más agua caliente—. Me refiero a que hemos sido arrojados en el camino del otro por una razón… y, créeme, no somos responsables de lo que pase.

«¿Qué está pasando?», me pregunté. Cerré los ojos y decidí que debía tratar de ser estoico; yo no quería tener nada con esta mujer casada. Solo quedaban tres semanas y media de representaciones. Teníamos otra función en una hora y media, por amor de Dios. Podía conseguirlo.

—No te angusties, cervatillo, no voy a presentarme en la puerta de tu hotel llorando —dijo desde el baño—. Quiero a mi marido y nunca lo abandonaría, ni tampoco permitiría que él me abandonase. Él me engaña con otras y a veces me pregunto cómo debe ser.

Se acercó de nuevo a mí pero no siguió limpiando la herida inmediatamente. En su lugar, sostenía el paño húmedo caliente en una mano y me acariciaba el pelo con la otra.

—Cuando mi marido y yo nos enamoramos parecía que éramos la misma persona. En cada callejón de Montreal, entre bastidores, sobre el escenario, intentábamos unirnos en uno solo… si sabes a lo que me refiero. Y la pasión que sentimos cuando me quedé embarazada es un vínculo de titanio inquebrantable. Estamos unidos para siempre. Pero eso no significa que revolcarme contigo en el heno ocho veces a la semana no sea un desafío. Amo a mi marido y siento amor por ti. Te veo libre del matrimonio y me pregunto cosas, cosas que no quiero preguntarme. Eso puedes entenderlo, ¿no? —preguntó, limpiando lentamente de nuevo mi vientre, mientras el calor rodeaba poco a poco mi herida.

Cerré los ojos como un grillo atrapado en una telaraña. Lo que se avecinaba parecía inevitable.

—Puedo sentir lo nervioso que estás… pero, verás, yo creo que el sexo es como una oración. De verdad. Todos comprendemos de una manera animal nuestra interconexión con todo… que toda la vida está de alguna manera entrelazada. Y el sexo puede ser la expresión de esa unión —dejó que el agua caliente goteara en mi vientre, luego me limpió—. Por supuesto, puede ser otra cosa… algo violento, o algo obsesivo —Siguió limpiándome un poco más, y ahora se estaba acercando tanto a la zona más sensible de mi vientre que apenas podía respirar—. Pero, en el mejor de los casos, es algo curativo.

Se inclinó hacia mí y me besó la frente. Fue un beso casto; tenía los labios húmedos.

—Sé que puedes sentirlo cuando estamos sobre el escenario. Parece como si estuviéramos a salvo bajo una montaña guareciéndonos de la tormenta, ¿verdad?

Hablaba en susurros. Me desabrochó los pantalones para aliviar la presión alrededor de mi estómago y arrastró la toalla peligrosamente cada vez más abajo… lejos del dolor.

—Y sé que Shakespeare también lo sentía —se levantó

una vez más y volvió al cuarto de baño para aclarar de nuevo la toalla. Respiré de nuevo. Apagó la luz del baño, de modo que el camerino quedó a oscuras salvo por el destello de tres pequeñas velas de sándalo.

No se me ocurría qué cojones podía decir o qué excusa podía poner para salir de aquella habitación.

—No entiendo a la gente que dice que los actores no tienen un trabajo de verdad, que las vidas de los actores son absurdas y esas cosas…

Podía sentir su silueta moverse en la penumbra, cerca de mis pies, pero no podía ver nada.

—Para mí, la única vocación verdadera es toda una vida dedicada por completo a las artes escénicas.

Empezó a quitarme una de las botas, luego la otra. Mis pies quedaron libres.

Luego, cogió una toalla seca y la posó sobre mi torso y abdomen desnudos, para absorber la humedad.

—¿La verdad? —susurró—. Hace unas semanas me puse de rodillas en este camerino y recé. Así es. Recé por nosotros. Confesé que quería devorarte. Que tú me devora-ses entera. Y oí con claridad una voz que preguntaba: «¿A quién será eso de ayuda?». Y, en ese momento, estuvo claro para mí que tú no necesitas una amante. Necesitas una amiga. Y yo no necesito un amante; tengo un marido. Este sentimiento que compartimos… este sentimiento no es amor. Es como el amor, pero tiene otro nombre…

Yo no estaba en mi mejor momento y cerré los ojos con fuerza. Ella fue apagando las velas una a una. El olor penetrante del sándalo invadió la habitación.

—El sexo… —susurró— es el único vicio sano. Sea cual sea el origen de nuestra creación, es el mismo para ambos. Y aunque acariciarte el pelo de este modo —y en la oscuridad hizo exactamente lo que describía— no nos acerca necesariamente a ese origen divino, nos hace sentir menos solos y desamparados, ¿verdad?

Estaba inclinada sobre mí, observándome en la penumbra. Apoyó la mano sobre mi plexo solar. Mi pecho subía y bajaba. Su mano danzaba delicada y peligrosamente cerca del dolor abrasador que todavía hervía cerca de mi vientre. Sus labios emergieron de la oscuridad y me besó enteramente en la boca por primera vez. Solo fue un momento.

—Sé que te dolió que los chicos aplaudieran esta tarde ahí fuera. Lo sé. Pero no seas tan predecible. Sal ahí fuera y sé el malo. Me gusta que seas malo.

Deslizó el dedo por mi nariz y labios.

—Es solo que no… —empecé, medio intentando hablar con esfuerzo. Me tapó la boca con la mano.

—Deja de preocuparte. Recemos —dijo en voz baja por encima de mí.

Pude oír su respiración en la oscuridad durante largo rato. No se movió. Cuando desperté… se había ido. Me sentí descansado por primera vez en una eternidad.

* * *

En la puerta de mi camerino, siguieron apareciendo las citas anónimas. De T. S. Eliot, sobre el teatro, el ruido sordo de las alas, el movimiento de la oscuridad, y la quietud de la luz.

* * *

De nuevo con sentimiento. La función vespertina empezó de maravilla. Estaba empeñado en demostrarle al rey que ver mi sombra no me había asustado. Aún estaba fresco como una rosa. Seguía siendo perfectamente capaz de interpretar este papel incluso mejor que antes. Ni el bueno, ni el malo, solo la verdad.

Primer acto, tercera escena: mi primera escena con el rey. Les di lo mejorcito, y desaté la misma furia abrasadora, pero ahora con una pizca más de «viejo cabrón pichafloja con el cuello colgante».

—*Mi señor, ¡yo no he rehusado entregar a NINGÚN prisionero!* —empecé.

Me siguió el juego.

Volviéndose hacia los caballeros que lo rodeaban, me señaló y dijo:

—*Mas, sin embargo, sí que rehúsa entregar a sus prisioneros, a excepción y con la condición de que nosotros, por nuestra cuenta, paguemos el rescate de su cuñado, el insensato de Mortimer* —Soltó una sonora carcajada burlona—. *¿Deberíamos, pues, vaciar nuestras arcas para redimir a un traidor y traerlo a casa?*

—*¿Rebelde, Mortimer?* —pregunté con incredulidad—. *Él nunca cometió falta alguna, mi soberano señor, salvo por el AZAR DE LA GUERRA!* —Esto último lo enfaticé. Gilipollas.

En ese preciso momento, el rey se puso como una fiera, como a menudo hacía, y me salpicó la cara con versos de Shakespeare:

—*¡En las montañas infértiles, que de hambre SE MUERA!*

Casi se me despellejó la piel de la cara cuando el viejo me enseñó quién tenía más dignidad.

—*¡Mentís, Percy, mentís!* —condenó de nuevo—. *¿No sentís vergüenza? ¡Entregadme a vuestros prisioneros, o tendréis noticias mías que no os complacerán!*

Esta noche, en particular, él sentía mi emoción. Le estaba demostrando que no había perdido nada, y ahora él también me ofrecía un poco más de sí. Tenía la cara de color carmesí, las fosas nasales enardecidas por la cólera, los ojos de color púrpura. Continuó:

—*¡He tenido la sangre demasiado fría y templada! Holláis mi paciencia, pero tened por seguro que de ahora en adelante seré yo mismo…* —Hizo una pausa para dar efecto y luego silenció el teatro con la frase final:— *¡Poderoso y temible!*

Al rey se le pusieron los ojos en blanco, la lengua empezó a colgarle demasiado fuera de la boca, como la de una vaca muerta, y entonces se desplomó. Cayó como una sandía que se cae fuera de un camión, con un golpe fuerte y estrepitoso. Me quedé de pie por encima de él, en el centro del escenario, mientras observaba la posición desencajada de su cuerpo.

El público no entendió que esto no era lo que se suponía que debía ocurrir en la obra. Se entregan tan completamente a la realidad del escenario que podrían presenciar la muerte de un hombre justo delante de ellos sin siquiera pestañear. Todos esbozaban sonrisillas de felicidad. Había una marea humana en frente de mí. Los miré y me quedé estupefacto. Les estaba encantado. Estaban encaramados en lo alto de sus asientos.

Me quedé inmóvil, aturdido. El resto de actores, todos los que actuaban en la tercera escena del primer acto, la escena en la corte del rey, se habían quedado parados mirando a veinte metros de mí. Sin decir nada, clavé la mirada en la sala durante lo que pareció una eternidad. Un espectador se me quedó mirando fijamente. Era un hombre asiático de unos cuarenta años, muy atractivo con su traje elegante. Con la voz sumamente amortiguada, como si tuviera un calcetín en la boca, dije:

—¿Hay algún médico en la sala?

Nadie me oyó. Recuerdo que pensé: «¡Cuidado, William! No pierdas los papeles y te desgañites la voz». Había un hombre muerto a mis pies —un amigo, un mentor, un puto héroe santo, ¡un *rey*!— y en lugar de pedir ayuda a gritos, murmuré para mis adentros y alcé la vista con la mirada perdida hacia las luces, con la esperanza de que el director de escena hiciera algo. ¿Este era el momento que escogía para ser prudente?

—¿HAY ALGÚN DOCTOR EN LA SALA? HAY UN ACTOR INDISPUESTO. PARECE QUE ESTÁ SUFRIENDO UN INFARTO.

Ezekiel dio un paso al frente. Y, por fin, como si la potente voz de Ezekiel hubiera roto un hechizo maligno, yo también pude hablar.

—Encended las luces de la sala —solicité a la cabina de proyección—. ¿HAY ALGÚN DOCTOR EN LA SALA? —repetí. Al haber dos de nosotros hablándoles directamente, el público pareció despertar de un sueño.

El asiático bien vestido subió al escenario con aprensión.

—Déjenme ver —dijo el hombre con suavidad—. Yo soy médico.

Nos acercamos y lo observamos. Las luces de la sala se encendieron y la voz del director de escena resonó por el altavoz.

—SEÑORAS Y SEÑORES, VAMOS A HACER UN BREVE RECESO. LES ROGAMOS QUE ESPEREN FUERA.

Nadie se movió. Para mí, era evidente que Edward había muerto. El color de su piel y todo en él tenía simplemente mal aspecto. Su pecho no se movía. La lengua gris colgaba lánguida y suelta sobre el suelo del escenario.

El tipo encargado del atrezo, David, se acercó y empezó a darle golpes en el pecho. Me daban ganas de decirle: «¡Para ya! Está muerto», pero había tanta gente apiñada ahora en torno a las vestiduras reales en las que estaba envuelto su cuerpo que me eché atrás. Los acomodadores intentaban que el público se moviera hacia las salidas, pero la multitud de más de un millar de personas seguía de pie mirando y cambiándose de sitio. Nadie apartaba los ojos del escenario, pero el rey ya había abandonado el teatro.

Acto V
Si los deseos se hicieran realidad

Las tinieblas no son oscuras para ti;
la noche brilla como el día, pues la oscuridad es luz.

—Salmo 139: 12

Mi padre me había vuelto a escribir y había incluido esta cita bíblica como asunto del mensaje. La conocía bien. La había memorizado para mi confirmación. En un extraño acceso de necesidad o de ira, le respondí. Si de verdad decía en serio lo de que estaba dispuesto a ayudarme, le dije, me tocaban los niños el fin de semana en que terminaba la temporada de representaciones, no tenía a nadie que los cuidara y tenía que actuar en una obra de cuatro horas de Shakespeare el viernes, el sábado hacer doble representación y el domingo la actuación final a las tres. Si quería venir a echar una mano, le estaría agradecido. Sabía que no lo haría.

Su respuesta:

—Puedo estar allí el viernes antes de la función, y quedarme para las dos del sábado, pero debo marcharme el domingo por la mañana. El lunes empiezo una semana ajetreada de trabajo.

Y lo hizo. Mi padre llegó de Houston con mis dos hermanos menores, y todos parecían comprometidos con la idea de echarme una mano. Mis hermanos de catorce y doce años cuidaron muy bien de los niños mientras mi padre y yo nos tanteábamos. Nos habíamos visto de vez en cuando a lo largo de los años; este no era nuestro primer intento de reconciliación. Nos visitó cuando los niños nacieron y en unas cuantas ocasiones más, pero a menudo le exigía airado que se disculpara o lo evitaba emocionalmente. Todos los reencuentros empezaban con una expectativa de reconciliación y terminaban en una especie de decepción silenciosa.

—Las cosas malas se pueden revertir —me dijo mi padre, ya de cincuenta y un años, con su ligero acento sureño—; lo que no se pueden es convertir por arte de magia en algo bueno.

Bajábamos caminando por la Sexta Avenida después de mis dos representaciones del sábado, y yo me fumaba un cigarrillo sin siquiera preocuparme por lo que pensara. Ahora escondía el tabaco de mis hijos, pero no de mis padres. Le acababa de decir a mi padre lo mucho que me hubiera gustado que viera a Edward interpretar al rey y no a su suplente, y que me encantaría que pudiera quedarse a ver el regreso del rey para la clausura. Edward había muerto, pero solo durante siete minutos. La noche de cierre sería su primera actuación de vuelta. Se había perdido dieciocho representaciones debido a ese ataque al corazón. Los técnicos de emergencias sanitarias se abrieron paso hasta el centro del escenario, lo acribillaron a descargas eléctricas, lo reanimaron y se lo llevaron rápidamente al hospital. La función de aquella noche se canceló. Llamaron a J. C., pero llegó demasiado tarde. Se sentó en una de las alas vacías del escenario, llorando quedamente:

—Ahora no, Teddy, ahora no, por favor. El viaje aún no ha terminado. Ahora no.

* * *

—No siempre sale todo bien. No todo «es bueno» —dijo mi padre.

Habíamos sacado a la perrita para su paseo nocturno. Era casi medianoche pero las luces de Nueva York aún brillaban y los faros de los taxis hacían relucir las aceras. Todavía había adornos sucios de Navidad y Año Nuevo que colgaban de algunos escaparates descuidados.

—El tiempo no cura nada por sí mismo. El tiempo puede ayudarte a olvidar, pero no arregla nada solo por el mero hecho de transcurrir. Tienes que volver al origen y curar la herida.

Mi padre acababa de ver la obra, y se había puesto filosófico con Shakespeare.

Cuando vino entre bastidores después de la función, disfrutó al ver a todos los actores de una manera un poco tontorrona, como un fan. No creo que hubiera visto una obra desde que terminó el instituto. Se dio una vuelta por los pasillos detrás del escenario, mientras estrechaba manos cortésmente y felicitaba a todo el mundo con amabilidad. Fue interesante ver el respeto que todos le tenían. Apenas lo había visto nunca relacionarse con nadie que no fuera conmigo.

Se acercó efusivamente al suplente del rey y citó la frase: «¡Los hijos, qué cosas son!». Se giró para mirarme. Ezekiel y él se hicieron amigos enseguida. Acabaron dándose una brazo cuando nos fuimos.

—La mayor parte de la gente que conozco en Houston se pasa la mayor parte de su vida bajo la falsa impresión de que tienen el control de su futuro. La sociedad contribuye a mantener esta ilusión… Pero, por extraño que parezca, es cuando nos sentimos heridos y vulnerables que nuestro amor alcanza su verdadero poder. Como el propio Jesucristo, ¿entiendes? Ahí clavado y sangrando de esa manera.

Me miró mientras le daba la última calada al cigarro. Yo no entendía mucho, pero podía ver que mi padre era fascinante cuando hablaba con calma de su pasión religiosa. Durante toda mi vida, su fe había sido tan real para él como sus propias manos. Cuando se sentía cómodo, solo hablaba de Jesús.

Prosiguió:

—El sentido de alzar la vista y rezar a un crucifijo es que no debemos temer el dolor: el dolor es el sentido de la vida. Sé que es difícil de comprender pero, al romperse, tu corazón simplemente se abre. Deja que se abra. Eso es lo que te digo… Deja que tu intelecto o tu voluntad, o como quieras llamarlo, tu proyecto de vida… se transforme en fe.

La mayoría de los hombres adultos que conozco adoptan una pose, una apariencia… una máscara de masculinidad que se convierte en su rostro. Es una manera de identificarse ante el mundo. Mi padre no lleva máscara. Su inocencia es sincera y arrolladora.

—Y recuerda que, cuando digo «fe», no me refiero a la *fe* en que Dios existe… La fe es tan solo una manera de abrirse del todo a la presencia posible del *amor*.

Hay un bar a unos diez minutos del Mercury que siempre está abierto hasta tarde y que me deja entrar con la perrita. Mi padre y yo nos abrimos paso a través de las puertas. Dos gais con chaquetas de cuero se estaban enrollando descaradamente en el umbral, con las barbas mojadas de babas. Mi padre pasó de largo. En la barra, en una cesta, había caramelos rancios sobrantes de Halloween.

Mi padre estaba feliz de resguardarse del frío. Es de

Texas. Tenía las mejillas coloradas y los ojos brillantes detrás de las gafas.

Nos acercamos a la barra.

Le presenté el camarero a mi padre. Se mostraron cordiales un momento mientras mi padre pedía una cerveza. Yo pedí un whiskey y una *ginger-ale*. El camarero se fue y nosotros nos movimos y nos sentamos en una mesa de la esquina, debajo de un cartel de neón verde y polvoriento de Budweiser.

—Sé que esto es muy enrevesado, pero quizás justo cuando crees que las cosas no pueden ir peor, es que puede haber algo «enderezándose» dentro de ti.

Esbozó una sonrisa amplia, pausada y amable y se quitó las gruesas gafas. Al instante sus ojos se volvieron mucho más pequeños que de costumbre.

Durante toda esta época de mi vida, yo había sido como una furgoneta estropeada, o algo que la gente siempre intentaba arreglar y llenar. Adondequiera que fuera, todo el mundo intentaba cuidar de mí, darme consejos, recomponerme. Siempre me sentía un poco desorientado mientras escuchaba, como si estuviera esperando algo. Esperando para irme. Esperando para fumarme un cigarrillo. Esperando a alguien... En aquel momento, en el bar, me di cuenta de que había estado esperando a mi padre.

—Y luego, otra vez, puede ser que las cosas vayan a peor. No hay manera de estar seguro —se rio.

Me bebí el whisky de un trago y pedí otro. Se produjo un momento de silencio entre nosotros. Las dos televisiones situadas en las esquinas del bar seguían emitiendo resúmenes deportivos. La cachorrita lamía restos de patatas fritas a nuestros pies. Mi padre se puso las gafas de nuevo y sus ojos volvieron a agrandarse. Un hombre de sesenta y tantos intentaba ligar con una mujer mucho más joven en la oscuridad del bar, junto a los aseos.

—Libertad —susurró—: eso es de lo que te estoy hablando. No en el sentido de *liberarse de* algo. Eso no es importante... lo que uno quiere es *liberarse para* algo... o, si lo prefieres, liberarse de la propia voluntad egoísta, *para* amar a los demás... para la realidad. Creo que por alguna razón que no podemos comprender, es importante que las realidades más valiosas de la vida permanezcan ocultas. ¿Por qué hay una luna? —sonrió—. «Os hablaré por medio de parábolas y os revelaré cosas ocultas desde la fundación del mundo». Mateo 13: 35 —citó.

Los únicos temas sobre los que mi padre y yo conversábamos normalmente largo y tendido eran la liga nacional de fútbol americano, la Biblia o el cine. Los dos teníamos muy buena memoria para recordar ciertas jugadas de fútbol o frases de películas. Era como si Shakespeare lo hubiera alentado, o tal vez porque yo parecía tan herido y tan débil, él se sentía seguro para hablar con libertad de cualquier cosa sin temor a un contraataque.

—El divorcio con tu madre casi acabó conmigo —dijo—. Tenía miedo de perderte, de perder mi capacidad de estar con una mujer, de amar cualquier cosa...

Estiró la mano y me tocó ligeramente el brazo.

—Verás, ahora mismo yo creo que Dios está intentando liberarte, William, de los falsos ídolos que te has construido en torno a ti mismo, de tus relaciones, posesiones, sentimientos, comportamientos, trabajo, incluso de tu éxito... de todo eso. «Si el grano de trigo no cae en la tierra y muere, seguirá siendo un grano», Juan 12: 24. La libertad es sustracción, ¿entiendes? Sé que te dolió perderme, por ejemplo. Y a mí también...

«¡Ajá! Así que a esto se debe esta charla», pensé. Mi padre se estaba preparando para ir al grano.

—Tú no eres mío… tú eres más grande que cualquier cosa que yo pueda crear —dijo mi padre—. No pude quererte como es debido cuando eras un niño. Sentía demasiado dolor. No era maduro. Tu madre era demasiado… complicada —dijo, escogiendo con cuidado una palabra libre de juicio—, y te fallé.

Sonrió llanamente en la penumbra del bar de Chelsea.

—Pero creo que, en mucho sentidos, creciste de forma maravillosa precisamente porque no pude quererte como es debido. Sé que esto puede sonar a que intento exculparme a mí mismo, pero no es eso lo que pretendo. Quiero decir… yo no estoy libre de culpa, pero tú sí. ¿Entiendes? He estado «ahí» mucho más para tus hermanos y, créeme, ellos pueden confirmártelo: no te has perdido mucho, ¿sabes? —rio—. Y, evidentemente, el mérito de tu éxito es tuyo. Eso no significa que no me sienta avergonzado… Ay, hijo, ya lo creo que sí, y lamento muchísimo haberte hecho daño en tantos sentidos. Durante años, he intentado volver atrás y buscar la fuente del dolor entre nosotros. ¿Cuál es el momento al que debo retroceder para subsanarlo? Es difícil encontrar el punto exacto.

Yo seguía sentado, alucinando. Llevaba como mil años esperando una conversación así. Como un campo seco azotado por la lluvia, lo absorbía todo.

—Ya hace tiempo que no rezo por nada en concreto… —dijo, cogiendo impulso—. «Velo, como un pájaro solitario sobre el tejado». Salmos 102: 7. Ya no rezo por una reparación del daño entre tú y yo; ni por tu perdón; ni siquiera por la salud de todos nosotros; ni por… nada. Porque, sinceramente, me doy cuenta de que ya no sé *qué es* por lo que debo rezar. Lo único por lo que rezo es por una mayor comprensión del amor, eso es todo.

Respiró hondo. Sé que quería que yo dijera algo, pero yo me había quedado pasmado. Cuando el silencio se hizo demasiado pesado, continuó.

—Supongo, William, que he estado pensando mucho sobre el cielo. Sobre lo que nos pasa cuando morimos. Pensé mucho en ello al ver tu representación de esta noche. ¿Qué haremos todos en el cielo?

—No lo sé, papá, ¿de verdad crees que existe el cielo?

—Por supuesto. ¿Dónde si no *estaremos* durante toda la eternidad?

La perrita encontró una alita de pollo y tuve que quitarle esa porquería de la boca.

—Yo pienso en la eternidad. Y luego pienso en cuando me llamaste a los dieciocho años y me pediste dinero para poder ir a la escuela de arte dramático.

—Tenía diecisiete.

—Sé que no te apoyé. Y lo siento.

—No pasa nada. Así trabajé más duro, ya está.

—No es que no creyera *en ti*. No creía en la actuación, ¿sabes?

—Lo sé.

—Es que de verdad que no pensaba que pudieras ganarte la vida con eso. Pero, luego, al ver a todos esos actores esta noche… lo maravillosos que eran… empecé a pensar a qué me he dedicado yo en la vida, al negocio de los seguros, ya sabes… Es curioso, porque en el cielo no harán falta seguros. Ninguno en absoluto. Pero sí se necesitará poesía y canciones y chistes… La gente valorará lo que has aprendido. No importa si no te puedes ganar la vida con ello. Shakespeare será importante. Tú serás valioso, William. Y yo me quedaré allí sentado escuchando, mientras me doy cuenta de cómo he malgastado mi vida.

Sonrió y terminamos nuestras bebidas. La perrita estaba inquieta, tirando de mis pies.

—Creo que es hora de que nos vayamos yendo —susurré—, o si no tendré que emborracharme.

Pagamos y emprendimos el camino de vuelta al Mercury. Intenté entender quién era el hombre que caminaba junto a mí… Parecía casi como un actor que reconocía de una película de mi infancia, pero ahora se había quitado el maquillaje y me encontraba con el hombre real.

Entramos en el Mercury. Había un yonqui sentado en un sofá de la entrada, que devoraba una tarrina de helado. Dos jóvenes discutían sobre el precio de su habitación con Bart, en la recepción.

—¿Necesitas una mano? —pregunté.

—No —sonrió.

Mi padre y yo nos quedamos en silencio en el ascensor mientras subíamos al séptimo piso.

Una vez fuera, atravesamos las sombras del antiguo pasillo hasta dar con nuestra puerta. Hurgué en mis bolsillos en busca de la llave.

Nos cepillamos los dientes uno al lado del otro por primera vez en casi veinte años.

—Me encantan las toallas de los hoteles, ¿a ti no? —preguntó.

—Gracias por venir y cuidar de los niños —dijo—, y gracias por traer a mis hermanos, y gracias por venir a la representación.

—Ay, William, la verdad es que… —parecía tan tierno y feliz, y señaló con un gesto a mis hermanos, que dormían en el sofá— creo que este es el mejor día que he tenido en mucho tiempo. Seguramente acabe llorando hasta quedarme dormido —soltó una sonora carcajada—. Espero que no te importe.

—No te preocupes —sonreí—. Yo lo hago constantemente.

Nos lavamos la cara, apagamos las luces y nos fuimos a dormir juntos. No había dormido con mi padre en la misma cama desde hace Dios sabe cuánto.

—Tan solo me gustaría disculparme por una cosa más —dijo mi padre dirigiéndose a la oscuridad.

—Por el amor de Dios, papá —me reí—, deja algo para mañana.

—¿Te acuerdas de tu noveno cumpleaños, cuando fui en coche a Atlanta? —preguntó.

No respondí.

—Bueno, pues tu madre me llamó al día siguiente cuando estaba de vuelta en Austin y se sentía muy disgustada y me dijo que podía volver. Me ofreció regresar a casa con vosotros. Y no pude hacerlo —Podía sentir su voz desgarrada por el dolor, y empezaba a sonar como la mía . Simplemente no pude hacerlo. No podía creer que lo dijera en serio. Pensé que volvería a hacerme daño. Y yo me sentía demasiado... no sé, demasiado vulnerable —pronunció esta última palabra como si estuviera maldita—. Pensé que si lo intentaba de nuevo y no funcionaba, me vendría abajo. Que moriría o algo así. Y lo siento tanto. Sencillamente no era lo bastante fuerte. Me odié a mí mismo durante mucho tiempo por esa debilidad.

—Papá —susurré—, no es que no fueras lo bastante fuerte. Fuiste listo y ya está. Puedes sentirte mal si quieres por perderte cosas de mi infancia, pero nunca, nunca,

nunca se habría salvado tu matrimonio con mi madre. Te lo prometo; la conozco mucho mejor que tú.

—Comprendo que sea eso lo que piensas —dijo con su voz ronca sentimental—, pero lo cierto es que tú no conoces a la misma mujer que yo.

Nos quedamos de nuevo en silencio.

—Me alegro de que estés aquí ahora, papá. De verdad, me alegro mucho de que hayas venido.

Permanecimos tumbados el uno al lado del otro bajo las sábanas, a una distancia prudencial.

—No digo que lo correcto hubiera sido volver con tu madre —añadió mi padre en voz baja—, solo que lamento haber tenido miedo.

Y añadió, adoptando un acento británico:

—Peachy, ¿podrás perdonarme por ser tan estúpido y tan arrogante?

—¡Ay! —sonreí al reconocerlo—. ¡Puedo, y lo hago!

* * *

Había llegado el día de la última representación. Por alguna razón, de repente me sentía nerviosísimo de nuevo. Metí a mi padre y a mis hermanos en un taxi para ir al aeropuerto y luego me fui a toda prisa, con los niños a cuestas, a coger la línea 1.

Mientras viajábamos en metro hacia el teatro, mi hijo se giró hacia mí y me dijo:

—Papá, hay algo que me preocupa mucho.

Estaba sentado en mi regazo, todavía con el pijama de *Star Wars* debajo del abrigo y las botas.

—Bueno, hijo, ¿y qué es?

—Creo que tengo un problema con la bebida —dijo.

—¿En serio? —pregunté.

—Sí, lo he intentado una y otra vez pero no puedo dejarlo. Bebo por las mañanas, por las tardes… Bebo varias veces al día.

—¿Y qué bebes? —pregunté.

—Pues, ya sabes, de todo.

—¿De todo?

—Sobre todo, zumo de naranja.

—Eso no tiene nada de malo —dije.

—¿No?

—No.

—En la tele, dijeron que si bebes más de dos veces al día, es que tienes un problema. Y yo bebo mucho más, papá, de verdad.

—Pero se refieren al alcohol —me reí.

—Ah —se detuvo un momento—. ¿Eso qué es?

—Cerveza, vino, ese tipo de cosas. O el champán. Tú puedes beber todo el zumo y el agua que quieras.

Me abrazó, y yo le devolví el abrazo. Su hermana se inclinó hacia nosotros para ver qué pasaba. Sonreímos y la abrazamos también.

Ojalá todos mis problemas fueran así, como un gran malentendido.

Cuando llegamos al teatro con iPads cargados al cien por cien, peluches y lápices de colores, encontré la última cita pegada a la puerta del camerino. Era una frase de Dostoievski sobre el placer de romper cosas.

Recogí el papelillo y lo pegué en el espejo del camerino junto al resto. Ya había una barbaridad. Este admirador secreto había dejado casi treinta citas de este tipo. Aún no tenía ni idea de quién era; ni Ezekiel ni yo habíamos visto nunca a nadie merodeando sospechosamente. Estaba claro que eran para mí, porque todas aparecían pegadas a la puerta con cinta adhesiva y con la inscripción en tinta negra: «Para W».

Al principio, pensé que era Lady Percy la que dejaba las notas, pero la confronté y resultó que no era ella. Luego pensé que podía ser el rey Edward, pero siguieron apareciendo incluso cuando estaba en el hospital. Después me inquietó pensar que tal vez procedieran de mi suplente, Scotty, pero la caligrafía no parecía corresponderse.

El director de escena dio de nuevo la bienvenida a Edward por el intercomunicador.

Durante más de dos semanas habíamos hecho la representación sin el rey. Su suplente era muy competente. En varias escenas echábamos de menos a Edward, pero en otras podría incluso decirse que el suplente interpretaba el papel un poco mejor. No cabía duda de que el suplente era más cómico. Conseguía muchas risas del público que Edward había dejado escapar. Edward era el actor más grande y sabio con el que nunca había trabajado… y, en algunos aspectos, la representación era mejor sin él. Sencillamente no me entraba la idea en la cabeza. Con Edward, la representación tenía más profundidad, sensibilidad, tristeza; pero con Jerome, la función iba seis minutos más rápido y era incuestionablemente más airada y cómica. En cada una de las dieciocho representaciones en las que Edward no estuvo, el público se puso en pie para la ovación final. Era como si nada hubiese cambiado. Yo prefería *Enrique IV* con Edward, pero sabía que muchos espectadores se consideraron afortunados por asistir a la función y descubrir esta «joya oculta». Todo esto me desarmaba. Porque si ni siquiera Edward era irreemplazable…

Unos días después de que sucediera lo del infarto, el director de escena me informó de que Edward había solicitado verme. Cuando fui a verlo al hospital, me dio la bienvenida nada más llegar.

—Bien, mi tutela ya ha concluido —anunció cuando entré en la habitación antiséptica.

—¿Qué quieres decir?

—¡Pues que te enseñé a pronunciar la frase más famosa del teatro! —dijo.

Lo miré perplejo.

—¡La de «hay algún doctor en la sala»! Ahora estás ya preparado para cualquier cosa —se rio—. Sí, he resucitado de entre los muertos, aunque sea por poco tiempo.

El espacio de su habitación de hospital era equilibrado y uniforme, y en el ambiente reinaba una calma absoluta, igual que en su camerino.

—Bueno, gracias —dije.

—Tienes la voz fatal.

—¿Y qué le voy a hacer? —le espeté—. Ha ido empeorando cada vez más.

—En primer lugar, tienes que dejar de hablar tanto.

Hizo un gesto para que me sentara.

—Tengo tanto miedo de perderme una representación… —susurré—. Todavía me despierto por las mañanas y lo primero que me viene a la cabeza es qué pasaría si perdiese ahora la voz y no fuera capaz de hacer la última representación contigo.

Se me quedó mirando fijamente, con rostro circunspecto.

—¿Sabes quién es el violinista Michael Rabin? —preguntó el rey.

Negué con la cabeza.

—Desarrolló una peculiar fobia a actuar. Le preocupaba que se le cayera el arco. Le preocupaba tanto que se le cayera que apenas podía pensar en otra cosa que no fuera eso. Se secaba las manos constantemente antes de cada actuación, y empezó a distraerse y a perder la concentración. Se obsesionaba hasta la neurosis con la temperatura de cualquier sala en la que iba a tocar, así que se volvió difícil trabajar con él…

El rey hizo una pausa y me miró de arriba abajo.

—Ya no disfrutaba tocando. Lo único en lo que podía pensar era en qué pasaría si se le caía el arco. Se imaginaba que el público soltaría un grito de horror. La gente vería que no lo tenía todo tan controlado como aparentaba… lo ridiculizarían y se reirían de él. Los críticos dirían que era un aficionado. Si se le resbalaba y se le caía, ¿sería siquiera capaz de continuar? No podía ver más allá de ese miedo. Todavía seguía de gira y sus manos empezaron a sudar más y más profusamente. El arco se fue volviendo inestable en su mano, como nunca le había pasado. Se levantaba cada mañana antes de un concierto con una tremenda crisis de ansiedad. Así que, antes de una actuación, en la mejor de las salas de Viena, informó a los músicos que lo acompañaban que iba a dejar caer deliberadamente su arco después de tocar un determinado pasaje. Lo dejaría caer y lo recogería y luego volverían a empezar. En sus partituras, todos marcaron el momento. Lo hizo. Lo dejó caer. El público ahogó un grito. Recogió el arco y siguió tocando. Y todo fue bien. Algunos incluso escribieron que fue su mejor concierto. ¿Comprendes? Ninguno de ellos llegó a mencionar que se le cayó el arco.

Sacudí la cabeza; no lo entendía.

—Tienes tanto miedo de perder la voz que cada noche sales al escenario y tratas de destrozártela. Tu fobia está acabando por crear la realidad.

Se inclinó hacia delante y susurró con su voz anciana y aterciopelada:

—No hay por qué tener miedo. Si te pierdes una representación el mundo seguirá adelante… y tú también. Estás dejando que el miedo te supere. Tú no eres esencial para esta producción. Ni yo tampoco. Ni Virgil. Como mucho, contribuimos de manera significativa, pero ninguno de nosotros somos esenciales por separado. Yo he estado en los ensayos de los suplentes. Scotty, concretamente, es excelente.

Bebió un sorbo de Gatorade.

—No es como tú. Pero interpreta muy bien el papel de Hotspur. ¿Quieres un poco? —preguntó, señalando la garrafa de Gatorade rojo.

Asentí.

—¿Qué tal es? —pregunté. Me sentía como si estuviera visitando a los muertos y pudiera hacer la única pregunta que verdaderamente importaba.

—¿A qué te refieres? ¿A perderte una representación?

Asentí y bebí un sorbo. El líquido alivió los rincones desgarrados de mi garganta.

—Deja caer el arco, y la próxima vez sáltate una o dos representaciones.

Me miró y supo lo difícil que sería para mí hacer eso alguna vez.

—No puedes estar presente en tu destino si no estás presente durante el viaje. ¿Entiendes? —sonrió el rey—. El problema es el miedo, no la voz.

Asentí, aunque no comprendía. Entonces pregunté, lo más bajo que pude:

—¿Miedo de qué?

—No puedo asegurarlo… Probablemente temes no ser tan fuerte como te gustaría que todos creyéramos que eres

—esbozó una sonrisita de satisfacción—. Pero, ¿adivina qué? Ya lo sabemos.

Me quedé sentado, inmóvil.

—Yo siempre me imagino como un águila —prosiguió el rey—. Suena estúpido, pero no me imagino a las águilas comiéndose la cabeza, ¿sabes? Intento no tergiversar el presente y convertirlo en algo que no es. Trato de aceptarlo con sus condiciones irrefutables.

Me dirigió una sonrisa.

—No te dejes engañar, nada es tan emocionante como lo que *es*. El momento que viene después no es mejor que el que sucede ahora. Este preciso instante. Todos los momentos de nuestra vida son indestructibles. ¿Comprendes? El «ser o no ser» no se trata de decidir si quitarte la vida o no; es preguntarte: ¿Vas a estar despierto y presente durante tu vida? ¿Eres capaz de ver que el hoy no es un puente a ninguna parte?

Nos quedamos sentados mientras él se limitaba a mirarme. Había mucho ruido en el hospital, con los teléfonos sonando, las sillas de ruedas que pasaban chirriando o los anuncios por el interfono.

—Por este motivo, para mí, actuar en el teatro es una profesión tan noble. Al intentar estar presentes en el escenario tenemos la oportunidad de cultivar nuestra capacidad para estar presentes en la vida. Libérate de todas las ilusiones y distracciones y vive en el presente lúcido. Nuestras vidas se componen de nuestros esfuerzos por estar presentes momento a momento. Crecemos en proporción a nuestra capacidad para vivir en una realidad auténtica. El escenario es una plataforma en la que desarrollarnos.

Sonreí.

—Sé que sientes que tienes el corazón roto, que has

perdido la voz, a tu mujer, a tu familia, y que sientes que no puedes superarlo. Pero no te preocupes, nuestros corazones son muy resistentes. He tenido dos infartos. Mi corazón está hecho polvo y, aun así, aquí estoy —Sonrió e intentó tomarse el pulso—. Como nos recuerda nuestro dramaturgo: «¡Vive y ama tu miseria!».

Me pidió que ensayara los diálogos con él, y lo hicimos durante una hora más o menos. Yo tenía órdenes estrictas de volver al teatro e informar a todo el mundo de que no había sufrido daños cerebrales y de que era capaz de terminar la temporada. Solo iba a regresar para la última representación; quería que Jerome continuara todo lo posible para que la gente «se alegre por él y me echen de menos a mí».

—Nunca dejes que tu suplente te sustituya solo para una función. Si vas a faltar, debes perderte tres por lo menos —me dijo desde su cama en el hospital—. En la primera actuación, todos los suplementes son «magníficos». Salen al escenario con la adrenalina por las nubes, y todo el mundo está muy agradecido de que el suplente no lo echara todo a perder. No, debes dejar que se agoten y se vuelvan corrientes… y, entonces, regresas y reclamas tu papel.

Compartimos un poco más de Gatorade. Me preguntó cómo iba el tema de mi matrimonio.

—Bah, bueno, bien… —respondí—. No sé por qué pero tengo todavía la esperanza de que, de algún modo, todo esto acabe arreglándose de la mejor manera posible.

—Bueno, ¿sabes lo que te digo? —Edward rio—. Si los deseos se hicieran realidad, todos los mendigos serían reyes —estalló en una carcajada—. Si no hubiera perdido a James —continuó—, habría tenido una vida sin mácula. Me he divorciado en dos ocasiones pero, en el fondo, esas relaciones no me persiguen —Una sombra recorrió su cuerpo—. James... Eso sí que fue un desastre.

Dio un sorbo al brillante líquido rojo de su taza blanca de poliestireno, se limpió la barbilla y mantuvo la mirada fija en la ventana del duodécimo piso del Lenox Hill Hospital.

Me contó que James, su único hijo, se había suicidado cuando tenía veintitrés años. Puede que fuera bipolar. Puede que fuera gay y temiera salir del armario. Puede que Edward se hubiera ausentado durante demasiado tiempo. No conocía la respuesta.

—Cuando murió, me juré a mí mismo una cosa —añadió Edward—: que no iba a dejar que esta tragedia me definiera. Y estoy orgulloso de ello. He seguido adelante. He levantado cabeza. Eso no significa que no lo eche de menos. Tampoco quiere decir que no cargue con buena parte de la culpa y la arrastre conmigo a diario, pero me consuelo a mí mismo al pensar que hay sin duda padres peores que yo. Ha habido padres terribles a los que no se les suicidó ningún hijo.

Una auxiliar vino a hacer un seguimiento de sus constantes vitales. El rey no prestó atención mientras le tomaban la tensión y comprobaban la vía intravenosa.

—Debería haberme preocupado más por él... eso es cierto, pero ahora ya no puedo hacer nada. Excepto intentar convencerte de que las decisiones que tomamos son importantes.

Se giró y me miró directamente; sus ojos azules eran de una claridad cristalina a la luz del hospital.

—Cada decisión es importante. A veces el tiempo pasa sin darse cuenta y las páginas del calendario se van arrancando y puedes engañarte a ti mismo pensando que todas esas minucias y asuntos del día a día no tienen ningún impacto real... o que todo está predeterminado. No es así. Nuestras acciones son el suelo sobre el que caminamos. Si practicas el discurso de Hamlet a los actores, si lo practicas mucho, cuando llegue el momento, lo harás bien. Si no lo practicas, no lo harás bien. La suerte es el poso del designio. Si un hombre hace de la atención a su hijo una prioridad, hay muchas posibilidades de que ese hijo salga adelante bien. ¿Me entiendes? —me miró a la cara, mientras la luz del hospital le daba directamente en el rostro surcado por la edad—. Lo que quiero decir es que, para que un matrimonio sea feliz hacen falta dos. Para ser un buen padre... solo tú.

* * *

Nos llamaron al escenario temprano aquel domingo de la última representación, media hora antes del ensayo de los combates, para que repasáramos las escenas más complejas del rey y nos aseguráramos de que Edward se sentía cómodo con el montaje. Lo recordaba todo sin ningún problema y bromeó todo el rato. Pero antes de empezar la última actuación, pude ver que estaba temblando. Bebía té con limón y chupaba pastillas para la garganta. Su fragilidad me hizo quererlo incluso más. Cuando salió a escena por primera vez, su voz temblaba de una forma delicada, casi quebrada, como la de un adolescente... pero luego se afianzó y abordó el texto con la misma fuerza de siempre. Al final, estuvo magnífico.

Recuerdo por qué me gustó tanto su actuación... nos hizo a todos mejores. No era gracioso como lo era Jerome; él era el rey y nos dejó los chistes fáciles. Risas que creía que me pertenecían, ahora me daba cuenta de que eran nuestras. El público no se reía de mi interpretación virtuosa, sino más bien de su reacción al mirar de soslayo. En ninguna de las dieciocho interpretaciones a las que había faltado me habían aplaudido al salir del escenario tras nuestra primera escena; no entendía por qué. Y entonces, a su regreso, se volvió a producir la ronda espontánea de aplausos cuando Hotspur abandonó el escenario. Aún no estoy seguro de cómo lo consiguió para mí.

* * *

En cuanto a mí, la última representación empezó de malos modos. En el ensayo de los combates, y después de haber mantenido la calma durante seis meses, perdí los estribos. El ensayo de los combates de *Enrique IV* era largo y complicado. Para una actuación a las tres de la tarde, había que empezar a ensayar a las dos. Yo nunca me perdí ninguna. Algunos no le daban mucha importancia, pero yo sí, y el príncipe Hal también. Por supuesto, Edward nunca se perdió ningún ensayo excepto cuando estuvo en el hospital. Pero Falstaff solo vino una vez, la última. Su suplente lo había sustituido en los ensayos para cada actuación, y su ausencia deliberada me ponía hecho una furia. La compañía le importaba un bledo.

El último día apareció vestido solo con un suspensorio, botas de cuero, el cinto para su espada y un gorro de Papá Noel. Todos estallaron en cascadas de risas amistosas y jocosas. Tenía un aspecto deliberadamente ridículo, con su gigantesca barba de Papá Noel, su barriga rolliza y las piernas peludas.

—Estoy listo para el combate —anunció, blandiendo peligrosamente la espada desde la ingle. Y entonces estallé.

—Mira, hijo de puta —comencé—, me da igual si te

crees que eres un actor tan espectacular que no tienes que venir a ensayar ni una sola vez con los demás... pero no te burles de nosotros. Todos hemos sacado tiempo para venir aquí antes durante las ocho representaciones de cada semana. Gracias a nosotros nadie ha salido herido en esta producción.

Levanté el cuchillo.

—Todas las noches pensé en clavarte este cuchillo directamente en tus enormes tripas solo para poder decir: «Lo siento, abuelo, si hubieras venido a ensayar las escenas de lucha *al menos una vez*, esto se podría haber evitado».

Todo el mundo permaneció inmóvil. Yo estaba sudando.

—Eres una puta sanguijuela que se alimenta de nuestra profesionalidad.

Estaba orgulloso de esa frase. La había dicho para mis adentros un millón de veces.

—Me da igual que no te hayas esforzado lo más mínimo en llevarte bien con ninguno de nosotros. Sé que te crees que Dios te quiere más a ti que a nadie pero, ¿adivina qué? YO NO TE QUIERO. YO CREO QUE ERES UN FANTASMA EGOCÉNTRICO. Creo que sobreactúas demasiado y que haces demasiadas pausas, y que no tienes ni idea de cómo trabajar *con* otro ser humano... y, francamente, creo que eres el peor tipo de actor que hay: el que hace parecer peores a los demás.

Todo el teatro se había quedado en un silencio sepulcral.

Entonces Virgil respondió, con el rabo entre las piernas:

—¿Puede ser que estés enfadado conmigo?

Y toda la compañía se echó a reír de nuevo. Tiré la espada al suelo y me perdí el ensayo de combate por primera vez.

Fui a mi camerino e intenté calmarme. Mis hijos estaban en la sala de vestuario. Las señoras que trabajaban allí fueron muy amables y dejaron que mis hijos se entretuvieran ordenando botones y jugando con las máquinas de coser. ¿Por qué me había dado ese arrebato? No me comprendía a mí mismo. Intenté tranquilizarme. ¿Por qué estaba tan cabreado con Virgil? Gran parte tenía que ver con aquel estúpido artículo en el *Times* que elogiaba su genialidad. Volvió a aparecer en la portada de la sección de cultura otra vez antes de la última representación y citaron su interpretación de Falstaff como una de las mejores del siglo. Nos hacía sentir a los demás como si valiéramos menos.

Ezekiel entró. Me dio una palmadita paternal en el hombro. En unos minutos, pensé, me habría serenado y entonces iría a disculparme. Pero antes de que me diera tiempo a tranquilizarme, llamaron a nuestra puerta. Era Virgil. Asomó la cabeza y dijo con sorna:

—¿Todavía eres un osito gruñón?

—Vete a la mierda —grité—. No me haces gracia.

Cerró la puerta. Luego, desde el pasillo, pronunció una versión apasionada del discurso sobre la reina Mab de Mercucio:

Oh, veo que te ha visitado la reina Mab,
la partera de las hadas,
más pequeña que una gema de ágata
en el índice de un regidor...

Siguió declamando, mientras corría de un lado a otro por los pasillos. Cuando terminó, toda la zona entre bastidores prorrumpió en aplausos. Así era la vida con Virgil Smith. Ezekiel se limitó a mirarme y se encogió de hombros.

Al final, me reí.

—¿Sabes qué hace él cada noche cuando nosotros

ensayamos los combates? Se pone a calentar la voz como un loco. Piénsalo, colega. No pierdas el tiempo poniéndote celoso de él. Aprovecha para aprender. A lo mejor, si dedicaras un poco más de tiempo a cuidarte la voz y menos a querer ser el amigo de todo el mundo, dejarías de hacer chasquidos con la garganta como un lunático y algún día podrías tener un camerino propio, como Falstaff.

—Me gusta compartir el camerino —dije.

—Solo te digo que lo pienses.

* * *

En el espejo, junto a todas las citas anónimas y la tarjeta que recibí de mi madre para la noche del estreno, había una carta de J. C. Había llegado a mitad de la temporada de representaciones. La leía antes de cada actuación.

A mi querido Hotspur, furor de la prensa sensacionalista:

Sé que estás aprendiendo. Sigue así. Seguro que te entra sueño cada vez que menciono el verso yámbico, pero donde mejor se expresa el principio fundamental del pentámetro yámbico es en el compás inicial de la Sinfonía n.º 5 de Beethoven, que no está en cuatro por cuatro como generalmente se piensa, sino que forma dos series de dos compases de dos por cuatro que comienzan por un silencio. Esto crea la frase de cinco tiempos, que es, en pocas palabras, la longitud perfecta para ser pronunciada de un tirón. No sé por qué. Simplemente es así. Escucha la quinta sinfonía de Beethoven antes de cada actuación.

La música se construye con notas. La lengua con palabras. Ambas comunican. La música es un lenguaje de los sentimientos, del corazón. Las palabras son la música de la mente. El teatro es la unión de ambos. Ese es nuestro trabajo: hacer que las ideas y las experiencias *suenen* como la música. Un lector puede ver un signo de interrogación: «¿?». El público debe oír ese signo. Palabras como «y», «qué», «pero», «o» o «si» son fundamentales. No se puede desperdiciar nada. Hay un abismo de diferencia entre: «… hay que hacerlo» y «*si* hay que hacerlo».

Si se oye el *si*, sabemos que estamos ante el concepto de elección.

Shakespeare podía hacer cualquier cosa con las palabras. Tú no eres más listo que él, así que no intentes mejorar su texto. Intenta comprenderlo. Si el estilo es torpe o contradictorio, pregúntate por qué. Cada palabra se ha escogido deliberadamente. Créeme.

No hay casualidades. Cada *t* y *d* son esenciales. Cada vocal expresa un sentimiento. ¿Verso o prosa? Nunca se trata de una decisión por capricho. Piensa en el momento cumbre de *Hamlet*; no encontramos un verso acrobático sino una prosa humilde:

«Desafiamos los augurios.

Hay una providencia especial en la caída de un gorrión. Si ha de ser ahora, no está por venir; si no está por venir, ha de ser *ahora*. Si no ha de ser ahora, sin embargo *vendrá*, mas la disposición para el momento lo es todo. Estemos preparados».

Que vayan muy bien las representaciones,

J. C.

Me encantaba la carta. Todo excepto la parte de las *t* y las *d*.

* * *

La noche de la última representación, mientras nos preparábamos, Zeke me regaló algo más de su filosofía barata.

—Las tías, y especialmente si eres negro, permíteme que te lo diga, te hacen sentir que si no les echas el mejor polvo de tu vida, eres en cierto modo menos hombre. Pero luego, al mismo tiempo, si te comportas como un macho con otra mujer, reaccionan como si de alguna manera hubieras fracasado en ser la versión más elevada y mejor de ti mismo. Siempre quieren las dos cosas —exhaló, como si resultara complicado cargar con el conocimiento más importante del mundo únicamente en su cabeza—. Si dejas que tomen las riendas de tu vida, terminas de fango hasta las cejas.

Como siempre, yo preparaba mis cicatrices.

—Y si te fijas en la cultura popular o en la sociedad —siguió hablando con aire regio desde su silla en el camerino—, todo el mundo habla de lo magnífico que es un tipo de hombre en particular, ¿pero qué tipo? El que es rico. Ahí tienes la voz de las mujeres. Quieren que los hombres se obsesionen con la riqueza. Así no nos damos cuenta de que estamos atrapados en una jaula de jerbos haciendo girar la rueda para que la luz siga encendida, ¿ves? Y, a pesar de todo, sabemos que la mayoría de los ricos son infelices, ¿verdad?

—Detesto ser yo quien te dé la noticia, colega, pero creo que un montón de gente rica en realidad es bastante feliz —dije desde el suelo, sin aliento, mientras empezaba a hacer mis flexiones previas a la función.

Zeke se inclinó hacia mí.

—El lameculos que protagonizaba la innombrable serie de televisión en la que actué durante años —prosiguió, sin preocuparse lo más mínimo por la última representación—, pues bueno, ese cabrón igualito que Archie Bunker estaba triste y asqueado. ¿Cagaba oro? Joder, y tanto. Pero era más desgraciado que un perro abandonado.

—CINCO MINUTOS —anunció el director de escena a través del monitor.

Terminé mis flexiones, me levanté y dejé que la sangre de mi cuerpo se asentara. Cuando empezamos a trabajar juntos, Ezekiel y yo apenas hablábamos antes de cada actuación. Ahora charlábamos como dos vejestorios en la peluquería.

—No me queda claro —dije—. ¿El problema son las mujeres o el dinero?

—Espera a llegar a los cuarenta, listillo. Ya verás —continuó con un suspiro—. La vida no es un camino recto que sube poco a poco, en la que vas ganando conocimiento y talento progresivamente hasta que llegas a una especie de revelación budista. Es una puta ciénaga, un esfuerzo constante. Una lucha hasta el final. A veces hacia arriba, a veces hacia abajo, otras retorciéndote en el sitio.

Ezekiel volvió a sentarse, con tranquilidad absoluta, mientras sorbía su té despreocupadamente, se contemplaba en el espejo y hablaba sin parar.

—A lo que me refiero es que hay algo que nadie se atreve a decir, y es que estas malditas mujeres son tan buenas controlando las cosas que incluso son capaces de ocultar que están al mando de todo. El sádico controla al masoquista, ¿sabes?

Mientras me ponía el traje por última vez, pregunté:

—¿Quién es el sádico y quién el masoquista cuando hablamos de mi mujer y de mí? Parece que los dos creemos que somos los que sufren.

—¡Ninguno de los dos sois víctimas! —La voz de Ezekiel se elevó ahora que había captado su atención—. ¿Sabes lo que tienes que hacer? Este es el gran secreto... Escúchame bien, porque esta mierda es seria, es una técnica infalible... no estoy de coña ahora. Debes usar tu corazón como si fuera una lanza. Tienes que luchar de verdad con tu ternura, tus aparentes debilidades, tu vulnerabilidad, con amor, con afecto. Ese es el truco: que no hay truco. Muéstrate completamente abierto y absorbe todas las contradicciones del mundo.... Por ejemplo, lo mejor que me ha pasado nunca a mí es haber nacido como un hombre negro en Estados Unidos. Ambas afirmaciones son ciertas. Absorbe esas contradicciones con un corazón abierto, afectuoso y tierno. ¿Entiendes?

Mis hijos entraron en la habitación y apenas tuve el tiempo suficiente de encenderles el iPad y conectar los auriculares antes de salir al escenario para la última representación.

* * *

Antes de la última actuación, hice lo mismo que había estado haciendo en cada una de las ochenta y dos representaciones anteriores. Me situé detrás del telón negro de la izquierda del escenario y escudriñé el público en busca de mi mujer.

Esa esperanza demencial era parte de mi enfermedad. Mi perspectiva estaba sistemáticamente desequilibrada, como cuando te arrastra una ola en el océano y no sabes en qué dirección está el cielo y acabas levantando la cabeza en el fondo arenoso del mar. Creía que si Mary venía a la función, podría hacerlo; podría darle una oportunidad a nuestro matrimonio. Estaba casi seguro de que nuestro matrimonio estaba condenado a un doloroso fracaso…. pero, *a pesar de ello*, no quería divorciarme. Echaba muchísimo de menos a mis hijos cuando se iban y no podía evitar la sensación de que mi equilibrio había quedado dañado para siempre. Era como si el líquido de mi oído interno se hubiera desajustado y la separación con Mary fuera la causa. Estaba seguro de que vendría a la representación, vería lo duro que había estado trabajando, que formaba parte de algo valioso, y recordaría al hombre del que se había enamorado, aunque ya apenas me parecía a él. Desde las alas del escenario, busqué entre las mil doscientas caras de la sala, miré cada par de ojos. No estaba allí.

Aún no.

Había dos sitios vacíos justo en medio y en el centro y, en caso de que ella viniera, seguramente tendría los mejores sitios y llegaría tarde, así que tal vez… Sin embargo, los hechos se acumulaban en mi contra. Yo seguía con la esperanza de estar equivocado, de que tal vez la tierra pudiera girar en otra dirección, o de que los perros hablaran y las flores pudieran crecer en medio de una tormenta de nieve; cualquier cosa con tal de evitar el malestar de un divorcio interminable. Empezar de nuevo parece imposible cuando no sabes lo lejos que debes retroceder.

* * *

La última representación de *Enrique IV* fue como una manada de coyotes hambrientos persiguiendo a una liebre. Rápida. Momentos cotidianos que habían parecido ordinarios se llenaron de intensidad porque sabíamos que nunca más volveríamos a llevar a cabo esas pequeñas acciones. Deslizarse corriendo entre las cuerdas y cortinas por las oscuras sombras del escenario, apresurarse para hacer una entrada a tiempo, recoger juntos nuestras armas de los enormes barriles… todos aquellos aspectos rutinarios de nuestra actuación, los pequeños gestos que precedían a los más llamativos. En ellos era posible tocar y retener la magia, solo por un segundo.

Después de que el rey me desprecie y abandone el escenario, me vuelvo a mi tío y le digo:

> *Dijo que no pagaría rescate alguno por Mortimer,*
> *y prohibió a mi lengua hablar de Mortimer,*
> *pero lo buscaré mientras duerme*
> *y en su oído susurraré: ¡MORTIMER!*

Eso siempre me granjeaba una gran carcajada. Nunca volvería a oír esas risas. Había trabajado mucho en la cadencia para conseguir esa gracia, pero ahora ya se había esfumado. Me pregunté cuánto tiempo pasaría hasta que ya ni siquiera pudiera recordar esas frases.

Lady Percy y yo nos divertimos muchísimo juntos en el escenario. Había confianza mutua en nuestros ojos. Por fin me sentía cómodo al tocar su cuerpo, y al dejar que ella me tocara. Frente a toda esa gente, se tomó la confianza de permitirme tocarle el culo con delicadeza al salir del escenario y decir:

> *¿No queréis verme cabalgar?*
> *Y, cuando esté a caballo,*
> *os juraré mi amor eterno.*

Me agarró el paquete con una mano y me lanzó un beso con la otra.

¿Por qué resulta tan fácil decirle a alguien que lo quieres cuando te vas?

Después de que Hotspur muriera y yo me fumara el cigarrillo y me comiera el sándwich de helado, fui a buscar a mis hijos y les ofrecí un helado a cada uno. Mi hija se estaba trenzando el pelo en la sala de maquillaje y mi hijo jugaba a matar dragones de videojuegos con Sam y el resto de los chicos en el vestuario masculino de la compañía. Decidí escabullirme al fondo de la sala de teatro y ver la escena final. Permanecí en las sombras, detrás del público, y vi a Virgil interpretar la escena de las «Campanadas a medianoche».

La iluminación era de un azul matutino propio de las primeras luces del alba. Hizo que mis ojos se llenaran de lágrimas. El decorado era de un minimalismo exquisito. De hecho, no había decorado. De alguna manera, la forma en la que se había dispuesto dirigía todas las miradas hacia el actor. Era como si no hubiera nada más en el mundo que Virgil Smith y su amigo, Master Shallow.

—*Las campanas sonaron a medianoche, Master Shallow* —dijo Falstaff.

—*Así fue... Así fue...*

El verso yámbico resultaba tan natural en boca de Virgil como el tictac de un reloj, que marcaba inexorablemente el presente y dejaba atrás el pasado; o como el latido de un corazón, que bombeaba energía. Controlaba el ritmo dentro de mi pecho, tenía en sus manos el corazón de todos los presentes en el auditorio.

Ver a Virgil Smith interpretar a Falstaff la última noche de nuestra producción fue como ver uno de esos conciertos de las grandes leyendas del rock; como aquella vez que Jimi Hendrix sorprendió a todo el mundo y ofreció una actuación bajo la lluvia solo para doscientas personas en un parque de San Luis, en Misuri… solo que más triste, más divertido y más esplendoroso. Por decirlo de alguna manera, las letras eran mejores. Era sano y embriagador, como el vino tinto en la cena de Acción de Gracias, como Juana de Arco a la cabeza de una batalla, como un *home run* que pone fin al juego, una sensación así de agradable.

Pero contemplar a Virgil también conllevaba cierta melancolía. Los celos siempre rondaban peligrosamente cerca. Resultaba difícil aceptar que era mucho mejor que el resto de nosotros: «Dios mío, ¿por qué él?».

Al llegar el momento de la ovación final, cuando hice mi última reverencia, miré hacia los dos sitios en los que esperaba que mi mujer se hubiera sentado, aún vacíos. Mi mujer nunca vería la función. Se acabó. No sé por qué llegué a pensar que vendría. Probablemente no apareció por la misma razón por la que yo nunca llegué a contactarla. Ambos nos íbamos apartando el uno del otro. Nos habíamos querido con locura, como muchos otros jóvenes amantes. Escribíamos poesía. Observábamos las estrellas. Nos abrazábamos toda la noche sin dormir. Vimos crecer a un bebé en su vientre y nos quedamos tan embelesados por la magia, el poder y el latido del universo que llamaba a este bebé al mundo que quisimos hacerlo de nuevo inmediatamente. Y entonces, al igual que otros amantes en paralelo que se pelean y discuten, la vida cotidiana nos daba ahora quejas y reproches que no podíamos pasar por alto. «¿Por qué no hiciste esto por mí? ¿Cómo has podido? ¡Me lo prometiste! ¡Pensaba que las cosas serían diferentes! ¡Lo intenté! ¡No, no lo hiciste! ¡Me mentiste!». Empezaba a sentir por mi matrimonio lo mismo que por la obra: tuvo algo de elegíaco, algo de tortura; me alegré de haberlo hecho y me alegré también de que hubiera terminado. No entendía cómo todas esas cosas podían ser verdad a la vez, pero lo eran.

Después de las reverencias finales, hubo montones de abrazos y gritos en los pasillos entre bastidores. Las botellas de champán se descorchaban y los trajes se tiraban. Entré a mi camerino y vi que mis dos hijos estaban en el suelo viendo *Annie* en el pequeño iPad de mi hija. Ella levantó la vista de la película con lágrimas en los ojos. Se quitó los auriculares y saltó entre mis brazos.

—¿Qué pasa? —dije, abrazando su pequeño y dulce cuerpecillo.

—Ay, papá, yo quiero estar dentro de esa canción...

—¿Qué canción, cariño? ¿Qué quieres decir?

—Esa canción que canta Annie sobre que echa de menos a su padre y a su madre. Quiero estar en esa canción.

Me abrazó tan fuerte como pudo.

—¿A qué te refieres? —pregunté, y la levanté para mirar sus húmedos ojos azules.

—No sé. ¿Nunca te has sentido así? Como que te gusta tanto una canción que quieres estar dentro de ella —me miró implorante.

—Sí, claro —respondí—. Sé exactamente a lo que te refieres. Y hay una forma de hacerlo —añadí con complicidad—. Si todavía quieres cuando seas mayor, te enseñaré cómo.

Me incliné para darle un beso a mi hijo.

Él levantó la vista y dijo:

—¿Ya ha acabado?

—Sí, todo terminado —dije.

—¿Puedo jugar con tu espada?

Antes de volver a casa, llevé a mis hijos a ver el ya vacío teatro para echar un último vistazo al decorado. No podía creerlo. No había pasado ni una hora desde que habíamos terminado la representación y ya había un equipo de obreros arrancando las tablas de la tarima. Las puertas traseras del escenario estaban abiertas y se colaba el aire frío y algunas ráfagas de nieve. Alguien del departamento de vestuario había dado a mis hijos unas barritas luminosas azules y verdes, y ahora estaban corriendo por los pasillos vacíos de la sala mientras se reían y agitaban las barritas de luces de neón. Martillos, nieve, gente de fiesta en el vestíbulo gritando y bebiendo, risas de niños... era casi demasiado para asimilarlo.

Ezekiel estaba sentado en medio del teatro vacío y me llamó para que me acercara. Me senté a su lado.

—Es una lástima, ¿verdad? —sonrió.

Asentí.

Los obreros estaban ahora destrozando con bastante brutalidad la plancha de madera que sostenía mi carro de artillería, donde cada noche durante meses me había subido, blandido mis espadas y gritado el lema de Hotspur: *¡MORID, PERO REGOCIJÁOS EN LA MUERTE!*

Había terminado. Ya nunca más. En ese escenario se había derramado literalmente el sudor de treinta y nueve actores, cada trozo de madera estaba marcado por alguien, y todo iba a ir a parar al contenedor. Se arrancarían nuestros nombres de las costuras de nuestros trajes, que se devolverían a la tienda para vestir a otros actores en el futuro.

* * *

Llevé a mis pequeños de vuelta a casa al Mercury Hotel. Nos sentamos en la parte de atrás del taxi; mi hijo iba en mi regazo mientras mi hija jugaba todavía con su barrita luminosa, cuyo brillo ya se iba desvaneciendo.

Mi hijo se quedó mirando sus dedos y dijo:

—¿Te has fijado alguna vez en que la huella del pulgar se parece mucho a los anillos del tronco de un árbol?

—No, los anillos del tronco de un árbol se parecen a las trayectorias de los planetas que giran alrededor del sol —puntualizó mi hija.

—No, el interior del globo ocular se parece a las estrellas y las galaxias y esas cosas, no los árboles.

—Las supernovas se parecen a las medusas —señaló ella.

—Es verdad, pero también parecen globos oculares.

—A veces, el corazón y las venas y todo eso, cuando no están dentro del cuerpo, también parecen medusas.

—Papá, ¿crees que todos tenemos medusas dentro de nosotros? —preguntó mi hijo.

—¿O una supernova? —insistió mi hija.

Mirándolos a los dos, pregunté:

—¿Qué pasó con lo de «por qué el cielo es azul»?

Pagué el taxi, que nos dejó en frente del Mercury. Ahora había una tormenta de nieve en toda regla. Mi hijo levantó la cara hacia la nieve que caía y dejó que los enormes copos de nieve se le colasen en la boca. Una vez dentro, en el cálido interior de la entrada, con la cara sonrosada y las mejillas enrojecidas, dijo con un suspiro:

—La nieve sería perfecta si fuera caliente.

Acosté a los niños. Me sentí tranquilo con mi voz mientras les leía aquella noche y se quedaron dormidos enseguida. Una vez que cayeron rendidos, pagué a una de las señoras de la limpieza del hotel una buena cantidad de dinero para que se sentara en mi salón a ver la tele hasta que volviera de la fiesta del reparto. Era una señora mayor muy simpática. A los niños les caía bien y a menudo vendían limonada de fresa en el vestíbulo con su ayuda. Tenía mi teléfono, así que no me preocupaba.

En el taxi hacia el bar, miré mis mensajes y, para mi sorpresa, vi uno de J.C. Decía que estaba en Nueva York pero que no iba a venir a la fiesta; no le gustaba la gente borracha y tampoco el hecho de que, cuando las cosas salían bien, como había sido el caso con nuestra producción, la gente tendía a pensar que el director era el responsable de cómo se había desarrollado todo. Quería agradecerme que no me hubiera perdido ninguna representación. Me dijo que nunca, en las seis ocasiones en las que había dirigido la obra, había conseguido que un Hotspur llegara hasta el final.

—Por último —me dijo al teléfono—, no te volveré a dar un papel hasta que no dejes de fumar. Si echas un vistazo a la historia de los artistas, el autosabotaje es más responsable de que nuestros sueños se derrumben que los latigazos y desprecios del tiempo. Así que manos a la obra, cuídate, y buenas noches.

Colgó.

Me senté en silencio en el taxi y reflexioné sobre el mensaje de J. C. Era importante para él que no me hubiera perdido una representación. Contrasté sus palabras con el consejo del rey Edward de no aferrarse a las cosas y estar dispuesto a verse a uno mismo como alguien prescindible. Me pregunté quién llevaba razón. ¿Qué se dirían el uno al otro?

La fiesta fue algo deprimente. La producción había terminado y no había nada de lo que hablar. Todos estaban borrachísimos excepto Sam, y todo el mundo se ponía sentimentaloide y se decía que se querían mucho unos a otros. Me abrí paso entre toda la gente borracha en el Joe Allen's, un antiguo garito de Broadway, e intenté no cruzarme con Lady Percy, porque estaba con su marido y quería evitar despedidas raras. No fue un problema; ella me eludía a mí. Yo estaba buscando a Virgil porque quería decirle que verle había sido una puta revelación, además de disculparme por mi arrebato anterior. No estaba allí y volví a ponerme hecho una furia. ¿Por qué no podía venir y ser un tipo normal, aunque fuera solo una vez?

Zeke dijo con sensatez:

—Tío, él no es un tipo normal, ¿por qué debería fingir que lo es?

Y entonces, en frente de mí vi a una actriz que no conocía bien. Era una de las «chicas de la taberna» y actuaba principalmente en esas escenas, pero no había compartido escenario con ella y no había tenido mucho contacto con ella durante la temporada de representaciones. La primera escena del tercer acto comenzaba con ella desnuda mirándose al espejo mientras Falstaff habla y trata de encontrarse la polla. Era una buena escena, y ella era osada y divertida. Pero, a decir verdad, producía una impresión dudosa y peligrosa. En estos momentos estaba borracha delante de mí y me deslizó una nota en la mano.

Enseguida, supe por la caligrafía y la expresión en la cara de la joven que ella había sido mi admiradora secreta.

—¿Alguien te deja notas secretas todos los días y ni siquiera te da curiosidad saber quién es? —preguntó con desdén. Sus ojos dejaban al descubierto la congoja, no por mi culpa, sino por el carácter definitivo de la última representación.

Empecé a darle una respuesta poco convincente, pero me cortó.

—Alguien piensa en ti, se da cuenta de que estás

sufriendo, se pone en contacto contigo, pero ni siquiera te da por darle las gracias… ¿o darte cuenta de que existe?

—Gracias —señalé.

—Supongo que ya estás acostumbrando a que todo el mundo se fije en ti.

—Me encantaron las citas que me dejaste —expresé con sinceridad—. Me encantaron, cada una de ellas.

—Bueno, pues que te jodan —masculló enfadada. La gente empezó a quedarse mirando—. Trabajé muy duro y me preocupé mucho por esta obra y por ti. Estaba tremendamente preocupada por ti. Estabas tan triste y delgado… Y tú ni siquiera sabes cómo me llamo, ¿verdad?

Se produjo un silencio incómodo. Entonces, alabado sea el Señor, sin pensarlo salió de mi boca:

—Shannon. Shannon McQuarrie. Lo haces genial en las escenas de taberna.

—Lo *hacía*, en pasado —se giró y se dirigió a la gente que nos miraba—. Y ahora se supone que todos debemos largarnos, olvidarnos de todo, y ser educados. Pues yo no quiero ser educada. Yo no quiero olvidarme de todo. Y ese J. C., ¿ni siquiera va a aparecer por aquí? Porque de Virgil me lo esperaba… ese gordo asqueroso. Pero yo me desnudé para todos vosotros cada noche. Hemos pasado juntos por muchas cosas… Y no me da la gana de hacer como si nada. Voy a echar de menos la obra, la voy a echar de menos un montón… —se giró de nuevo hacia mí—. Pero a ti te odio por ser un puto arrogante. Supongo que ya tendrás algún otro trabajo, alguna película que grabar en Tombuctú o algo así, ¿no? Yo no tengo otro trabajo y mañana me levantaré y querré hablar con todo el mundo… —Empezó a contener sus sollozos—. Odio esta puta producción y ya está. Y te odio a ti…

—Venga ya, si solo es una estúpida obra —señaló Sam.

—Es mejor que mi estúpida vida.

Rompió a llorar y golpeó a Sam en el pecho. Él la agarró con suavidad y varias de sus amigas la sujetaron y le dijeron que se calmara.

—¡NO ME DA LA GANA DE CALMARME! —gritó, y corrió al fondo del bar hacia los baños. Sam la persiguió durante todo el camino. En medio de la confusión, me escabullí hacia la nieve del exterior con su último papel todavía en la mano:

Shannon McQuarrie
28 Scott Avenue
Grover's Mill, Nueva Jersey
08550
(Es la casa de mis padres… pero ellos van a
quedarse allí a vivir toda la vida. Sigamos en contacto.)

Deseaba escribirle, pero sabía que no lo haría. Con la idea de fumarme un cigarrillo y volver al interior, sentí el frío en mi cara, y me di cuenta de que se había acabado. Quería despedirme de Sam y de Zeke, pero no lo hice. Miré hacia la acera nevada y luego hacia las luces de los taxis amarillos que se movían como un torbellino a mi alrededor, y di un paso, y luego otro.

De vuelta en el Mercury, subí las escaleras y liberé a la señora de la limpieza. Los niños se habían dormido rápido pero la perrita todavía necesitaba hacer pipí, así que me arriesgué a dar un paseo rápido por la nieve. Todavía achispado por los tragos, tararé para mis adentros y comprobé mi voz por lo que podría ser la última vez. Lo había conseguido. Mi tic nervioso me abandonaba tan misteriosamente como había llegado. Cuando alcé la vista, la nieve parecía caer como las estrellas en una lluvia de meteoritos. El hielo alcanzaba la acera reluciente y todo el universo a mi alrededor resplandecía como en una plegaria. El viento entumecía mis mejillas. Sentía como si estuviera abriéndome paso por el espacio exterior. O eso, o estaba paseando por el fondo del frío océano, donde los sonidos no se oyen y son seguros.

Los recuerdos de otros inviernos y tormentas de nieve anteriores parecieron entremezclarse. Pude ver mi futuro como hombre divorciado. Reuniones de padres y profesores molestas e incómodas; turnos para llevar a los niños al aeropuerto por Acción de Gracias; asientos separados en distintas mesas en la boda de mi hijo… Pude ver todo eso esperándome en el futuro. Pude incluso intuir que me enamoraría de nuevo y que algún día volvería a ser feliz. Me abrí paso a través de la tormenta. Por un segundo, pude ver toda mi vida, lo que quedaba de ella, frente a mí. Y no iba a ser tan diferente de los días que había dejado atrás.

Todos estos últimos meses, mientras mi matrimonio se derrumbaba, pensé que si había querido a mi mujer, tenía que permanecer a su lado. Pero al caminar a través de la reluciente nieve recién caída, me di cuenta de que, aunque la quise, iba a dejarla ir. Era una mujer como ninguna otra. Fui inteligente al comprometerme con ella y tener estos niños. Eran maravillosos y yo me sentía afortunado de ser su padre. Sin embargo, era obvio que, por alguna razón, estar casado me había trastornado y necesitaba recomponerme. Realmente no había elección. Me había enorgullecido tanto de mi matrimonio, de nuestro amor, como un pavo que alardea y se cree responsable de sus plumas.

Miré a mi alrededor y absorbí la paz de una ciudad

bulliciosa en expansión que se había detenido en seco, congelada por la nieve. La perrita saltaba y ladraba, mientras se escurría y patinaba. De repente me sentí extremadamente agradecido de estar despierto y presenciar toda esa quietud. «No quiero morir, quiero vivir para siempre», pensé. Nueva York parecía una réplica de juguete de una ciudad de verdad: silenciosa e irreal. Dicen que los copos de nieve que caen a nuestro alrededor son todos únicos; pero todos caen, todos tienen seis puntas, y todos se derriten en la mano. ¿Tan diferentes son, entonces?

Cuando regresé al Mercury, el vestíbulo estaba vacío. Nada se movía.

Incluso el dormilón de Bart no se veía por ninguna parte. Permanecí en silencio mientras esperaba el ascensor. Cuando sonó el timbre y las puertas se abrieron, sentí el impulso de no entrar. En su lugar, me alejé y dejé que se cerraran las puertas. La perra y yo decidimos subir por las escaleras.

La escalera trasera del Mercury Hotel es como la escalera de un pequeño castillo encantado. Tiene un olor antiguo y dulce. Los escalones son estrechos y de un mármol blanco sin brillo. En cierto modo, sigue pareciendo grandiosa, como si hubiera estado y estuviera ahí para siempre. En el centro de cada pesada piedra se puede ver una ligera abolladura donde, a lo largo de los años, los pies han ido dibujando un camino siempre ascendente. Al principio, el desgaste es evidente. A medida que se va ascendiendo, se hace más sutil. Al subir, escalón tras escalón, sientes que sigues un camino recorrido muchas veces. Cuanto más subes, más estrechos y empinados se vuelven los escalones. La huella es menos evidente y más difícil de ver. Las plantas ya no tienen números. Cuando llegas sin aliento a un rellano, en algún punto intermedio, la huella desaparece por completo. Lo único que ves es otra escalera.

Agradecimientos

Me gustaría dar las gracias a cada uno de los actores con los que he trabajado por su inspiración y amistad. También me gustaría dar las gracias a Eric Simonoff, Jordan Pavlin y Mark Richard. Tengo una inmensa deuda de gratitud con mi primera lectora, mejor amiga, socia, madre, esposa y última lectora, Ryan Hawke. Por último, debo expresar mi gratitud hacia toda mi familia, y en especial a:

```
        M              L
      R A Y        G R E E N
        Y              V
        A              O
                       N
```

Otros títulos en
Libros en el **Bolsillo**

«Reivindica la sencillez y el equilibrio.» Ima Sanchís, *La Vanguardia*

EL ARTE DE PENSAR

Cómo los grandes filósofos pueden estimular nuestro pensamiento crítico

José Carlos Ruiz

Del autor de *El lenguaje de las mareas*

SALVADOR GUTIÉRREZ SOLÍS

LOS
AMANTES

ANÓNIMOS

EN TRES CIUDADES ESPAÑOLAS, EN PAPELERAS DE LUGARES
MUY FRECUENTADOS, APARECEN UN PIE, UNA MANO Y UN CORAZÓN.
TODO APUNTA A LA PRESENCIA DE UN ASESINO EN SERIE.

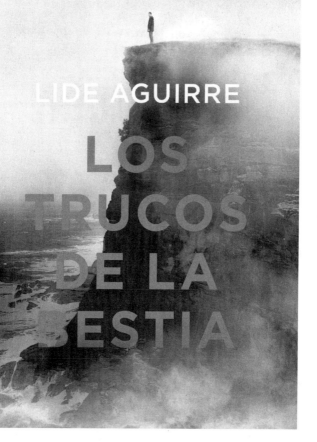

NADIE CREE QUE SEA POSIBLE DISTINGUIR
AL MISMÍSIMO DIABLO EN LOS OJOS DE UNA PERSONA
APARENTEMENTE NORMAL

LIDE AGUIRRE

LOS
TRUCOS
DE LA
BESTIA

INTRIGAS, NEGOCIOS Y CONSPIRACIONES DEL JEFE DE COMANDOS DE HITLER. DE LA LEGIÓN CARLOS V A LA INTERNACIONAL FASCISTA DE TOLEDO

OTTO SKORZENY
EL NAZI MÁS PELIGROSO EN LA ESPAÑA DE FRANCO

Entramados mercantiles, diplomáticos deshonestos, militares conspiradores, agentes secretos sin principios, traficantes de armas, periodistas filonazis... todo ello conforma el caldo de cultivo que se dio en España tras la derrota de los fascismos europeos.

FRANCISCO JOSÉ RODRÍGUEZ DE GASPAR

La CHICA
de la CARTA

UNA CARTA DESGARRADORA, UNA NIÑA RECLUIDA,
UN MISTERIO POR RESOLVER.

EMILY GUNNIS

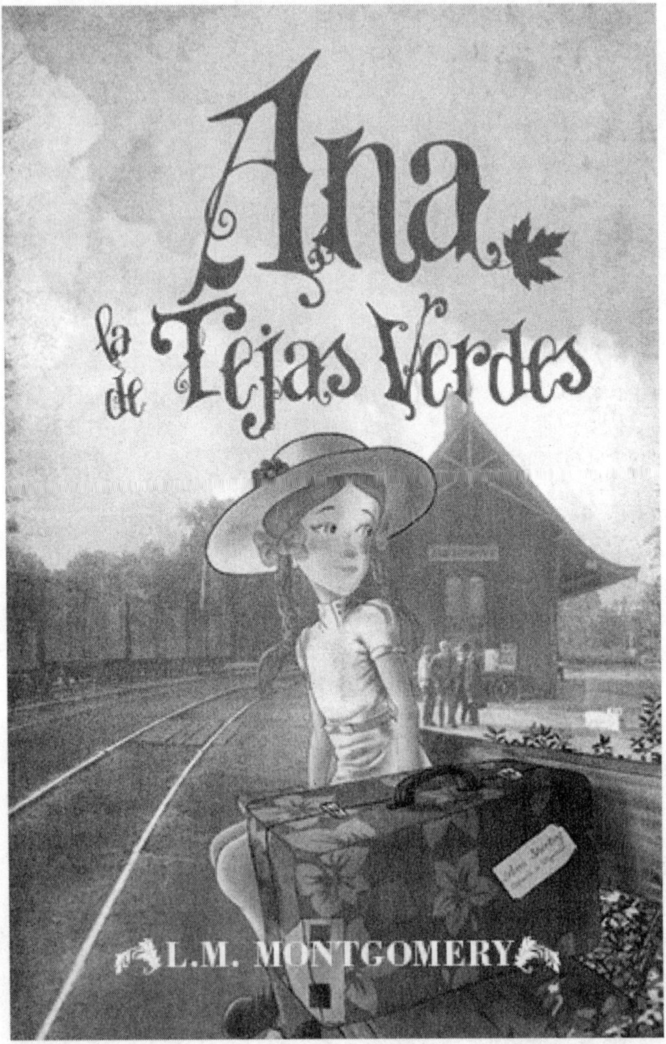
Ana
la de Tejas Verdes
L.M. MONTGOMERY

El perfume de bergamota

de

bergamota

Gastón Morata